Maria Beig

Buntspechte

Roman

JAN THORBECKE VERLAG

Inhalt

Nestsucher
Uwe und Wilma

Das Ehepaar war aus einer kleinen norddeutschen Stadt in die wichtige Industriestadt an den Bodensee gezogen. Uwe sah im großen Werk, das Motoren baute, bessere Berufsaussichten für sich, als er sie im kleinen Betrieb seiner Heimatstadt hatte. In dieser Stadt, in der ganzen Gegend, waren nur wenige Leute wohlhabend. Es gab nicht viele gute Verdienstmöglichkeiten, manche Männer waren sogar arbeitslos. Als das Dritte Reich begann, kam's wie Übermut über die jungen Menschen, sie wollten am Umschwung, am Aufschwung teilhaben. So meinte auch Uwe, die Anstellung im fernen Industriebetrieb ermögliche ihm dies. Er und seine Frau fürchteten, das Leben ziehe ungenutzt an ihnen vorbei, wenn sie den Sprung in den Süden nicht wagten. Zudem lebte ein Freund Uwes schon etliche Jahre da unten. Er hatte eine gute Stellung, und eine solche könne er auch Uwe verschaffen. Er schrieb und lockte. Uwe war Ingenieur. Seine Familie – die Eltern und vier Schwestern – sahen ungern, wie er daheim alles aufgab. »Ins Ungewisse gehen, obwohl du hier Sicherheit hast«, warnte sein Vater. Die Mutter jammerte: »Und so weit fort! Das Enkelkind kann ich nicht erleben.« Uwes Frau Wilma war nämlich schwanger. Seine Schwestern ärgerten sich, denn je größer die Verwandtschaft, desto schöner war es bei ihnen. Zu vielen Gelegenheiten saßen sie beisammen, aßen Kuchen und tranken süßen Tee dazu. Nun werden Uwes und Wilmas Geburtstage fehlen, und ein baldiges Tauffest wird es nicht zu feiern geben. Am wehesten tat des jungen Ehepaars Fortgehen Wilmas Eltern. Sie waren die Besitzer der Apotheke im Städtchen. Das Mädchen war ihr einziges Kind. Statt den Beruf ihres Vaters zu erlernen, ließ sie sich verwöhnen. Damals war es nicht üblich, daß ein reiches, schönes Mädchen die Mühe einer Berufsausbildung auf sich nahm. Für ihre Eltern war klar, der Nachfolger wird mit Kußhand kommen. Darum war die Heirat ihrer Tochter nicht nach des Apothekerpaars Willen. Wilma blieb aber eigensinnig, und sie liebte Uwe. »Du wirst Heimweh bekommen!« sagte ihre Mutter. Darüber lachte Wilma. »Sie war ja nie fort und kennt es nicht«, meinte der Vater, der vor lauter Unmut kaum mehr mit der Tochter redete.

Der Möbelwagen mit Wilmas Aussteuer war vorausgefahren. Das Freundespaar hatte das Haus, in dem Uwe mit Wilma einziehen werden, als großartig beschrieben. Allein stehe es auf dem Höhenzug nahe der Stadt mit herrlicher Sicht auf den See und die Berge. Das Gebäude gehörte der Firma, die es an gutverdienende Angestellte vermietete. Im oberen Stockwerk hausten die norddeutschen Freunde, im Erdgeschoß hatten sie das, was mit dem Möbelauto ankam, für Uwe und Wilma provisorisch aufgestellt. Das Paar selber reiste mit dem Zug. Städte und Landschaften flogen an ihm vorbei – einen ganzen Tag lang. »Ist es so weit?« sagte Wilma immer wieder. Es war Nacht, im späten November, als sie ankamen. Und es regnete heftig. An den nächsten Tagen regnete es immer noch. Der Regen kam Wilma hier wie unendlich vor. Daheim hatte sie es gerne, wenn er vom Himmel fiel. Vor der Apotheke spritzte und platschte das Wasser auf dem Pflaster – drinnen war es gemütlich. Die vier Zimmer ihrer Wohnung waren groß. Wilmas Möbel verloren sich darin. Der Garten ums Haus war eher ein kleiner Park. Wilma, die an peinliche norddeutsche Ordnung gewöhnt war, klagte, wie verwildert er doch aussehe. »Ich werde dir im Frühjahr helfen«, tröstete Uwe, »du wirst sehen, welche Freude du dann mit dem Kind im Garten hast.«

Der Anfang in der neuen Heimat war für das Ehepaar nicht sehr glücklich. Seit dem Einzug blieb das Wetter schlecht. Kaum einmal sahen sie den See, und wenn, war er vernebelt trüb, zeigte sich unfreundlich. Die Berge waren nicht sichtbar. Plötzlich, zu Weihnachten, standen sie so nahe, als stünden sie vor der Haustür. Wilma erschrak. Bei dem warmen Wind habe sie Kopfweh, weinte sie. Das sei der Föhn, an ihn könne man sich gewöhnen, wußte Uwe. Er mußte seiner Frau oft Mut zusprechen. »Es ist ganz gewiß dein Zustand, der dir das Eingewöhnen schwer macht.« Manchmal lachte er: »Oder plagt dich doch das Heimweh?«

Im Februar gebar Wilma ein Mädchen. Noch im Krankenhaus lag es eines Morgens tot im Bettchen. »Sie sind ja noch jung!« tröstete ein Arzt die Verzweifelte. Die Freunde vom Oberstock, die wußten, daß sie kinderlos bleiben werden, priesen ein Leben ohne Nachwuchs. Wilma, die vorgehabt hatte, Eltern und Schwiegereltern ein Enkelkind zu zeigen, ließ sich überreden, die Reise trotzdem zu machen. Viel trauriger, als sie abgefahren war, kam sie zurück. »Dort und hier – alles ist nur noch halb!« Uwe schmeichelte: »Zwei Hälften ergeben ein Ganzes. Ich weiß, bald willst du nicht mehr vom Bodensee weg.« Ihm gefiel es im Süden. Die Arbeit machte ihm mehr Spaß, als er erwartet hatte, und im Betrieb hatte er Erfolg. Mit den Freunden zusammen unternahm er manches, um seiner Frau die Schwermut zu vertreiben. Sie fuhren in die nahen Berge. Auch Wilma beteuerte, wie herrlich doch die Bergwelt sei. Zu ihrem Mann sagte sie danach, wie sie sich beim Anblick der Bergriesen nach den Ebenen der Heimat sehne, wo sie nicht eingesperrt sei in einem Tal. Bei lustigen Schiffsfahrten auf dem See war sie still. Woran sie denke, fragte Uwe. »Einfach an das große Meer.« Als er sie unwillig anblickte, wollte sie es besser machen. »An unsere Hochzeitsreise nach Helgoland«, sagte sie lachend. Er tadelte sie: »Vom Heimweh willst du nicht lassen! Man kann dir alles bieten: Theater in Lindau und Konstanz, bummeln in Meersburg und auf den schönen Uferwegen, dir Kirchen und Schlösser zeigen, so prächtige wie sie in keiner Gegend zu finden sind. Immer findest du den langweiligen Norden besser.«

Nach solchen Gesprächen verschloß sich Wilmas Gesicht, und sie redete oft tagelang kaum etwas. Die Freunde hatten in ihren Lockbriefen die Bewohner dieser Gegend als einen liebenswerten, freundlichen Menschenschlag geschildert. Nun war Wilma erstaunt und enttäuscht, weil ihre Hausgenossin keine näheren Bekannten hatte. Sie fand aber selber keinen Kontakt zu jemandem, weder in der Nachbarschaft noch beim Einkauf. Die Hiesigen hatten zu viel Respekt vor der vornehmen Sprache der zugezogenen Frauen, vielleicht überschätzten sie auch die Stellungen ihrer Männer in der Firma.

Zwei Jahre, nachdem Wilma das Kind verloren hatte, bekam sie den Sohn. Der große Garten, der jetzt ihren Vorstellungen entsprach, besänftigte ihr Gemüt. Wenn sie von ihm aus den See glitzern sah, gefiel es ihr bisweilen. Das gesunde kleine Bübchen bereitete Freude. Jetzt wollte Uwe in seine Heimatstadt fahren. Er wollte seine Erfolge preisen, denn er verdiente nun viel mehr Geld, als er im heimatlichen kleinen Betrieb je hätte verdienen können. Der Zeitpunkt für den Besuch war denkbar ungünstig. Seine Schwiegereltern waren eben dabei, die Apotheke einem trefflichen Nachfolger zu übergeben. Es ging um viel Geld und um die Bleibe für die Alten. »Du kannst ein paar Tausender haben«, sagte der Vater zur Tochter, »wir wissen nicht, wieviel wir für den Lebensabend brauchen.« Obwohl Wilma das Geld zustatten kam, kam es ihr doch wie eine Beleidigung vor. Ihre Eltern ließen deutlich erkennen, wie wenig Interesse sie am Leben der Jungen im Süden hatten. Über den Enkel zeigten sie nicht die erwartete Freude. Der Kleine, der spürte, daß keine Harmonie herrschte, schrie viel. In Uwes Familie war es nicht besser. Seine Schwestern lebten alle verheiratet im Städtchen. Ihre Kinder waren die Lieblinge der Großeltern. Der Schreihals aus dem Süden war ihnen fremd. Zwei Wochen lang wollte Uwe in der Heimat verbringen, verkürzte aber den Urlaub um die Hälfte. Bei der Heimreise im Zug nahm er seine Frau in den Arm. »Als du damals sagtest, droben sei's nur noch halb, habe ich dich ausgelacht – nicht einmal das ist es mehr.« Jetzt versuchte Wilma, ihren Mann zu trösten: »Drunten hast du ja das Ganze. Mit dem Geld werden wir ein schönes Kinderzimmer einrichten. Ich bin nämlich wieder schwanger.« Dieses zweite Büblein war dann ein ganz reizendes. Es glich von Monat zu Monat mehr seiner Mutter. Das Kind hatte dieselbe hohe runde Stirn wie sie, auch die rotblonde Haarfarbe hatte es von ihr geerbt. Alle im Haus, besonders die Frau des oberen Stocks, liebten und hätschelten den Kleinen. Uwe wähnte, nun sei Wilmas Heimweh endgültig verflogen.

Dann begann der Krieg. Während der ersten beiden Jahre ging es ihnen gut. Im Betrieb herrschte wegen der Rüstungsaufträge Hochbetrieb, weshalb die beiden Männer aus der Villa nicht zum Wehrdienst einrücken mußten. Die Marktweiber bedienten deren Frauen geradezu bevorzugt. Nach geraumer Zeit begannen aber die feindlichen Fliegerangriffe auf die Stadt. Es gab Verluste an Menschenleben und Gebäuden. Den beiden Familien, die im gefährdeten Haus auf der Höhe, gefährlich in der Anflugschneise der Bomber, wohnten, bot man an, im Hinterland in Sicherheit zu wohnen. Weder die Leute der Stadtverwaltung noch die der Parteiführung hatten ein Liebesverhältnis mit den überheblichen Industriellen. Doch man war verpflichtet, dafür zu sorgen, daß es ihnen nicht zu schlecht gehe. Die vom oberen Stock nahmen das Angebot gerne an und zogen aufs Land. Sie kamen und drängten: »Kommt doch! Wir wissen für euch eine schöne Unterkunft.« Von den Landleuten redeten sie etwas abfällig, wie respektvoll sie gegrüßt werden, wie leicht sie zu Speck und Eier kämen. Wilma wehrte sich unsinnigerweise sehr heftig gegen den Umzug ins Dorf. Uwe verstand sie nicht. Sie schluchzte: »Ich kann nicht noch einmal eine Heimat verlieren!« »Nur vorübergehend« sagte er. »Ich will mit den Schwaben nicht so nah zusammenleben, schon gar nicht mit Bauern. Auch will ich mich nicht von deinen Freunden immerfort gängeln lassen!« gab sie zur Antwort.

Uwe schüttelte den Kopf und bezweifelte wiederholt ihre Vernunft. So blieb ihm nichts übrig, als den Keller der Villa mit noch mehr Balken abzustützen. In beiden Wohnungen stellte er Sand- und Wasserkübel bereit.

Bei einem Nachtangriff saßen sie drunten, die Kinder in den Armen. Es toste und krachte. Die Abstützbalken wankten, hielten aber stand. So unvernünftig Wilma war, so tapfer konnte sie sein. Sie schaute hinaus. »Es brennt!« schrie sie. Sie wurden über das Feuer im Oberstock Herr, doch der Dachstuhl war weg, die Einrichtung der Freunde verloren. Das Haus sah jetzt wie eine Baracke aus. Es bekam alsbald eine Decke aus Dachpappe, und das Erdgeschoß blieb bewohnbar. Es traf sie kein weiteres Unheil mehr aus der Luft. Wie viele Leute in der Stadt, meisterte auch Uwes Familie das Kriegsende. Das Unglück kam nun über die Freunde auf dem Land. Der Mann war Parteigenosse gewesen, und im Betrieb hatte er mit Gefangenen zu tun, von denen viele ihr Leben verloren. Für die Sieger, hier die Franzosen, Grund genug, ihn zu verhaften und ihn in ein weit entferntes Straflager zu bringen. Seine Frau war nun keine respektierte Person mehr, eher eine gehaßte. Sie kam zurück in die halbierte Villa.

Da der Betrieb zerstört war und still lag, arbeitete Uwe bei Bauern der Umgebung. Er brachte manches zu essen heim. Wilma konnte im Garten etliches ernten. Den großen Hunger mußten sie nicht leiden. Die Söhne waren gesund und wuchsen. Wenn ihr Vater abends müde von der ungewohnten Arbeit heimkam, wähnte er alles in Ordnung. Er wunderte sich, wie freundschaftlich die beiden Frauen miteinander umgingen. Die »Tante«, wie die Buben sie nannten, lernte, lachte und spielte mit ihnen. Sie half aber auch im Haushalt, und beim Einkauf war sie erfolgreich. Eines Abends, als es draußen recht lustig zuging, sagte Wilma überlaut zu ihrem Mann: »Sie nimmt mir die Kinder weg!« »Laß den dreien doch den Spaß«, erwiderte er leichthin. Sie fing aber an zu schreien: »Sie spielt hier die Herrin!« Da machte Uwe die Türen und Fenster zu. Er kannte dies:

Seine Frau verlor die Fassung. Schon des öfteren, wenn eine Neuerung anstand oder Ungewohntes auf sie zukam, rastete sie aus. Dann zitterte und schrie sie und war für keine Rede mehr, sei sie liebevoll, tröstlich oder streng, zugänglich. Nach solchen Anfällen war sie ungewöhnlich still. Jetzt häuften sich die Vorfälle: »Sie ist die schönere von uns beiden«, lärmte sie, als sie bereits im Schlafzimmer waren. Uwe nahm dies von der lächerlichen Seite: »Schau ihre schütteren Haare und ihre X-Beine an.« »Als ob ich nicht sähe, wie verliebt du in sie bist. Sie muß aus dem Haus!« Er wollte fragen, wohin die Freundin ohne Wohnung und ohne Mann gehen solle, ließ es aber, weil er wußte, in diesem Zustand war Wilma unvernünftig.

Dann hatten sie doch wieder Glück! Die Franzosen waren keine Unmenschen, der Freund kam zurück. Zur gleichen Zeit konnte die Firma wieder anfangen zu produzieren, und die beiden Männer erhielten ihre vorherigen Posten. Das kinderlose Ehepaar fand trotz der Wohnungsnot bald ein treffliches Zuhause. Uwe bekam vom Betrieb die Aufforderung, die Ruine zu räumen. Auf der Anhöhe werde eine große Wohnanlage erstellt. »Au weh! Die Wilma!« murmelte ihr Mann. Für die vierköpfige Familie war es zu dieser Zeit schwer, eine Wohnung zu finden. Hatte Uwe eine in Aussicht, gebärdete sich seine Frau anspruchsvoll. Aus diesem und jenem Grund ziehe sie niemals dorthin. »Wir werden in der Kälte auf der Straße sitzen!« »So schnell wird nicht abgerissen«, tröstete er. Eines Tages kam der Freund. »Ich habe etwas für euch!« verkündete er. Neben der Fabrik werde ein Reihenhaus gebaut, auf Eigentumsbasis, billige Erbbaupacht, günstige Abzahlung, nur achttausend Mark Anzahlung. »Ich habe nur zweitausend Erspartes«, sagte Uwe kleinlaut. »Viertausend kann ich vorstrecken, den Rest leiht dir eine Bank«, meinte der Freund. Als sie allein waren, bekam Wilma ihren Ausraster. Sie schrie: »Ein Reihenhaus! Ein Armenhaus! An der Fabrikwand! Ich komme aus einer Apotheke!« Sie ließ sich nicht beruhigen. »Warum kauft er's nicht selber? Ihm ist es wohl zu wenig! Mein Leben lang von ihm abhängig sein – keinen Pfennig nehmen wir von ihm!« Wilma war noch nicht fertig. »Unter Schwäbinnen leben! Sie sind neugierig, schwatzhaft, falsch und grob! Niemals ziehe ich zwischen sie!« Uwe lachte über die guten Eigenschaften der Schwäbinnen. »So schlimm sind sie nicht. Ich versuche, das erste oder das letzte Haus der Reihe zu bekommen, dann hättest du nur eine böse Nachbarin.« Der kleinere der Buben hatte zu weinen begonnen. Sein Vater streichelte ihn. »Die Mutter ist durcheinandergeraten. Wenn wir im eigenen Haus leben, wird alles gut sein. Und du hast nicht weit zur Schule.« Der Große bat den Vater, nicht auf die Mutter zu hören, worauf diese für Wochen verstummte. Uwe meldete sich als Anwärter für solch ein Häuschen. Auch die finanzielle Seite regelte er. Der Mann seiner jüngsten Schwester in der Heimat war durchs Immobiliengeschäft rasch zu Geld gekommen. Er gab dem Schwager gerne die fehlenden Tausender.

Wie Uwe vorausgesagt hatte, dauerte es mit dem Abriß. Einen ganzen Winter und Sommer lang war nichts geschehen. Erst im Herbst kamen Vermessungsleute herauf, steckten Pfähle und spannten Seile. Dabei zertrampelten sie Wilmas Blumenrabatte. Inzwischen schaute Uwe oft, wie der Bau des Reihenhauses gedieh. Im Vorfrühling fingen sie droben im Garten an zu wühlen. Eine Bauhütte stand da. Für die Mitte des Juni war der Einzugstermin festgelegt. An einem Montag warteten sie um die Mittagszeit auf den Möbelwagen. Der ältere Bub hatte aus einem Gasthaus warme Würstchen geholt. Sie aßen diese fast kalt von Papptellern. Als das große Auto endlich kam, zuckte Wilma zusammen, wurde bleich und starrte mit leeren Augen vor sich hin. Der Jüngere fing an zu weinen. »Weißt du was«, sagte sein Vater, »geh mit der Mama in den Wald. Am Abend stehen eure Betten. Du weißt ja wo!«

Hinter dem Wohnhügel landeinwärts ging's durch ein schönes Gelände, zuerst durch Obstanlagen, in denen späte Apfelsorten noch blühten. Danach spazierten sie durch Wiesen und dann im Wald. Sie waren hier oft gewesen und kannten die Wege. Der Sohn ging voraus, seine Mutter hinterher, und sie sprachen kein Wort. Sie gingen weit, als fürchteten sie, zu bald zurückzukommen. So erreichten sie wieder die Höhe mit einem schönen Aussichtspunkt. Sie setzten sich müde auf eine Bank. Auch von der Villa aus konnte man den See und die Berge sehen, doch hier war die Sicht weiter und schöner. Im Juni sind die Tage lang. So saßen sie und schauten, wie die Sonne unterging. Weil die Mutter gar nichts sprach, sagte der Bub: »Wir können auch nachher hierherkommen.« Wilma bewegte ein bißchen den Kopf, er wußte nicht, war es ein Schütteln oder Nicken. Er sagte: »Der Vater hat's gesagt, im neuen Haus wird es gut und schön werden.« Das Kind erwartete eine Zustimmung, doch sie schaute nur verloren in die Ferne. Dann gingen sie zurück auf der Höhe zu ihrem alten Wohnsitz. Das Haus war abgerissen. Sie starrten auf den häßlichen Trümmerhaufen. Sie suchten nach Vertrautem darin und entdeckten Tapetenfetzen mit bekanntem Muster zwischen Mauerbrocken. Zertrümmerte Türen sahen sie, die in Schlafzimmer und Bad geführt hatten. Fensterrahmen lagen mit zerbrochenen Scheiben umher. Am Morgen hatten sie noch durch sie geschaut, ob man die Berge sehe. »Wo sollen wir jetzt hingehen?« fragte Wilma. »Du weißt es doch«, sagte der Bub. Er nahm die Mutter an der Hand und führte sie die Straße hinunter, der Fabrik und dem neuen Haus zu.

Regine und Eduard

Die Österreicher gehörten in jener Zeit zu Deutschland. Ein junger Vorarlberger arbeitete im großen Rüstungsbetrieb am See an einer Maschine neben Eduard, dem Einheimischen. Die beiden Jungen kamen glänzend miteinander aus. Der Fremde hatte daheim eine Lehre als Kraftfahrzeugmechaniker gemacht. Er erfuhr, daß drüben über der ehemaligen Grenze in der Fabrik ein gutes Geld zu verdienen sei. Mit dem Motorrad machte er an den Arbeitstagen die fast einstündige Fahrt dorthin und zurück. Bei seinem Vater hätte er zwar genug Arbeit gehabt, denn der hatte eine Reparaturwerkstätte für Landmaschinen. Ab und zu standen auch ein defektes Auto und kaputte Motor- und Fahrräder in seiner Werkstatt. An einem Samstag, als die Arbeitszeit um ein Uhr im großen Betrieb beendet war, sagte der Österreicher zu Eduard: »Mein Vater hat viel Arbeit. Das ganze Wochenende muß ich ihm helfen. Magst du nicht mitkommen?« So fuhr Eduard mit dem Freund den Bergen zu. Nach der Stadt Bregenz bog ein Sträßchen zur Höhe ab. »Schön ist es bei euch!« rief Eduard vom Rücksitz. Der Meister freute sich, als sein Sohn einen Helfer mitbrachte. Bis in die Nacht hinein und den ganzen Sonntag arbeiteten sie. Gegen Abend kam die Frau Meisterin in die Werkstatt. »Jetzt ist aber Schluß!« herrschte sie den Mann an, »die beiden Jungen müssen ja in aller Frühe zur Arbeit fahren.« Nach einem guten Abendessen meinte die Frau: »Die Mädchen drüben werden wohl warten.« Im Nachbarhaus hatte man nämlich vier Töchter. Ihr Vater war ein ärmerer Mann, bei der Gemeinde angestellt. Sein Häuschen stand ganz nah neben der Werkstätte. Die Älteste, die Regine, war die Freundin, man kann auch sagen die Liebste oder Braut des jungen Mechanikers. Zuerst tat sie beleidigt, weil der Nachbar sich den ganzen Sonntag nicht sehen ließ und nun so spät und nicht allein kam. Er streichelte sie und sagte »Schätzle«, da war sie lustig und zeigte ihre Verliebtheit deutlich. Eduard verspürte ein bißchen Neid. Er bedauerte, daß Regines Schwestern so jung waren, die nächste erst fünfzehn. Von nun an ließ er aber kein Wochenende aus, um mit dem Freund »hinüberzufahren«. Den Meister, seine Frau, die Arbeit in der Werkstatt, die lustigen Mädchen dort mochte er nicht mehr missen. Daheim hielt ihn nichts. Er hatte keine Geschwister. Den Vater hatte er verloren, als er Schulbub war. Die Mutter war meist griesgrämig. Sie sei depressiv, sagte sie zu den wenigen Leuten, mit denen sie redete. Wenn man drüben nach seiner Mutter fragte, wich er verlegen einer Antwort aus. Ihr gegenüber ließ er oft grob erkennen, wie glücklich er in Österreich sei, endlich Menschen zu haben, die er achten und lieben könne.

Regines Schwester Franziska war nun siebzehn. Sie gefiel Eduard. Weil sein Kamerad so glücklich war, wollte auch Eduard ähnliches erleben. Die zweite der Schwestern war hübsch, kein bißchen launisch wie Regine und stets lustig. Sie war aber nicht bereit, mit dem Deutschen eine Liebschaft zu beginnen. Anscheinend erwartete sie ein großes Leben. Die Regine gefiel Eduard nicht. Wenn etwas nicht nach ihrem Willen ging, verlor sie sofort die gute Laune. Zudem war ihre Schönheit etwas beeinträchtigt, denn sie schielte auf dem linken Auge. Seinem Freund verriet er aber keinerlei Abneigung gegen sie. Dessen Liebe zu Regine war groß und ohne Bedenken. So glaubten nicht nur sie, ihre Familie, die Meistersleute, ja sogar alle Leute im Dorf, daß sie bald ins Nachbarhaus einheirate, um dort die Frau Meisterin zu sein.

Dann begann der Krieg. Die jungen Österreicher verschonte man anfangs anscheinend vom Kriegsdienst. Eduards Freund mußte aber bald zu den Soldaten. Solch gute Mechaniker konnte man bei der deutschen Wehrmacht brauchen. Technisches Können war so wichtig wie Kampfesmut. Eduard dagegen konnte man nicht brauchen. Er hatte in seiner Lehrzeit an einer Maschine den rechten Zeigefinger verloren, was ihn jedoch nicht an der Ausübung seines Berufes hinderte. Die Firmenleitung war froh, auf den fleißigen Mann nicht verzichten zu müssen. Er fuhr weiterhin nach Vorarlberg. Zwar nicht mehr jeden Samstag, denn jetzt mußte er den weiten Weg mit dem Fahrrad machen. Zudem fürchtete sich seine Mutter vor Fliegerangriffen. Wenn er aber zur Werkstatt kam, war die Freude des Meisters groß und Eduards Hilfe hochwillkommen. Regine schimpfte abends: »Das ist doch euer Krieg! Du hockst hier, während mein Bräutigam den Kopf hinhält.« Daran sei Eduard nicht schuld, sagte der Meister. »Wo ist denn deine Schwester Franziska?« Sie arbeite drunten in Bregenz als Bedienung. Gerade an den Wochenenden war sie zu Eduards Enttäuschung nicht da. In einer dieser Nächte wachte er auf an Rufen und Rennen. Er rannte mit an den Ort, wo man weit über den See schauen konnte. Im Westen sah es aus, als brenne er. »Das ist bei uns! Die Mutter!« schrie er. Noch in der Nacht radelte er heim und erkannte sein Wohngebiet nicht mehr. Er suchte die Mutter und fand sie in einer Schule mit anderen Ausgebombten. Vorerst konnte er sie nicht verlassen, nicht einmal mehr am Wochenende. Sie hatten eine Bleibe bei einem Bauern in der Umgebung gefunden. Als das Kriegsende schon nahe war, ließ der verzweifelte Meister ihm die Nachricht zukommen, daß sein Sohn in Holland gefallen sei. Der Krieg war zu Ende, und für Eduard war es so schlimm und hoffnungslos wie für viele um ihn. Sein Arbeitsplatz existierte nicht mehr – er arbeitete beim Bauern. In Gedanken war er drüben in Vorarlberg, und als ihm die schmutzige Herbstarbeit auf dem Hof ganz zuwider war, es war im ersten Herbst nach dem Krieg, machte er sich mit dem Fahrrad auf den Weg dorthin. In kurzer Zeit war Österreich wieder zum Ausland geworden. Er wußte Schleichwege und verstand, an französischen Posten vorbeizukommen. Das Meisterehepaar trauerte um den Sohn, das einzige Kind, das sie gehabt hatten. Mit Eduard fühlten sie sich ein bißchen getröstet, und sie baten ihn, doch bei ihnen zu bleiben. Die Werkstatt des Meisters stand voller ramponierter Fahrzeuge. Das war die Arbeit, die ihm gefiel! Er wunderte sich, wie leicht Regine den Verlust des Bräutigams hinnahm. Abends kam sie oft herüber, als sei es immer noch das Haus, in das sie kommen sollte. An Sonntagen bat sie Eduard, mit ihr spazierenzugehen, sie wolle ihm zeigen, wie schön die Landschaft bei ihnen sei. »Als ob ich das nicht schon längst wüßte!« lachte er. Abends wollte sie mit ihm ausgehen, nach Bregenz hinunter, um zu tanzen, oder im Dorf mit anderen jungen

Leuten singen und lachen. Dabei machte Eduard nur zögernd mit. Er sagte: »Ich glaube, drüben, über der Grenze, trägt man am vergangenen Unheil schwerer als hier, denen dort ist noch nicht nach Tanzen und Lachen.« »Eure Schuld an allem ist ja viel schwerer als die unsere«, wußte Regine. »Ja, genau um fünf Jahre«, und er hätte gerne dazu gelacht. Der Meister hatte ein altes Auto für sich repariert, mochte es aber selbst nicht fahren. So fuhr Eduard die Meistersleute aus, bald jedoch öfters Regine, was ihr ungemein gefiel. Kam er mit ihr spät heim, schliefen die Eltern und Schwestern. Ihre ganze Familie flattierte ihm. Und Regine machte »es« ihm leicht. Nicht nur in Deutschland, auch in Vorarlberg war es eine Schande, ein lediges Kind zu haben. Die beiden mußten also heiraten. Von der Hochzeit war die Braut sehr enttäuscht. Obwohl ihr Bäuchlein bereits etwas ahnen ließ, trug sie ein weißes Spitzenkleid. Statt eines Schleiers hatte sie einen weißen breitrandigen Hut gekauft – wegen des Schielens. Doch sie war beim Fest nicht die zukünftige großartige Frau Meisterin. Die Feier verlief eben so, wie ärmere Leute eine solche feiern können. Die Brautmutter hörte man zwar Verwandten zuflüstern: »An Sohnes statt.« Der Meister und die Meisterin verhielten sich einsilbig und verließen die Hochzeitsgesellschaft frühzeitig. Nachher bekam Eduard einen Lohn, nicht wie bisher nur ein Taschengeld. Er aß und schlief weiterhin im Meisterhaus, nur am Wochenende war er drüben bei der Frau.

Mehrere Jahre änderte sich nichts. Regine war verdrießlich geworden. Sie nörgelte und drängelte und machte ihrem Mann Vorwürfe, weil er wegen der Geschäftsübernahme nichts tue. Er spüre, warf er ein, die Zeit dazu sei noch nicht da. Der Meister und seine Frau waren wortkarg geworden. Eduard war, als verheimlichten sie etwas vor ihm. Eines Tages bekam er einen Brief von seiner Mutter: Als Fliegergeschädigter sei ihr eine Wohnung in einem neuerbauten Häuserblock samt Geld für Möbel zugewiesen worden. »Du kannst heimkommen«, schrieb sie. »Ich meinte, du seist hier daheim!« schrie Regine ihn an. Nur ein paar Tage später kam wieder ein Brief aus der Heimat. Im Betrieb werde wieder gearbeitet. Man habe sich nach ihm erkundigt – er könne sofort anfangen. Jetzt erzwang es seine Frau! Seine Vorsprache beim Meister wegen der Nachfolge »an Sohnes Statt« war ungeschickt. Der Brief der Mutter zitterte in seinen Händen. Dem Meister zitterten die Lippen. »Du warst uns wie ein Sohn«, begann er. »Du hast schwer für uns gearbeitet. Das verspreche ich dir hoch und heilig, ich werde dich einmal dafür belohnen. »Er wollte mehr darüber sagen, doch Tränen hinderten ihn daran. Seine Frau nahm ihm das folgende ab: »Unser kleiner Betrieb ist so nicht weiterzuführen. Viel Geld müßte hineingesteckt werden, ein Vermögen, das wir nicht haben und du erst recht nicht. Als sie sah, wie entgeistert Eduard schaute, sprach sie weiter: »Oh, die Regine! Mit nichts und wieder nichts wollte sie hier die Besitzerin sein! Eigentlich mochte ich sie nie.«

Regine war natürlich nun voller Zorn. Sie war wütend auf den Meister und seine Frau. Ihrem Mann drohte sie mit lebenslänglicher Verachtung. Wohl weil sie sich schämte, haßte sie auch die Bewohner des Dorfes. Diesen Haß übertrug sie auf die Heimat, auf die Wiesen, die nahen und die fernen Berge. Nie mehr wolle sie mit Vorarlberg etwas zu tun haben. Nie mehr werde sie österreichischen Boden betreten! So zog sie mit Eduard in seine beschädigte Heimatstadt. Nur die zwei jungen Tanten, die ihren kleinen Buben liebten, die auf ihn aufpaßten zwischen den gefährlichen Fahrzeugen, hatten beim Abschied ein bißchen geweint. Nun lebte Eduard also mit seiner Familie in der kleinen Wohnung seiner Mutter am nördlichen Stadtrand. Die vielen Mitbewohner des hastig erbauten Häuserblocks nahmen die Österreicherin wohlwollend an. Ihrem kleinen Sohn schenkten sie gerne etwas. Regines Schwiegermutter schimpfte: »Jetzt sagt sie wieder, der Bub habe die Banane ›übercho‹, statt dieser habe sie gschenkt kriegt.« Als ob das besser wäre!« meinte Regine. Eduards

Mutter war nämlich deren Mundart grausam zuwider. Im Betrieb war Eduard sehr willkommen. Er arbeitete an den Maschinen, mehr als gefordert, machte also Überstunden. Trotzdem war sein Verdienst nur mäßig. »Nütze dein Können im Fahrzeugbau«, forderte seine Frau. Im Abstellraum unten richtete er in einer Ecke seine Werkstatt ein. Aus Rädchen eines alten Kinderwagens, Blech- und Holzstangen machte er für seinen Buben einen trefflichen Roller. Andere Kinder wollten ebenfalls ein solches Fahrzeug. Bald brachte man ihm kaputte Fahr- und Motorräder. In seinen freien Stunden, oft bis in die Nacht hinein, arbeitete er. Einem Herrn der Firma kam seine Geschicklichkeit zu Ohren. Ihm machte er aus einem alten Karren ein wieder brauchbares Auto. Bei der Probefahrt sah der Mann, wie geschickt Eduard beim Lenken war. »Sie könnten mein Fahrer sein!« sagte er zu ihm. So hatte Regines Mann bald drei Berufe: den an der Fabrikmaschine, den eines Privatreparierers, dazu den des gelegentlichen Fahrers eines Direktors, meist sonntags, wenn er gerne ausgeruht hätte, es sich aber nicht anders einrichten ließ. Regine war aber das Geld, das er verdiente, zu wenig. »Wechsle zur Autobranche – die hat Zukunft«, forderte sie. Trotz seiner Schuldgefühle, sie nicht zur Geschäftsfrau gemacht zu haben, wollte er vom Betrieb nicht weg. Seine Frau verdiente als Platzanweiserin im Kino dazu. Abwechselnd zu Nachmittags- und Nachtvorstellungen ging sie weg. Für den Kleinen war die Oma da.

Eduard fuhr einen Direktor nach Stuttgart und zurück. Dem Mann war's auf dem Rücksitz langweilig. Er wollte reden: »Wo wohnen Sie?« fragte er den Fahrer. Eduard schilderte seine beengte Situation. »Man muß etwas gegen die Wohnungsnot tun. Wir von der Betriebsleitung planen den Bau eines Reihenhauses ganz nah der Fabrik.« Eduard schwieg. »Auf Eigentumsbasis mit günstiger Finanzierung«, sprach der Chef weiter. Eduard zuckte gleichgültig die Achseln. »Nur achttausend Mark Eigenkapital – etwa vierzigtausend das Ganze – kann langfristig abbezahlt werden.« Eduard schüttelte den Kopf. »Machen Sie doch mit! Dann wären Sie nahe beim Betrieb und jederzeit leicht erreichbar.« Eduard senkte den Kopf. »Die Zeiten werden besser, die IG Metall ist rührig.« Der Fahrer tat, als ob der Verkehr ihn nicht ablenken dürfe. Dann fuhren sie stillschweigend, bis sie die Höhe vor Ravensburg erreichten. Es war ein schöner klarer Abend. Man sah die Berge. Eduards Blick blieb an den Vorbergen, seinem geliebten Vorarlberg, hängen. Plötzlich kam ihm ein wahnwitziger Gedanke, der zur Hoffnung gedieh. Als sie beim Werk ausstiegen, sagte er, daß er sich bald um so ein Reihenhaus bewerbe. »Das ist gut!« sagte der Direktor und klopfte Eduard auf die Schulter.

Er konnte es kaum erwarten, bis Regine aus der letzten Filmvorstellung kam. »Wir kommen zu einem eigenen Haus!« rief er ihr entgegen. »Du bist wohl verrückt! Hast ja kein Geld!« Als er die Finanzierung dargelegt hatte, schimpfte sie: »Ich will nicht meiner Lebtag Schulden haben, nichts wie sparen!« Jetzt sprach Eduard davon, beim Meister drüben um Geld zu bitten, worauf sie schallend lachte, diese Knauser kenne sie. »Laß mich nur machen«, meinte er. »Deine Machenschaften kenne ich!« Zur Bettelfahrt nach Österreich werde sie ihn auf keinen Fall begleiten. Eduard nahm den Sohn, der bereits zur Schule ging, am nächsten Sonntag mit. Das Wetter war herrlich, als sie über den See nach Bregenz fuhren. Mit dem Bus ging's hinauf ins Dorf. Wo Werkstatt und Meisterhaus gestanden hatten, war eine Halle, und wie angeklebt stand Regines Elternhäuschen daneben. Zwei Tanten, die zwar nicht mehr so jung, aber doch noch ledig waren, küßten und streichelten den deutschen Neffen. »Ich könnte bauen«, sagte Eduard zum Schwiegervater, »die Regine hat von daheim noch keinen Pfennig bekommen.« Der alte Mann war sofort aufgeregt. Er zitterte mit dem Kopf, ärger als er's früher schon getan hatte. Seine Frau schluchzte: »Die Franziska hat in ein Gasthaus eingeheiratet, da konnten wir uns nicht lumpen lassen, und die beiden ...«, sie zeigte auf die Töchter, redete aber nicht weiter, sondern lief dem Vater nach ins Schlafzimmer. Die Tanten hörten auf, den Buben zu tätscheln. Nach einer kleinen Weile kam das alte Ehepaar mit einem Büschelchen Geldscheine aus der Kammer. Eduard sah, es waren Schillinge, und es konnten nicht viele sein. Er wollte nicht geldgierig erscheinen, nachzählen und umrechnen, so steckte er das Geld in die Innentasche seiner Jacke. Die Schwägerinnen waren plötzlich nicht mehr da, der Abschied also kurz. »Regine wird sich bedanken«, sagte Eduard unter der Tür.

Die Straße, in der der Meister jetzt am Bodenseeufer lebte, wußte er. Nun suchte er das Haus. »Oh, der Eduard!« rief's von einer Haustreppe, »gerade heute denk ich dauernd an dich.« Auch seine Frau zeigte große Wiedersehensfreude. Eduard erläuterte bald den Plan vom Kauf eines Häuschens und dessen Finanzierung. Er mußte nicht betteln. Die Alten äußerten sich erfreut darüber, daß er zu einem Eigentum komme, und es war gerade so, als wären sie froh darüber, eine alte Schuld loszuwerden. »Sechstausend – natürlich in Mark – gebe ich dir. Mit dem Rest wirst du fertigwerden, nehme ich an. Du mußt die Regine kürzer halten«, sprach der Meister. Eduard konnte sein Glück kaum fassen, und bei der Meisterin Kuchen ist es ein fröhlicher Nachmittag geworden. Beim Abschied fragte Eduard, als hätte er die Hauptsache vergessen: »Die Zinsen? Die Rückzahlung?« »Laß nur gut sein. Was ich verspreche, halte ich.« Da könne er nur »Vergeltsgott« sagen. Eduard meinte, das habe mehr Gewicht als »danke«. Frohgemut fuhren Vater und Sohn heimwärts. Das Schiff war überfüllt, so standen sie am hinteren Heck und schauten zurück nach den verschwindenden Bergen. »In Österreich ist es schön!« sagte der Bub, »dahin möchte ich noch oft. Wenn ich groß bin, will ich immer dort leben.« Sein Vater lachte. »Das wollte auch ich einmal.« Das Staunen der Regine war natürlich groß. Zufrieden gab sie sich aber nicht: »Und woher nimmst du den Rest für die Anzahlung und das viele Geld für die Einrichtung des Hauses?« »Der Meister meinte, du solltest dir ein paar Hüte weniger kaufen.« Der Sohn, der wollte, die Großen sollten die Wahrheit sagen, wußte: »Das hat er nicht gesagt.« »Aber gemeint hat er es so, du Lausbub!« Seine Mama war nämlich hoffärtig. In den Filmen sah sie schöne, prächtig gekleidete Frauen. Diesen Filmdamen wollte sie annähernd gleichkommen. Mit Kolleginnen wetteiferte sie im Nobelsein. Als der Kleine im Bett war, fing sie wieder vom fehlenden Geld an zu reden: »Du sagst, so ein Reihenhaus habe vier Zimmer. Eines davon werden wir vermieten.«

Regines Schwiegermutter freute sich sehr über den Verlauf der Dinge. Dies nicht, weil der Sohn mit Familie ein eigenes Haus haben würde, sondern darüber, wieder allein zu sein. Sie konnte nicht aufhören, den Dialekt ihrer Schwiegertochter widerlich zu finden. »Kein schwäbisches Wörtchen nimmt sie an, und doch zieht sie nur über die Vorarlberger her«, so und so ähnlich schimpfte sie. Die alte Mutter fragte ungeduldig, und bald jeden Tag, wie lange denn so ein Hausbau dauere.

Arthur und Luise

Arthur war einige Zeit vor der Währungsreform aus englischer Gefangenschaft heimgekommen. Er war gehobenen Mutes. Nach einer bösen, hungrigen Zeit war er dort in ein besseres Lager gekommen. Die Gefangenen arbeiteten im Straßenbau, und der Lagerleiter war ein trefflicher Mann. Er war Jude, doch nahm er an den jungen Deutschen keine Rache. Im Gegenteil! Er wollte die Verblendeten umerziehen, so daß in ihrem Vaterland nie mehr solche Schrecklichkeiten geschähen. Er hielt Vorträge. Von Demokratie, Volksverführern, Tyrannen, von totalitären Staaten, von Revolutionen und was Freiheit sei, sprach er. Dabei verstand er es, Zusammenhänge darzustellen. Arthur ließ keinen seiner Vorträge aus. Ein besonders begeisterter Zuhörer war er, wenn es um Religionen oder Philosophie ging.

Die Namen Nietzsche und Kant hörte er zum ersten Mal. Der Lagerleiter schwärmte nämlich für deutsche Geisteswissenschaften und Literatur. Arthur hatte einige gebildete Kameraden, mit denen er über das Gehörte reden konnte. Nebenher war es ihm möglich, in einem Kurs die englische Sprache zu erlernen. Darum tat es ihm direkt leid, als er aus der Gefangenschaft entlassen wurde.

Daheim wollte es ihm nicht gefallen. Alles kam ihm dumm und ärmlich vor. Während seiner langen Militärzeit war Arthur ein Stück gewachsen, jetzt hatte er nichts Passendes anzuziehen. Sein Vater war gestorben, während er in englischer Gefangenschaft war. Seine Mutter verstand aber gut zu nähen. Aus Vaters Oberhemden machte sie für den Sohn passende. Aus den unteren Teilen schneiderte sie Kragen und Manschetten, und was eh in der Hose steckte, ersetzte sie durch irgendeinen alten Stoff. Arthur waren diese Hemden höchst zuwider. Aus des Vaters Überzieher nähte sie für ihn eine sportliche Jacke. Er konnte es nicht mitansehen, wie sie sich am harten Stoff die Finger zerstach, sie mußte nämlich alles von Hand nähen. Kurz vor dem Krieg hatte sie eine neue versenkbare Nähmaschine bekommen. Diese kam mit anderen Kostbarkeiten in den Luftschutzkeller. Als wieder einmal die Sirenen heulten, war sie dort nicht mehr. Ein gemeiner Diebstahl, schrieb damals der Vater dem Sohn. Die Mutter war eine schöne Frau, mit Augenbrauen wie gezeichnet. An Ordentlichkeit war sie nicht zu übertreffen. Wegen jedem Löffelchen, das sie gerade nicht sah, wegen jedem Loch in den Strümpfen hatte sie Vorwürfe bereit. Ihr Mann machte längst zu ihrem Tun wegwerfende Handbewegungen. Der einzige Sohn nahm ihre Korrektheit an. Er meinte wie sie, in allen Haushaltungen ringsum herrsche pure Schlamperei. Er glich auch äußerlich seiner Mutter, war ebenso schwarzhaarig, also ein hübscher Bursche. Mit seiner Ausbildung wollte sie höher hinaus, doch sein Vater verdiente nur mäßig, und sie lebten in Miete. Der Sohn hatte die kaufmännische Lehre im großen Betrieb noch nicht ganz beendet, als er zum Militär mußte. Nun stieß es ihn also ab, wie sich seine Mutter an den alten Klamotten verlitt. Er stieg eine Treppe höher. Hier waren zwei Mädchen, mit denen er oft gespielt und gelacht hatte. Eine der beiden war dabei, aus kaputten Damenstrümpfen Zöpfe zu flechten. Die andere nähte sie zu Läufern zusammen. Angewidert beschaute er die häßlichen Flickenteppiche. Da ging er lieber zu einer Freundin, mit der er viele Briefe gewechselt hatte. Sie zeigte ihm sofort ihren Pelzmantel. Von Nachbarn und Bekannten hatte sie Hasenfelle erbettelt. Stallhasen wurden damals viele geschlachtet. Kaninchenfleisch lag außerhalb der Fleischmarken. Die Felle waren weiß, schwarz, braun und gescheckt. Ein alter Kürschner machte dem Mädchen daraus einen monströsen Pelzmantel. Sie wollte alsbald mit ihm, dem hübschen Heimkehrer, an der Uferstraße spazierengehen. Arthur lehnte grob ab. Alle Feldpostbriefe waren umsonst geschrieben.

In der Stadt traf Arthur einen Kameraden mit dem er zusammen die Lehre gemacht hatte, der wie er nicht wußte, wie es weitergehen werde. »Nach Australien sollte man auswandern! Da könnte man Geld verdienen«, meinte er. Wie eine Erleuchtung kam es über Arthur. Nicht allein wegen des Geldverdienens wollte er auch dorthin, das freie Land entsprach seiner neuen Weltsicht. »Ich kann ein bißchen Englisch«, sagte er zum Freund. Sie hatten bereits beim Landratsamt die Anträge zur Auswanderung vorgelegt, da kam alles anders. Im Betrieb ging die Produktion weiter. Der Kamerad sprang ab vom Plan. Er müsse sehen, seinen versprochenen Posten bei der Firma zu bekommen. Arthur war seiner Mutter wegen froh, nicht ausreisen zu müssen. Sie hatte bös gejammert, weil sie wieder allein sein wird. Jetzt bemühte sich auch Arthur um Arbeit in der Fabrik. Mit der erstbesten aber gab er sich nicht zufrieden. Er hatte Glück. Die Stelle entsprach zwar nicht seinen hohen Ansprüchen, er sah aber, wie ausbaufähig sie war. Bald verdiente er vom neuen guten Geld so viel, daß er etwas ersparen konnte. Seine Mutter hatte ihn Sparsamkeit gelehrt. Für Unsinniges, wie zum Beispiel ein Motorrad, gab er kein Geld aus. Er kaufte eine Nähmaschine. Nach einigen Jahren lief ihm ein Mädchen über den Weg.

Luises Weg! Ihre Ferien gingen zu Ende. Sie mußte bald zurück in die staatliche Schule, in der man sie zur Lehrerin ausbildete. An einem schönen Morgen im September hörte sie aus dem Volksempfänger die schreiende, beschwörende Stimme: Es werde zurückgeschossen! Sie rannte geschwind zu denen, die längst bei der Arbeit waren, und meldete aufgeregt, was sie eben gehört habe. Ihr Vater wusch mit zwei Söhnen in einem Zuber Gurken, die sie in Kisten zum Verkauf schichteten. Luise war voller Begeisterung, als sie vom großartigen Ereignis berichtete. Die beiden Brüder schwiegen. Der ältere war bereits beim Militär – jetzt hatte er noch ein paar Tage Urlaub. Der zweite, gerade neunzehn, war bestimmt kurz davor, zu den Soldaten eingezogen zu werden. Auch der Vater sagte nichts, sondern badete weiter Gurken. Nun, Gugummern sind appetitliche Gewächse, nie ist eine wurmig. Luises Vater erwischte aber eine, die faulig war, und dann sind sie ekelhaft. Er warf sie der Tochter mitten ins Gesicht. »Du dumme Kuh!« schrie er dabei, »meinst wohl, man gewinnt einen Krieg!« Der stinkende Saft platschte nach allen Seiten, spritzte ihr in Augen und Haare, lief über den Hals in den Kleiderausschnitt bis zum Bauchnabel. Sie rannte weg, um sich zu säubern, die Brüder lachten ihr nach. Am Abend saß die Familie vor dem Radio. Sie hörten die Kriegserklärung, die Gründe dazu und die erste Siegesmeldung. Keiner sagte, was er dachte, wohl hatten sie Angst vor dem, was kommen würde. Auch Luise fürchtete sich vor dem Krieg. Alle Kinderjahre hatte sie gebetet, es möge nie mehr einen geben. Vom letzten, der noch gar nicht so lange vorbei war, hörte sie nichts Gutes, wenn der Vater mit Nachbarn am Feierabend von ihm sprach. Luises Großmutter sei in der Kirche von der Kanzel genannt worden, weil sie sechs Söhne gehabt habe, die an verschiedenen Fronten für das Vaterland gekämpft hätten. Drei von ihnen seien nicht zurückgekommen. Der eine war ein Sonderling, der kaum sprach und röhrende Hirsche malte. Dessen Verlust verschmerzte man. Den andern betrauerten sie schwer. Er war der größte Hoffnungsträger der Familie gewesen. Den Heldentod des Jüngsten beweinten sie rührselig, er war keine zwanzig Jahre alt geworden. Der Hoferbe kam gesund zurück. Luises Vater heiratete ein Nachbarsmädchen, dessen Bruder gefallen war. Er war aber für sein Leben gesundheitlich angeschlagen, mürrisch, als hätte er seinen eigenen Krieg verloren. Und da war noch einer der sechs, der heimkam: Luises Onkel Xaver. Er hatte einen Kopfschuß erlitten. Die Kugel trat durch die Nase ein. Die Nase ist ein dominierendes Glied im Gesicht des Menschen, ihre Schönheit oder Häßlichkeit ist bestimmend. Bei Xaver sah sie wie umgestülpt aus. Kein Mädchen mochte das stets vor sich sehen. So blieb ihm nichts, als bei seinem Bruder, Luises Vater, Knecht zu sein. Dessen Kinder liebte er. Er spielte und lachte mit ihnen. Am Sonntag kaufte er nach der Kirche Bonbons für sie von seinem geringen Lohn. All das tat deren Vater nie. Plötzlich starb Xaver. Das Geschoß sei ins Gehirn gewandert. Des Onkels Tod blieb in Luises Gedächtnis haften.

Doch jetzt war alles anders! In Luises Seele stritten Furcht und Begeisterung. So war sie froh, als die Ferien zu Ende waren, dies weniger wegen der faulen Gurke, denn in der Internatsschule würde kein Zweifel sein. Dort war die Stimmung wie erwartet, gehoben, begeistert, kampfbereit. Letzteres war kein Wunder, denn nur weibliche Personen bevölkerten das große Haus. Der hohe Geist ging von der Leiterin der Schule aus. Sie war eine Lehrerin mit großer Überzeugungskraft. Ob sie Biologie oder Geschichte lehrte, alles glaubte man ihr. Sie war vom Wahn besessen, ganz Europa sei deutsches Land. Mit den Menschen des Nordens sind wir eines Blutes, die Franzosen, die Franken, wie sie sagte, ein deutscher Stamm, halb Italien ist deutschsprachig, das Land voller Spuren deutscher Herrschaft, Österreich hat heimgefunden ins Reich. Luise fragte einmal im Unterricht: »Und die Schweiz?« Sie hatte nämlich dort Verwandte, die lästerlich über den Hitler schimpften. Statt einer Antwort bekam sie einen bösen Blick. Wenn die Lehrerin von Böhmen-Mähren, dem Sudetenland, gar von der Ukraine sprach, bebten ihre Lippen. Aufsätze und Referate der Schülerinnen handelten von den Auslandsdeutschen. Viele Jahre später las Luise einen Aufsatz, den sie wohl wegen der guten Note aufbewahrt hatte. Die Sätze trieften von Deutschtum, und sie schämte sich, wie oberflächlich dumm das Geschriebene war. Der Schulleiterin größter Tick war der Nordosten Deutschlands. »In den Ostwind hebt die Fahnen… sie befehlen uns zum Aufbruch, und den Ruf hört unser Blut…«, war das meistangestimmte Lied bei ihnen. Im Unterricht wähnten sich die Mädchen mit strahlenden Rittern erneut auf Eroberungszügen gen Osten. Die Frau verbrachte die Sommerferien ausschließlich in jenen Landen, um dann bis Weihnachten vom deutschen Danzig zu schwärmen. Die Schülerinnen durften während der Ausbildung einmal die große Fahrt in den Osten mitmachen. Damit sie in engen Kontakt mit der Natur kämen, stand Nacktbaden in der Ostsee auf dem Programm. Luise durfte leider nicht mitfahren, ihren Vater reute das Geld. Gerade auf das Nacktbaden hatte sie sich gefreut.

Während der ersten drei Kriegsjahre verlief es in der Schule im selben Geist mit dem Sieg Großdeutschlands vor Augen. Von Zweifeln oder Trauer um den gefallenen Vater einer Kursgenossin, auch um die toten Brüder Luises, durfte nichts gezeigt werden. Etliche Mädchen profitierten vom Krieg. Ihre Väter waren Offiziere, sie schickten den Töchtern aus Frankreich Seidenstrümpfe und Parfüm. Sie litten in der Staatsschule keinen Hunger. Ihre Leitung konnte für hohe politische Persönlichkeiten sogar Festivitäten veranstalten. Dabei gab's köstliche Pasteten. Wahrscheinlich wäre es in den weiteren Kriegsjahren nicht mehr so günstig gewesen, doch Luises Kurs wurde, da man dringend Lehrkräfte brauchte, ein Jahr zu früh ins Berufsleben entlassen. Eine Weile verfolgten sie untereinander ihre Wege. Einige befreundeten sich mit Schul- und Ortsgruppenleitern. Andere stritten mit Bürgermeistern und Schulräten – sie entgingen nur knapp einer Strafversetzung. Eine heiratete einen adeligen Offizier, was zunächst großartig, später um so schlimmer war. Eine andere glaubte einem Soldaten alles und bekam von ihm, einem verheirateten Mann, ein Kind, was ihr das Leben versaute. Auch das kommt bei Lehrerinnen vor. Der klügsten des Kurses gefiel der Schuldienst überhaupt nicht, sie heiratete einen Geschäftsmann. Er hatte zwar zur Zeit nicht viele Geschäfte zu tätigen, wußte aber, wie er nach dem Krieg zu Reichtum kommen könne. Die meisten der Mädchen setzten sich im Beruf ein, und es schien, daß etliche nach dem Krieg des großen Männermangels wegen ledig bleiben würden. Luise wähnte sich dabei. Sie war manchmal an verschiedenen Orten gleichzeitig angestellt, darum kaufte sie anfangs der fünfziger Jahre einen gebrauchten VW-Käfer. Mit ihm meinte sie durchs Leben zu kommen. Von einer Freundin aus jener Schulzeit erfuhr sie, daß die vorzügliche Schulleiterin lange Zeit inhaftiert gewesen sei. Im berüchtigten Lager wird sie ihre Irrtümer erkannt haben. Sicher konnte sie die Augen nicht davor verschließen, wie ihre bewunderten Vorposten des Deutschtums vertrieben wurden, verhungerten, ertranken und erschlagen wurden. Auch nicht davor, wie die, die durchkamen, in der geplagten Heimat höchst unwert waren. Solch gute Lehrerinnen brauchte man, sie wurde wieder in den Schuldienst übernommen. »Jetzt wird sie die Vorzüge der Demokratie und der Menschenrechte lehren«, sagte Luises Freundin aus jener Zeit. »Und alle ihre Schüler werden glauben, was sie sagt!« meinte Luise lachend.

Dann lief ihr also Arthur über den Weg. Richtiger – sie fuhr an ihm vorbei und kam nicht mehr weiter. »Kann ich helfen?« fragte er. Nicht umsonst war er im Krieg bei einer motorisierten Einheit gewesen. Im Nu fand er den Kontaktfehler. Er war allein auf einer kleinen Wanderung im Hinterland des Sees. Das tat er sonntags gerne. Luise bot sich an, ihn in die Stadt zurückzufahren, und dort kehrten sie noch in einem Gasthaus ein. Die Lehrerin hatte Arthur gefallen, und dies nicht nur ihres Berufes und Autos wegen.

Sie schien ihm unkompliziert und lustig zu sein. Äußerlich machte sie nicht viel her: etwas zu klein und mollig, mit gewöhnlichem braunem Haar und einer Brille auf der Nase, vielleicht ein paar Jahre älter als er. Obwohl er sich vorgenommen hatte, nur eine attraktive Frau zu heiraten, kreisten seine Gedanken ständig um dieses Mädchen. Er ärgerte sich, kein nächstes Treffen ausgemacht zu haben. Er würde sie schriftlich darum bitten. Ihren Namen, den der Schule und des Orts, wo sie unterrichtete, wußte er. In der Aufregung vergaß er, die Briefmarke auf den Umschlag zu kleben. Im Lehrerzimmer gab's in der Pause großes Gelächter, als der Hausmeister von Luise das Strafporto kassierte. Ihr gefiel das mit der Strafe, sonst wäre sie wohl nicht zum Treffen gefahren. Danach brachte auch sie den Mann nicht aus dem Sinn. Die große Liebe ist es nicht, dachte sie, weder bei ihm noch bei mir. Sie freute sich aber von einem Treffen zum andern. Besonders gefiel's ihr, wenn er am Sonntag die zwölf Kilometer zu ihr ins Dorf marschiert kam.

So rasch ging es mit ihnen! Schon beim fünften Rendezvous saßen sie im Lieblingsgasthaus bei einem Gläschen Wein, da erzählte er von einem Reihenhaus, das die Firma baue. Da würde er zu gerne mitmachen, habe aber von den geforderten achttausend Mark Anzahlung erst drei erspart. Auch vor den langjährigen Schulden sei ihm bange. »Leider! Ein eigenes Haus wäre schön.« Luise sagte: »Fünftausend habe ich leicht.« Darauf ist sie feuerrot geworden. Arthur hatte ja nicht gefragt, ob sie die Sache gemeinsam machen, also heiraten wollten. Er nahm sie gleich in den Arm und küßte sie vor allen Leuten. »Komm am nächsten Sonntag zu uns. Ich will dich meiner Mutter zeigen.«

Als Arthur nach Hause kam, war seine Mutter noch wach. Er berichtete sofort, was er im Sinn habe. »Ich weiß schon lange, daß du Geheimnisse vor mir hast«, sagte sie mürrisch. »So lange ist es noch nicht. Jetzt habe ich's dir gesagt, geh nur schlafen«, lachte er. Sie konnte aber kaum schlafen. Als Arthur am Montagabend von der Arbeit kam, sprach sie: »Diese Luise wird viele Jahre berufstätig bleiben müssen. Wie solltest du sonst ein Haus bezahlen können?« »Das wird sich zeigen«, meinte er. Am nächsten Abend redete die Mutter unwirsch, denn auch die Nacht vorher hatte sie schlecht geschlafen. »Wie kann denn diese Luise neben dem Beruf her einen ordentlichen Haushalt führen?« »So korrekt wie bei dir muß es nicht sein.« Darauf schaute die Mutter ihn böse an. Mittwochabends sprach sie: »Ich dulde keine Schlampe als Schwiegertochter!« Das sei Luise bestimmt nicht, entgegnete er, schlug die Tür zu und ging aus dem Haus, was er werktags kaum tat. Am Donnerstag war sie versöhnlich. »Ein Haus, besonders wenn hüben und drüben nahe Nachbarn sind, macht viel Arbeit. Ich werde mit einziehen.« »Oh, wenn dir das nur nicht zuviel wird!« Sie sei noch rüstig, beteuerte die Mutter. Es war bereits Freitag, als sie zum Sohn sagte: »Ich mache es natürlich nur, wenn ich im Haushalt alles bestimmen kann.« Arthur schaute ängstlich drein, als er meinte: »Das müssen wir übermorgen mit Luise besprechen.« Vor dem großen Tag war Arthurs Mutter sehr aufgeregt. »Als unverheiratetes Paar könnt ihr unmöglich ins Haus einziehen! Wir machen morgen den Hochzeitstermin aus.« »Je bälder desto lieber!« sagte er lachend und fragte, ob der Kuchen gelungen sei.

Die beiden Frauen fanden sofort Gefallen aneinander. Mit den Plänen und Forderungen von Arthurs Mutter war Luise einverstanden. Dabei übersah sie, wie bleich ihr Freund während der Unterredung geworden war, sein Achselzucken und seine Einwände nahm sie nicht ernst: »Die Lehrer haben doch viele Stunden und manche Nachmittage frei.« Er hatte auf einmal Bedenken bekommen. Er hoffte, Luise sei mit Mutters Ansinnen nicht einverstanden. Aber sie war's zufrieden. »Auf dem Weg zur Schule wird Zeit liegenbleiben, zu Vorbereitungen und Korrekturen muß ich auch welche haben. Ich werde also meine Füße unter euren Tisch strecken«, beschloß sie diese wichtige Angelegenheit.

Sie wollte keine weiße Braut sein und wählte ein hellgraues Kostüm mit gleichfarbigem Schleierhütchen. Sie sah adrett aus, jedoch lange nicht so trefflich wie der hübsche Bräutigam in dunkelblauen Anzug. Standesamtliche wie kirchliche Trauung verliefen in feierlichem Rahmen. Eine Kollegin Luises war Trauzeugin, der Kamerad Arthurs, der damals mit nach Australien wollte, war Trauzeuge. Es war eine kleine Hochzeitsgesellschaft. Mit der Verwandtschaft sah es auf beiden Seiten mager aus. Arthurs Pate, ein Bruder seiner Mutter, kam mit Frau aus Stuttgart angereist. Sie gaben dem Brautpaar einen Hunderter. Dann bemühten sie sich, diese Spende wieder einzubringen. Mit köstlichem Essen und reichlichem Trinken gelang es ihnen fast. Luise hatte nur noch den einen jüngeren Bruder. Seine Bäuerin hatte etwas gegen Familienfeste. Statt ihrer brachte er die Tochter mit, die ein hübsches Mädchen war, aber den ganzen Tag kein Wort sprach. Außerdem begleitete ihn die alte Tante. Sie war die einzige Schwester der sechs Soldatenbrüder. Im Dorf lebte sie als kinderlose, ziemlich wohlhabende Witwe im eigenen schönen Haus. Mit ihr hatte Luise von Kind an ein vertrautes Verhältnis gehabt. Beim Fest sprach auch sie wenig, aber sie beobachtete der Nichte neue Schwiegermutter. Diese führte das Wort. Vom Eigenheim redete sie, und wie sie dort Haushalt und Garten besorgen werde. Obwohl das nicht zur Debatte stand, sagte die alte Tante: »Mit Luise kann man niemals Streit bekommen, so lustig, verträglich und geduldig wie sie ist.« Arthur drückte seine derart gelobte Brau an sich. Seine Mutter verzog ein bißchen unwillig das Gesicht.

Bis zum Einzug ins neue Haus dauerte es noch einen ganzen Winter lang. An den Werktagen wohnte Arthur wie bisher bei seiner Mutter. Am Samstag marschierte er aber bei jedem Wetter zu seiner Frau. Jedesmal trug er eine feine hellbraune Ledermappe. Darin war der Bauplan des Reihenhauses, dazu alle Räume von ihm vergrößert gezeichnet. In einer Schachtel waren Mutters Möbel, auch die Nähmaschine, als beschriftete Pappkartönchen genau im Maßstab. Auch Luises Möbel mußten vermessen und maßstabgerecht ausgeschnitten sein. Stundenlang richtete Arthur im Kleinformat die Zimmer ein. »Nein« So geht es nicht! Das wird zu eng!« waren dabei seine Reden. Luise lachte oft. »Komm, fahren wir hinunter, gehen wir am See noch spazieren. Wir werden die Stühle irgendwie unterbringen!«

Hannes und Frida

Am Rande der Stadt befand sich ein Gasthaus. Der Wirt und seine Frau trieben es seit Jahren um. Besonders großartig waren die Einnahmen nicht, doch ganz anständig. Sie schenkten gutes Bier aus, vor allem Most, den der Wirt von den umliegenden Bauern bezog. Warmes Essen boten sie nicht, nur heiße Würstchen, warmen Leberkäs und saure Kutteln. Gutes ländliches Vesper gab's bei ihnen mit Bauernbrot. Die Gäste waren Familien, die sonntags von Spaziergängen in der Umgebung zurückkamen. Die Kinder tranken gern farbige Limonade. In der Nähe war der Sportplatz. Nach den Spielen kehrten durstige Fußballer und enttäuschte Zuschauer ein. Auch die Vorstadtkirche lag in der Nähe. Nach den Gottesdiensten kamen Männer, selten mit Frauen, zum Frühschoppen. Einmal aßen ein paar ihrer Weiber heiße Würstchen. Die Frau eines Gastes wehrte sich heftig dagegen – sie kannte ihren Geizhals. Er nötigte sie, doch auch welche zu bestellen. Der Wirt lachte lange darüber: Kaum waren die beiden draußen, hörte er, wie der Mann sein Weib anbrüllte: »Würste fressen! Das kannst du!« Im Gasthaus hatten sie zwei Fremdenzimmer. Am Stadtrand baute man Siedlungen. Fremde Bauarbeiter belegten sie und bekamen ein gutes Frühstück. Sie und etliche Biertrinker saßen jeden Abend in der Gaststube. Auch während der ersten Kriegsjahre lief das Geschäft ganz gut. Die Wirtin arbeitete schwer. Sie bediente, machte Gläser und alles andere sauber, werkte in der Küche, dazu war sie freundlich zu jedermann. Der Wirt war für den Außendienst zuständig, Most, Brot, Dosen voller Leber- und Blutwurst besorgen. Das Ehepaar hatte zwei Söhne. Der jüngere erlernte im großen Betrieb den Beruf eines Drehers. Seit längerer Zeit war er beim Militär, jetzt an der Front. Der ältere stand hinter der Theke und schenkte ein, sprach aber kaum mit jemandem. Er hatte leider einen Körperschaden, richtig gesagt, von Kind an war er ein Krüppel. Er blieb klein, war bucklig, schon früh fielen ihm die rotblonden Haare aus. So war es kein Wunder, daß er nicht leutselig war, wie es sich gehörte. »Ein Unglück«, stöhnte seine Mutter, »vom Gastgewerbe versteht er aber genug.«

Im vierten Kriegsjahr heulten oft die Sirenen. Das Gasthaus war nur leicht gebaut, der Keller nicht tief. In der Nähe, kaum hundert Meter entfernt, war ein öffentlicher Luftschutzkeller. Dorthin rannten die Wirtsleute, wenn es heulte, Bargeld, Sparkassenbuch und Testament dabei. Der Sohn lief nie mit. »Um mich ist es nicht schade«, sagte er und blieb hinter der Theke hocken. In einer dieser Nächte krachte es fürchterlich. Die Fensterscheiben barsten, Tische wie Stühle fielen um, alle Gläser klirrten gegeneinander. Der gute Schutzraum bekam einen Volltreffer. Zehn Personen, darunter der Wirt und seine Frau, fanden den Tod. Die Trauer und das Entsetzen bei den Bewohnern der Vorstadt waren groß.

Für den buckligen Sohn mußte es weitergehen. Er konnte und mochte nicht kochen. Bedienen war nicht seine Sache. Die Hausgäste brauchten ihr Frühstück. Er hatte immer noch ein motorisiertes Lieferwägelchen. Damit fuhr er aufs Land wegen Most und Dosenwurst. Bei einem Bauern hatte man drei Töchter. Der Wirtssohn bat dringend darum, daß eine von ihnen zu ihm komme, um auszuhelfen. Die mittlere traute sich's zu. Frida war ein hübsches Mädchen. Sie war mittelgroß, ihr Gesicht war etwas viereckig, die Haare hellbraun und lockig, und sie war so flink wie fleißig. Der Wirt sah bald, welch guten Fang er mit ihr gemacht hatte. Und Frida merkte, wie verliebt er in sie war. Die Liebe überfiel den armen Kerl zum ersten Mal, sie war sehr heftig. »Du bist die geborene Wirtin«, schmeichelte er ihr. Je mehr er lobte, desto weniger mochte sie ihn, desto mehr strengte sie sich aber an, seinem Geschäft nützlich zu sein. Damit hoffte sie, seine Enttäuschung lindern zu können. Aus Furcht vor einer Absage scheute er sich zunächst, die entscheidende Frage zu stellen. Jeden Montag, am Ruhetag des Gasthauses, war Frida daheim. Ihre Mutter sagte: »Du kannst Wirtin sein – in wieder normalen Zeiten eine reiche Frau.« »Ich liebe den buckligen Mann nicht!« »Ach die Liebe! In der Ehe geht sie sowieso verloren. Was zählt, ist das Auskommen.« »Immer das Geld!« brauste die Tochter auf. »Du wirst es noch einsehen, wie wichtig das Geld im Leben ist«, drohte die Mutter. Man gab Frida Speck und Eier mit. Der Vater füllte für sie Kartoffeln in Säcke. Die Schwestern lasen fürs Gasthaus Äpfel und Birnen auf. Sie bot Pfannkuchen an, die mit steifgeschlagenem Eischnee fein und luftig waren, dazu Apfelkompott. Bratkartoffeln gab es wie sonst nirgendwo in dieser Hungerszeit. Das sprach sich natürlich herum. Je mehr Gäste kamen, desto verliebter war der Wirt. Seinen Schmeicheleien oder gar versuchten Liebkosungen wich Frida aus. So wagte er's nicht, sie zu fragen, ob sie seine Frau werde.

Als der Krieg eine Weile vorbei war, kam der jüngere Wirtssohn heim. Hannes war das reine Gegenteil seines Bruders, trotz der Gefangenschaft kraftstrotzend. Er war groß und gutaussehend mit rotblondem Haarschopf. Der Ältere ließ ihn gleich wissen, daß er hier nichts zu tun habe. Trotzdem half er Frida Äpfel und Kartoffeln schälen. Er spülte auch Gläser und kehrte die Gaststube. Zwischendurch zupfte er die Schleifen an Fridas Servierschürze auf. In der Firma lief nichts. Was sollte Hannes also tun? Er traf Freunde, andere Heimkehrer. Sie spielten auf dem Fußballplatz nebenan, man kann sagen, auf dem Hannes aufgewachsen war. Am Seeufer machten sie einen Platz aus, von dem aus sie schwammen und Fische fingen. Dabei kamen sie den französischen Besatzern ins Gehege. Diese hatten das schöne Strandbad im Besitz und meinten, der ganze Bodensee gehöre ihnen. Immer wieder gab es Rempeleien. Die einheimischen Burschen hätten die Franzosen zu gerne verprügelt, doch sie wußten um die Strafen, die drohten. Wenn Hannes abends heimkam, war Frida da, und sie hatte ihm etwas zu essen bereitet. Er dankte es ihr vergnügt mit den schönsten Komplimenten. Bevor sie einschlief, murmelte sie: »Ihn könnte, ihn möchte ich lieben.«

Die Kameraden, die keine Arbeit hatten, strolchten in der Stadt herum. An den Ruinen sahen sie ab und zu Männer und Frauen Steine bewegen. Zwischen den Betonbrocken blühten die gelben Trümmerblumen. Nahe am Ufer stand ein unbeschädigtes flaches Gebäude, vordem von den Männern des Zolldienstes genutzt. Hier sahen die Burschen französische Soldaten mit Paketen ein- und ausgehen. Es fuhren auch Laster an die Rampe – Lebensmittel, Wein oder Sekt holte man wohl ab. Einer der deutschen Nichtstuer wollte bald Hochzeit halten. Er konnte in ein Geschäft einheiraten. Jetzt hatte es zwar nichts zu bieten, für später durfte er sich aber die Gelegenheit nicht entgehen lassen. Wie sollte er jedoch ein Hochzeitsfest ohne Wein feiern? Als gewiß niemand in der Nähe des Lagerhauses war, schlugen die Kameraden ein Kellerfenster ein. Zu sechst schlichen sie in der Nacht an. Der Hochzeiter schob einen alten Fahrradanhänger. Hannes, der gewandteste, zwängte sich durchs Loch. Ein Paket nach dem andern reichte er hinaus. Es lief wie geschmiert – die draußen rannten mit den Schätzen weg. Für sich selber schob Hannes zuletzt ein Kistchen durch die Öffnung, in der Hoffnung, es sei Sekt darin. Als er sich hinausdrängte, blendete ihn grelles Licht, Geschrei war um ihn. Er sah in Gewehrläufe und hob die Arme. Nur für sein Gasthaus habe er ein bißchen was organisieren wollen, stammelte er. Die Soldaten schlugen ihn windelweich. Sie stellten fest, daß mehr fehlte, doch Hannes gab die Namen der Kameraden nicht preis. Mit Schlägen waren die Franzosen nicht zimperlich. Diese lange Inhaftierung sei für ihn viel schlimmer gewesen als die Gefangenschaft bei den Amis, sagte Hannes später.

Der verliebte Wirt sagte zu Frida: »Jetzt wirst du, wenn du Anstand hast, genug von ihm haben.« Nein, sie habe nicht genug, sie werde auf Hannes warten. Da ist der Mann bösartig und zudringlich geworden. Frida mußte kündigen. Daheim war man ebenfalls böse mit ihr. Der Vater fluchte: »Statt eine anständige Wirtin zu sein, hängst du dich an einen Dieb, an diesen Halunken!« Die Mutter und die Schwestern weinten. Das hielt Frida nicht aus. Sie fand eine Stellung als Bedienung inmitten der Stadt. Es war in einem bekannten Gasthaus, aber das Geld, das sie verdiente, hatte derzeit keinen Wert.

Je mehr Zeit verging, desto öfter schaute Frida, wenn ein Gast zur Tür hereinkam, ob es Hannes sei. Endlich, die Währungsreform hatte stattgefunden, kam er. Abgemagert war er, sah bleich und müde aus. »Warum bist du beim Bruder weggegangen?« fragte er. »Das weißt du doch!« Dann saß er abends meist bis Mitternacht und schaute Frida zu, wie sie bediente und kassierte. Der Gastbetrieb lief in diesem Haus jetzt gut. »Du verdienst ein schönes Geld«, sagte er zu ihr. Lachend erwiderte sie: »Wird gut sein, wo wir doch heiraten wollen.« Hannes arbeitete wieder in der Firma. Dort meinte man, er sei noch nicht genug abgestraft. Für geringen Lohn mußte er Aufräumarbeiten im Hof verrichten. Die paar Mark veraß und vertrank er, während er Frida zusah. Von den vorigen Kameraden wußte keiner mehr, was damals gewesen war – es war nicht mehr wahr –, sie mieden ihn. Langsam ist er aber doch wieder der Hannes von früher geworden. An der Maschine verdiente er ordentlich, und beim Aufbau des Fußballklubs war er eine Hauptperson. Er fand neue Freunde. Bald war er der beste Stürmer und schoß die meisten Tore. Wenn er mit den Kameraden ins Gasthaus kam, war Frida stolz auf ihren erfolgreichen Liebsten. Zu dieser Zeit schlich er bereits heimlich und des öfteren die vielen Treppen hinauf an den Fremdenzimmern vorbei in Fridas Kammer.

Bald ein halbes Dutzend Jahre waren vergangen, seit Hannes' böser Zeit in der Haft. Jetzt war er ein Fußballstar, bekannt in der Stadt und darüber hinaus. Er konnte nicht mehr jeden Abend zu Frida kommen. Beim Training werde es spät, anschließend bekomme er bei der Schwägerin jederzeit ein gutes Nachtessen, entschuldigte er sich bei ihr. Selbst an den Wochenenden machte er sich rar. Auswärtsspiele in Aulendorf und Oberzell! Für sie war es fast wieder so quälend wie damals, als sie zur Tür schaute, ob der nächste Gast Hannes sei.

Statt seiner kam oft einer seiner Kameraden, der nicht mehr Fußball spielte. Zu ihm setzte sich Frida in den Verschnaufpausen. »Der Hannes übertreibt!« sagte er zu ihr, »jetzt hat er ein Rennrad gekauft.« »Radfahren kann man Jahre länger als Fußballspielen, er braucht seinen Sport.« Sie mußte zu einem Gast. Ein andermal sagte er: »Am Hannes wirst du nie viel Stütze haben. Ich könnte dich verwöhnen.« »Er ist mein Freund!«, und sie war froh, daß Gäste nach ihr riefen. Sie wußte wohl, wie gutmütig, fleißig und zuverlässig dieser Verehrer war. Als er eine Weile nicht mehr kam, wartete sie auch auf ihn. An einem Sonntagabend, als sie bestimmt annahm, Hannes komme, kam nur er. Sie fragte freundlich: »Wo spielen sie denn heute?« Das wisse er nicht. »Habt ihr endlich eine Wohnung gefunden?« wollte der Freund wissen. »Ich habe wenig freie Zeit, und der Hannes kümmert sich nicht darum«, sagte sie traurig. »Aber ich hätte eine, sogar ein eigenes Haus und das Geld dazu.« Ein Gast wollte bezahlen, und als Frida aufstand, sah der Mann etwas: Die Ledertasche auf ihrem Bauch stand nicht vom vielen Geld, sondern von anderem ab. Als sie zurückkam, hatte sie Tränen in den Augen. Er ließ sie nicht reden. In ganz verändertem Ton berichtete er von Reihenhäusern, die von der Firma zum Kauf angeboten würden. Nur achttausend sei die Anzahlung, der Rest günstig abzuzahlen. »Das wäre etwas für euch. Die Häuschen gehen gut weg – ihr müßt euch beeilen.« Darauf ging er. Frida hatte das sichere Gefühl, daß er nie mehr kommen werde.

Der Gastwirt hatte sich an diesem Abend zurückgezogen. Nur noch zwei Gäste, die bereits bezahlt hatten, saßen im Raum. Da kam er. »Woher kommst du so spät?« »Aus Ulm. Ich habe Hunger, möchte ein Wiener Schnitzel!« Frida sagte, es gebe wohl nichts Warmes mehr. In der Küche half sie dem Koch, der eben Feierabend machte, eine Vesperplatte zu richten. Hannes war anspruchsvoll geworden. Wenn sie ihm ein preiswertes Gericht empfahl, wählte er ein teures. Der Gastraum war nun leer, und sie konnten laut miteinander reden. »Bei der Schwägerin hätte ich ein warmes Schnitzel bekommen,« bruttelte er. »Warum bist du nicht zu ihr gegangen?« schrie sie ihn an. Frida war ungewohnt aufgebracht gegen ihn. Sofort fing sie davon an zu reden, wie höchste Zeit es sei, eine Wohnung zu haben. »Man sieht ja noch nichts!« »Das wäre die Rettung«, und sie berichtete, was Richard von den Reihenhäusern der Firma erwähnt hatte. »Dafür habe ich kein Geld.« »Ach Hannes...«, sie kam aber nicht weiter, weil sie weinen wollte. »Du hast doch selber einen Haufen Geld!« schrie er sie an. »Ich ziehe nicht in leere Wände. Für Möbel, Küchen- und Eßgeschirr, für notwendige Wäsche spare ich.« Hannes fing ein Gelächter an. »Wie ein Bauernweib willst du eine Aussteuer haben.« »Ja, das will ich. Bei uns ist man der Meinung, der Mann müsse das Nest bieten, die Frau es auspolstern.« Darüber lachte er noch ärger, ging und vergaß zu bezahlen. Im Bett weinte Frida wirklich. Plötzlich spürte sie, wie ganz sachte von innen an ihre Bauchdecke geklopft wurde. »Es lebt«, und ein eigenartiges Glücksgefühl überkam sie. Nun hörte sie auf mit dem verzweifelten Weinen, konnte aber lange nicht einschlafen, denn sie mußte bedenken, was zu tun sei.

Der nächste war ihr freier Tag. Vormittags, da haben Wirtsleute noch für anderes als Gäste Zeit, ging sie in die Vorstadt. Sie traf Hannes' Bruder und seine Frau beim zweiten Frühstück an.

Ohne Umschweife brachte sie ihr Anliegen vor: Hannes habe ein Anrecht auf ein Erbe vom Elternhaus. Sie forderte für ihn achtausend Mark zur Anzahlung eines Reihenhauses. »Ich bin schwanger und brauche ein Heim.« Der Wirt lief sofort rot an und sprang auf. Sie hatte ihn lange nicht gesehen, jetzt erschrak sie ob seiner Häßlichkeit. Er sprach nicht, sondern schrie: »Es gibt kein Testament! Keinen Pfennig bin ich ihm schuldig! Der Dieb, der Taugenichts, der Schmarotzer! Schon jahrelang frißt und schläft er hier umsonst!« Dann geschah für Frida das Unerwartete. Seine Frau sprach: »So ein Taugenichts ist er nicht. Immerhin hat er sportlichen Erfolg. Jeden Tag brüllst du, er müsse aus dem Haus. Die Gelegenheit ist da. Du wirst ihm sowieso etwas geben müssen.« Frida hatte die Frau nur ein paarmal flüchtig gesehen, von Hannes allerdings Gutes über sie gehört, wie über ihr Frühstück und Schnitzel zu später Stunde. Als die Frau aufstand, um Kaffee einzuschenken, sah Frida, daß sie groß und schwanger war. Der Wirt wollte weiter streiten: »Nicht jetzt, wo wir selber bauen müssen! Später kann er ein paar Tausender haben.« »Später ist für uns zu spät«, sagte Frida verunsichert. »Ich habe eure Baustelle gesehen. Schon früher dachte ich, wie viel zu klein die Gaststube ist. Ich kann von meinem Geld, das ich für die Aussteuer gespart habe, etwas nehmen, vielleicht geben meine Eltern etwas dazu. Wenn Hannes die Hälfte der Anzahlung bekommt, bin ich zufrieden.« Die Wirtin fragte, wann es bei ihr Zeit sei. Darauf lachte sie, dann sei ihr Kind schon ein paar Monate alt. Jetzt machte sie einen Vorschlag, über den sogar der Wirt erstaunt war. »Du witterst wohl ein Geschäft!« »Ja, wir feiern ein dreifaches Fest! Die Einweihung des neuen Lokals, die Taufe unseres Kindes und dem Hannes seine Hochzeit.«

Der einzuweihende Anbau war häßlich mit seinem Flachdach, auf dem später Fremdenzimmer erstehen sollten. Der Neubau hatte viele Fenster, hinter denen eine Tanzfläche und eine Unmenge Resopaltische zu sehen waren. Die Taufe des Wirtsprinzen und die Trauung des Paares waren in der nahen Kirche schön und feierlich. Der Täufling schrie zwar gehörig, seine Mutter war bleich und der Wirt rot vor Stolz. Dann boten sie zum Festessen das Beste. Schon am Nachmittag kamen Fußballer und Rennfahrer zu Hannes' Hochzeit. Der Wirt sagte zu seiner Frau: »Wir haben zu klein gebaut.« Es wurde gegessen, getrunken und getanzt. Hannes war der Fröhlichste der Gesellschaft. Übermütig tanzte er mit diesem und jenem Mädchen, am liebsten mit Fridas Schwestern, den neuen Schwägerinnen. Seine frisch angetraute Frau konnte nicht lustig sein. Sie mußte ihr Bäuchlein unterm Tisch verstecken. Zudem war ihr beim Anblick der vielen Bratwürste übel.

Nachher lebte sie mit Hannes, bis zum Einzug ins neue Haus, daheim auf dem Bauernhof. Ihr Arbeitgeber versprach, wenn der Umzug und die Pflege des Kindes es erlaubten, könne sie wieder bei ihm bedienen. Nun folgten für Frida schöne Monate. Die jüngere Schwester ging mit, Möbel einkaufen. Sie stapelten und zählten Bett-, Tisch-, Geschirr- und Handtücher. »Ich kann gut verstehen, daß du den buckligen Wirt nicht wolltest«, sagte sie. Wenn Hannes nach Haus kam, schäkerte er mit dieser Schwägerin. Auch Fridas ältere Schwester, die bereits ihren jungen Bauern hatte, mochte den Schwager. Ihr Mann war fußballbegeistert, ein Anhänger von Hannes. Am Feierabend redeten die beiden miteinander von Abseitsstellungen und Eckstößen. Die Älteste sagte zu Frida: »Du wirst es beim Hannes gut haben, besser als die Wirtin. Was diese Frau doch arbeiten muß! Zum Glück hat das Kind des Buckligen gerade Glieder.« Die Eltern lebten nun im Ausdinghaus. Sie konnten sich nicht auf das Enkelkind freuen, wußten aber nicht so recht warum.

Frida gebar einen gesunden Sohn. »Wie Hannes aus dem Gesicht geschnitten«, sagte man. Er war stolz auf seinen Buben. »Sobald er sitzen kann, setze ich ihn zu mir aufs Rennrad.« Oder: »Wenn der Kerl rennen kann, nehme ich ihn mit auf den Fußballplatz.« So waren seine Reden, und Frida war glücklich. Sie freute sich sehr auf das eigene Haus.

Isolde und Alois

Das war ein schönes Dorf! Es lag fast zwanzig Kilometer entfernt von der Industriestadt, dem Allgäu zu. Die Landschaft war hügelig mit kahlen Drumlinen, kleinen Wäldchen auf andern Höhen mit Tobeln und Bächen. Das Dorf bestand aus einem halben Dutzend Bauernanwesen. Mitten im Ort waren eine Schmiede und ein paar Häuschen mit Gärten. Sie boten einen heimeligen Anblick, obwohl sie ärmeren Leuten gehörten. Im Dorf gab es weder Kirche noch Schule. Dorthin mußten die Bewohner in den großen Ort, eine gute halbe Stunde Fußmarsch entfernt. Im kleinen Nest hatten es die Kinder besonders gut. Das ganze Jahr bot ihnen Vergnügen: die Blumen im Frühjahr, zur Sommerszeit badeten sie im Bach und strolchten in den Wäldern, im Herbst ließen sie auf den kahlen Hügeln Drachen steigen, und wenn Winter war, gab es Schlittenbuckel in großer Auswahl. Der Schulweg war diesen Dorfkindern nie zu weit.

Der Schmied hatte vier Söhne. Der Älteste lernte beim Vater das Handwerk. Als er groß genug war, meinte er, Pferde werde es immer weniger zu beschlagen geben. Er erweiterte den Betrieb zu Werkstatt und Handel mit Landmaschinen. Den beiden nächsten Söhnen war das Schmiedhäuschen zu armselig. Sie zog's hinauf in die Allgäustadt, wo sie mit Beruf und Heirat ihr Glück machten. Alois, der viel später als seine Brüder zur Welt kam, sah aus wie diese. Seit Generationen waren die Väter Schmiede, so war seine Haut rotbraun, seine Haare angeschwärzt, als wäre er lange vor der Geburt an heißer Esse gestanden. Er erwies sich als stark und zäh. Gleich nach der Schulentlassung fuhr er mit dem Fahrrad den weiten Weg in die Stadt am See, um im großen Industriebetrieb ein rechter Schmied zu werden. Kein noch so häßliches Wetter hielt ihn davon ab, nach getaner Arbeit möglichst schnell wieder heimzuradeln. Niemals werde er vom Dorf droben weggehen, beteuerte er. Der Grund dazu war vor allem seine Nachbarin. Mit ihr zusammen erlebte er die schönste Kindheit. Sie waren fast auf den Tag gleich alt. Da es nicht möglich war, in einen Kindergarten zu gehen, spielten sie tagtäglich miteinander. Jeden Schulweg machten sie gemeinsam. Wenn es stürmte und schneite, half der zähe Alois dem Mädchen vorwärts. Wenn es müde war, trug er beide Schulranzen, den einen auf dem Buckel, den andern auf der Brust.

Sie hieß Isolde, ein ungewohnter Name fürs Land. Ihre Mutter las einmal eine Geschichte, in der eine Isolde vorkam. Ihr Vater war kein reicher Mann. Bei der Gemeinde war er als Wegwart angestellt. Auch die Kirchengemeinde ließ ihn als Mesner ein bißchen was verdienen. Seine Frau arbeitet zuweilen bei Bauern. Sie pflückte Kirschen, Hopfen und Äpfel, las Kartoffeln oder half sie setzen, je nach Jahreszeit. Auch Isolde wollte Geld verdienen. Sie war nämlich eitel. Auf keinen Fall wollte sie weniger nobel als die Bauernmädchen sonntags zur Kirche gehen. Zwei Tage der Woche durfte sie auf dem Rathaus dem Schultes helfen. Dafür lernte sie Maschinenschreiben. Eines der heimeligen Häuschen mitten im Dorf, nah der Schmiede, war des Wegwarts Eigen. Im ziemlich großen Garten standen zwei hohe Apfelbäume, ein Kirschbaum und Büsche, die Quitten und Beeren trugen. Die Hausfrau verstand es gut mit Gemüse und Blumen. Isolde war das einzige Kind dieser Leute und wurde auch dementsprechend vergöttert. Das Mädchen war etwas klein geblieben, war auch recht mollig, hatte aber ein Gesichtchen wie eine Puppe und bellblondes Lockenhaar. Für Alois konnte es auf der ganzen Welt keine Schönere geben. Als er ausgelernt hatte, bewältigte er die Fahrt zur Fabrik mit einem Motorrädchen. So konnte er abends viel früher zu Isolde hinübergehen. Ihre Eltern wollten den Alois ebenfalls gerne in ihrer Stube. Dieser glückliche Zustand dauerte.

Selbst als der Krieg begann, änderte sich nichts. Alois mußte nicht einrücken. Solche Männer, die mit feuerglühendem Eisen umgingen, gab es nicht viele. Man erklärte ihn für den Betrieb als unabkömmlich. Er schuftete schwer. Manchmal warteten sie im Häuschen voller Angst, bis er endlich kam. »Ich muß Überstunden machen, ihr braucht euch nicht um mich zu sorgen«, sagte er. An einem Abend warteten sie aber unerträglich lange auf ihn. Dann kam sein Bruder, der Schmied, aufgeregt herüber. Zwei Polizisten waren bei ihm und meldeten, Alois sei verunglückt, liege schwer verletzt im Krankenhaus. Isolde weinte leise, ihre Mutter laut. Der Wegwart beteuerte verzweifelt, er habe die Steige gut gestreut. Es war im vierten kalten Kriegswinter. Alois, schon beinahe daheim, fuhr in der Dunkelheit den letzten Anstieg hinauf. Von oben hörte er Motorenlärm, darum hielt er an, nah am Straßenrand. Ein Militärfahrzeug, dessen Fahrer auf der abschüssigen vereisten Straße die Herrschaft über den Wagen verlor, rutschte samt dem Motorradfahrer in den Straßengraben. Alois erlitt Knochenbrüche an Ober- und Unterschenkel, dazu eine Verletzung der Wirbelsäule. Isolde besuchte ihn oft im Krankenhaus. Er tröstete sie: Er sei zäh, komme bestimmt wieder auf die Beine. Bald konnte er Isoldes Tränen nicht mehr stoppen. Ihre Mutter war krank. Unheilbaren Krebs habe sie, viel zu spät erkannt. Isolde konnte auf dem Rathaus nicht mehr tippen, sie mußte die Mutter pflegen. Ihr Freund kam wieder, zwar humpelnd auf zwei Krücken, aber ihr Vater sagte immer wieder: »Hauptsache, er ist da!« Der Schmied hatte drei halberwachsene Kinder. Seine Frau sagte zu Alois: »Unser Haus ist zu klein für so viele Personen.« Sie schrie ihn auch an: »Du hockst sowieso dauernd drüben – heirate endlich!« Nun, Isolde ließ nie einen Zweifel darüber, daß sie Alois' Frau werde, aber jetzt bestand sie darauf, erst Hochzeit zu feiern, wenn die Mutter von ihrem Leiden erlöst sei und Alois ohne Krücken gehen könne. Das war am Ende des Krieges der Fall. Bei beiden Feierlichkeiten, dem Begräbnis seiner Frau und der Hochzeit der Tochter, liefen dem Wegwart die Tränen über die Wangen, wohl weil er den Mesnerdienst nicht leisten konnte, sondern eine Hauptperson sein mußte.

Während der Jahre nach dem Krieg, als der Industriebetrieb stillag, erholte sich Alois ganz. Er arbeitete in der Schmiede, ab und zu half er auch bei den Bauern. Während dieser Zeit bekam Isolde zur Freude aller die beiden Buben. Vater wie Ehemann wetteiferten, ihr Arbeit und Sorgen zu ersparen. Dann zog Alois wieder die häßliche Motorradkluft an, um in die ferne Fabrik zur Arbeit zu fahren. Wieder warteten sie abends, der Alte und seine Tochter, noch mehr als früher, auf das Rattern der Maschine vor dem Haus.

Isoldes Mutter war vierzig, der Vater noch älter, als sie das Glück mit dem Kind erfahren durften. Jetzt war der Wegwart im Ruhestand. Seine Rente war gering. Ohne Garten und ohne Schwiegersohn hätte er armselig leben müssen. Alois kam eines Abends müde, mit steifen Fingern heim und klagte über Kreuzschmerzen. Die Buben schimpften wegen des weiten Schulwegs. Es war im Herbst. Der Großvater machte Feuer im Ofen, er sagte, man sei die Kälte noch nicht gewohnt. Als alle satt und aufgewärmt saßen, erzählte Alois, was er in der Kantine gehört habe. Die Firma biete nah beim Betrieb Reihenhäuser zum Kauf an. Isolde geriet sofort in Begeisterung. »Das wäre es!« rief sie. Ihr Mann erschrak. Er bereute, daß er davon gesprochen hatte, darum schreckte er ab und übertrieb: »Über fünfzigtausend kostet so eine Hütte, zwölftausend muß man sofort haben. Zudem muß man sich gleich entschließen, die Häuser gehen weg wie warme Wecken.« Trotzdem trommelten die Söhne auf den Tisch und schrien, wie schön es wäre, nicht mehr so weit in die Schule laufen zu müssen. »Ich sagte es schon, das ist für reiche Leute!« schloß Alois mißmutig das Thema. Im Bett fing Isolde erst recht damit an. Sie weinte sogar. »Diese ewige Angst, ob du gesund nach Hause kommst, halte ich nicht mehr aus.« Alois sagte: »Die Gewerkschaften kämpfen um bessere Löhne. Eines Tages kann ich ein Auto kaufen, dann ist der Weg ungefährlich und bequem. Zudem ist bald jeder zweite Samstag, womöglich einmal jeder frei. Dann haben wir's gut.« Er wollte sie streicheln, doch sie wies ihn ab. »Die Buben lernen in der Schule leicht. Wie sollen sie denn in eine Oberschule kommen?« »Radeln, wie ich, als ich jung war.« Isolde schluchzte heftiger. Ihr Mann war müde, er wollte gerne einschlafen. »Deine Brüder sollen dir die Anzahlung vorstrecken! Jeder viertausend.« Schon halb im Schlaf murmelte er: »So teuer, wie ich gesagt habe, sind die Häuschen nicht, aber niemals werde ich zu denen betteln gehen.« Was Isolde weiterhin noch sprach, hörte er nicht mehr. Sie konnte nicht einschlafen. Die Gedanken, wie sie eine noble Stadtfrau sein würde, ließen sie nicht los: Alois erfüllt mir zwar manchen Kleiderwunsch, aber auf dem Dorf ist alles nur kümmerlich. Am Vormittag des nächsten Tages redete und weinte Isolde vor dem Vater von nichts anderem als von den Vorteilen, die der Hauskauf in der Stadt hätte. »So teuer wie Alois zuerst gesagt hat, ist das Haus nicht.« Am Nachmittag ging der alte Mann in das große Dorf. Am Abend sagte er zum Schwiegersohn: »Morgen kannst du dich für den Kauf eines Reihenhauses anmelden. Das hier verkaufe ich. Ich ziehe mit euch. Der Schultes weiß es.« Das hatte er stockend gesagt, und die Tränen liefen ihm dabei über die Wangen, was ihm sichtlich peinlich war. Isolde und die Kinder klatschten in die Hände. Alois war vom Tisch aufgesprungen. »Vater!« schrie er, du kannst von hier nicht weggehen! Ich kann es bei Gott auch nicht!« Der Alte sagte nichts mehr. Er nickte mit dem Kopf oder schüttelte ihn, beides abwechselnd.

Danach ging's rasch voran. Alois war Anwärter auf ein Haus in der Stadt. Der Dorfbürgermeister ließ wissen, er habe einen Käufer. Demnächst komme er mit diesem vorbei. Inzwischen war aus dem Plan des Reihenhauses ein Rohbau geworden. Eines Sonntagmittags setzte sich der Opa hinter Alois aufs Motorrad, die künftige Heimat anzuschauen. Er war seit Jahren nicht mehr in diese Stadt gekommen. Die Fahrt dorthin kam ihm unendlich lang vor. »So weit! So weit!« murmelte er auf dem Rücksitz. Alois fuhr an der Kirche, dem Schulhaus, dem Fabriktor vorbei zur Baustelle. »So nah« So nah!« sagte der Vater. Alois lachte. »Alles nur ein Katzensprung!« Da er annahm, nicht das erste

Häuschen, das in der Giebelwand drei Fensterlöcher hatte, zu bekommen, gingen sie ins zweite. Über Sandhaufen, Steinbrocken und Bretter mußten sie klettern. Drinnen sagte der Opa: »So dunkel!« Das Gerüst draußen verdunkle die Räume, klärte Alois auf, doch auch ihm kam's vor, als wär's da, wo Küche und Wohnzimmer sein sollten, viel zu finster. »So klein!« sprach der Großvater. Mit den oberen Räumen sei das Haus nicht klein, belehrte ihn Alois. Hinauf konnten sie nicht, da noch keine Treppe da war, nur ein Brett für waghalsige Bauarbeiter. Als sie nach dem angepriesenen Garten schauten, erschraken beide und konnten sich's nicht vorstellen, daß in so viel Dreck einmal Gras wachsen sollte. »So wüst! So wüst!« Alois bereute, dem Schwiegervater die neue Heimat viel zu früh gezeigt zu haben. Er wußte es doch: Ein Rohbau kann nur häßlich sein. Bei der Rückfahrt weinte der Alte im Rücken des Jungen. Die Tränen kamen ihm gern, je älter er wurde, desto leichter. Als sie durchs schöne weite Land fuhren, schaute der Fahrer zurück. Er spürte die Verzweiflung des alten Mannes und sah dessen Tränen. »Wir können alles rückgängig machen«, sagte er laut, wußte aber nicht, ob der Großvater es hörte.

Isolde war voller Glück, als sie ankamen. »Der Schultes war da mit dem Ehepaar Engler. Der Herr will heraus aus der lauten Stadt. In unserem ruhigen Dorf, in der herrlichen Gegend, will er den Lebensabend genießen, hat er gesagt.« Sie spürte nicht, wie bedrückt die Männer waren. Aufgeregt redete sie weiter: »Unser Häuschen gefällt ihnen, besonders der Garten. Sie wollen hier etwas Schönes machen, eine Terrasse anlegen und aus der Stube mit Opas Kammer einen großen Wohnraum mit offenem Kamin einrichten.« »Halts Maul!« schrie Alois. Doch sie redete weiter: »Es müssen reiche Leute sein! Das Reihenhaus können wir bar bezahlen.« Vater und Ehemann blieben stumm. »Warum freust du dich denn nicht?« fauchte Isolde Alois an. »Dem Großvater hat es dort nicht gefallen. Der Garten ...«, und er wollte alle Gründe aufzählen. Sein Schwiegervater unterbrach ihn: »Laß nur, Alois! Die paar Jahre, die ich noch lebe! Es kommt nicht darauf an, was mir gefällt. Die Hauptsache, ja, die Hauptsache ist, du mußt nicht mehr so weit fahren.« Alois streichelte seinen Arm. Bei gedrückter Stimmung aßen sie zu Abend. Isolde war beleidigt, denn sie solle das Maul halten, hatte Alois noch nie zu ihr gesagt. Die Buben wollten vom neuen Zuhause wissen. Nur der Opa gab Auskunft: »Ja, ja, die Schule ist ganz nah. Euer Zimmer oben ist groß (als hätte er's vermessen), im Garten könnt ihr spielen.« Als er müde in seine Kammer ging, rief ihm die Tochter nach: »Vater, morgen um zehn Uhr mußt du wegen dem Kaufvertrag pünktlich auf dem Rathaus sein.«

Als Isolde später anfing, zu stöbern und zu packen, war ihr wegen der erneuten Schwangerschaft manchmal übel. Der Großvater half ihr. Die Zeit des Umzugs war da. Sie aßen alle aus einer Schüssel. Das neue Familienmitglied war sogar den Buben ersichtlich. Der größere, ein kluger Kerl, der den Bauplan studiert hatte, sagte: »Soll dann das kleine Kind in unserer Kammer schlafen? Das Kinderzimmer ist das kleinste im ganzen Haus.« Sein Vater meinte: »Bubenbetten kann man übereinander stellen.« »Wenn es ein Mädchen ist, muß sein Bettchen sowieso in meinem Zimmer stehen«, wußte der Opa. Plötzlich begann Alois ein Gelächter. Alle schauten ihn erstaunt an. »Die Hauptsache!« Er lachte noch lauter. »Was ist die Hauptsache? Die Hauptsache ist: Unsere Mutter wird eine noble Stadtfrau!«

Josef und Agnes

Ein namhafter, angesehener Rechtsanwalt besaß ein Haus am Ende der Villenreihe am See mit Strandgrundstück. Er lebte hier mit seiner Frau und zwei Töchtern. Die Frau hatte eine Krankheit bekommen, für die man keinen Namen wußte. Zuerst zitterte der Kopf, dann die Hände, und alle ihre Lebenskräfte ließen nach. So mußte die ältere Tochter zu

Hause die Mutter samt Haushalt versorgen. Nach dem Besuch der Mittelschule hätte sie gerne mehr gelernt, doch man brauchte sie daheim dringend. Ihre Schwester, nur zwei Jahre jünger, durfte Abitur machen und dann weggehen, um Jura zu studieren. Die »Kleine« war größer als sie, dabei hübscher mit großen blauen Augen. Agnes war auch ein nettes Mädchen mit Grübchen in Kinn und Wangen.

Als das Dritte Reich begann, bekam der Rechtsanwalt Schwierigkeiten im Beruf. Zunächst war es nur ein Mißbehagen. Der Mann hatte ein gutes Gefühl für Gerechtigkeit, ein Grund für seine Beliebtheit. Jetzt vertrat er Leute, die vom Geist der neuen Regierung nichts wissen mochten oder ihre Ideen haßten. In den meisten Fällen mußten der Mandant und sein Rechtsanwalt den kürzeren ziehen. Zu Hause wollte er den Unmut loswerden, aber seine Frau konnte er damit nicht belasten. So fluchte er bei Agnes über die Rechtsverdreher. Sie hörte ihm zu und teilte seine Meinung. Allmählich haßte sie die Machthaber genauso wie ihr Vater. Er konnte seines Einkommens wegen nicht allzuviel riskieren.

Als die jüngere Tochter Grete ihr Studium beendet hatte, begann der Krieg. Sie wollte zur Polizei, was ihrer Ausbildung entsprach. Dort bekam sie keinen leitenden Posten, denn Frauen stand dieserzeit solches nicht zu. So saß sie in Büros und ließ sich ihrer Gescheit- und Schönheit wegen bewundern. Bald kam eine Gruppe neuer Polizisten zur Station. Es waren junge, große und schöne Männer, deren Uniformen nicht gewöhnlich grün, sondern schwarz waren mit glitzernden Litzen. Sie führten ein anderes Regiment! Da schon Lebensmittelmarkenzeit war, ordneten sie, auf einen Wink hin, bei einer biederen Geschäftsfrau eine Hausdurchsuchung an. Man fand etliche Liter Salatöl, ein Säckchen Zucker und zehn Pfund Mehl. Diese Schätze prangten im Schaufenster ihres Geschäftes neben dem Plakat: Hamsterin! Volksfeindin! Einen frommen Mann, der seine Meinung zu öffentlich kundtat, brachte man auf den »Heuberg«, in das nächste KZ. Der Stadtpfarrer stand unter Beobachtung. Es sprach sich über die Gestrengen mancherlei in der Stadt herum. Das zwar nur leise, die Leute waren vorsichtig, die meisten mit allem, was geschah, einverstanden. Im Haus des Rechtsanwalts herrschte gespannte, ungute Stimmung. Grete redete mit Behagen von den Vorgängen, obwohl sie wußte, wie zuwider sie dem Vater waren. Sie lud aus der Gruppe der Mächtigen zwei Freunde zu sich nach Hause ein. Der eine, der überschlanke schwarzhaarige, brachte seine Freundin, ein schönes Mädchen, mit. Mit dem andern, dem übergroßen blonden, hatte Grete ihr Verhältnis. Am Strand des Anwalts gefiel es den jungen Leuten ausnehmend gut. Das Wetter war während des Kriegs meist schön. Der See verhielt sich manierlich. Der Sandstreifen war breit. Im Gartenhäuschen zogen sich die Gäste aus und an. Viele Abende und selbst am Wochenende tummelten sie sich hier. Liegestühle, Matten, Bälle und ein Boot waren bereit. Sie planschten und schwammen, sie ließen sich in der Sonne braten. Selbst die hellhäutige Grete war braungebrannt. Agnes tischte unterm Schattenbaum Erfrischungen, Kaffee und Kuchen auf. Bis in die Nachbarhäuser hörte man das laute Gelächter. Der Hausherr ließ sich nie blicken. Er gab seinen geliebten Strand auf. Es kam ihm vor, als verdrecke diese Gesellschaft sein Wasser.

Obwohl jetzt immer wieder Bomben auf die Stadt fielen, beschlossen die beiden Sonderpolizisten, mit ihren Freundinnen Doppelhochzeit zu feiern: in schwarzer Paradeuniform mit den weißen Bräuten, vom politischen Leiter im Parteihaussaal getraut, von Hakenkreuzfahnen umrahmt, so sollte sie stattfinden. Gretes Vater tobte, wie man ihn noch nie gesehen hatte. Er brüllte die Brautleute an, er sei ein christlicher Mann. Eine Ehe könne nur mit kirchlichem Segen geschlossen werden. »Solch ein Affen- und Kasperltheater dulde ich bei meiner Tochter nicht!« Auch Agnes weigerte sich, dabei die Trauzeugin zu spielen. Nur die kranke Frau riet des Friedens wegen, in die ›Nazihochzeit‹ einzuwilligen. Der schwarzhaarige Bräutigam wußte einen Ausweg. Die Hochzeitsfeier in der kleinen Stadt schien ihm sowieso zu bescheiden zu sein. Er kam aus einer großen Stadt. Ein viel höherer Parteiführer traute die beiden Paare in pompöserem Rahmen. Grete war nicht restlos glücklich. Ihr fehlte das heimische Publikum. Zudem stammte ihr Mann aus recht armseligen Verhältnissen, sie wollte schnellstens wieder zurück. Wie der große Blonde sich des Strandes bemächtigt hatte, so wollte er es nun mit der Villa machen. Deren Erdgeschoß war prächtig. Oben waren die Zimmer ebenfalls groß, doch mit schrägen Wänden. Küche und Bad waren vorhanden, aber noch nie genutzt worden. Dort wollte der Schwiegersohn Gretes Eltern samt Agnes haben. Der Streit war böser als der, als es um die Hochzeit gegangen war. Der Rechtsanwalt schrie: »Einweisen – abschieben – vertreiben - aussiedeln – evakuieren – internieren –, davon versteht ihr schwarzen Helden was! In meinem Haus nur über meine Leiche!« Es waren wohl doch die Tränen der Töchter, die dem Vater Schlimmes ersparten. Schließlich zog das junge Paar oben ein.

Je mehr sich die Kriegslage zuspitzte, je heftiger die Luftangriffe wurden, desto härter griffen die Machthaber durch. Im Polizeigefängnis war ein junger Pole, der sich mit einem Bauernmädchen eingelassen hatte. An einem Waldrand erhängte man ihn. Ein Bauer, der sein eigenes Schwein geschlachtet hatte, wurde verhaftet. Nah der Stadt stürzte ein feindliches Flugzeug ab. Der Pilot überlebte – man erschoß ihn. In einem Dorf weigerte sich ein Soldat, wieder an die Front zu gehen. Der Ortsgruppenleiter rief die Staatspolizei. Wer schoß, abführte, aufhängte oder solches anordnete, erfuhr man nicht. Grete sagte, ihr Mann ganz gewiß nicht.

Plötzlich waren die schwarzen Polizisten verschwunden, wie vom Erdboden verschluckt. Die Macht der Nazis war vorbei, der Krieg zu Ende, und die Sieger waren da. Im letzten Durcheinander war des Rechtsanwalts Frau gestorben und Gretes Sohn geboren. Die Frau des ›andern‹ zog mit Töchterchen zu ihr. Anfangs waren die Freundinnen verstört. Das änderte sich bereits im ersten Sommer nach Kriegsende. Das Wetter war schön. In der nächsten, stadteinwärts gelegenen Villa waren französische Offiziere einquartiert. Den Herren gefielen See und Strand, die beiden schönen Frauen von nebenan nicht weniger. Bald ging's am Ufer so fröhlich zu wie damals, als die Gestapofreunde sich hier vergnügt hatten. »Widerlich! Wie hasse ich diese Tochter!« murmelte Gretes Vater. Es war nur gut für ihn, daß er in der Stadt gebraucht wurde, um eine neue Ordnung schaffen zu helfen.

Die Hungerszeit war bei ihnen erträglich. Von den Franzosenfreunden bekamen sie manches. Aus dem Garten holte Agnes, was nur möglich war. Dazu war neben ihrem Haus ein Stückchen Land, das anscheinend seit langer Zeit niemandem gehörte. Hier rodete Agnes und erntete Kohlrabi und Kartoffeln. Sie arbeitete nicht ohne Freude, denn die beiden Kinder des Hauses liefen ihr auf Schritt und Tritt nach. Als das neue Geld in Umlauf war, verließ Gretes Freundin mit Tochter plötzlich und spurlos das Haus. Bald darauf kam Gretes Mann wieder. Wo er die ganze Zeit gewesen war, sagte er nicht, auch nicht, was er erlebt hatte. Dies war ihm aber anzusehen. Er war abgemagert, seine Haut fahl, der blonde Haarschopf schwer zur Glatze gelichtet. Zunächst verhielt er sich kleinlaut. Dem Schwiegervater ging er aus dem Weg. Es gelang ihm aber bald, bei der Polizei eine Anstellung zu bekommen. Seine Uniform war gewöhnlich grün, ohne jede Litze. Auch seine Frau wollte dort wieder in einem Büro tätig sein. Mit veränderter heller, weinerlicher Kinderstimme, die sie von jeher anwandte, wenn sie fürchten mußte, ein Wunsch werde ihr nicht erfüllt, rief sie: »Agnes kann den Buben hüten und für uns mitkochen!« Auf einmal waren Besitzer des Nachbargrundstücks in Erscheinung getreten. Die Brachwiese war begehrter Bauplatz geworden. »O weh!« jammerte Agnes, »wir sind hier nicht mehr die letzten!«, und sie riß ihre Nutzpflanzen aus. Ihr Vater meinte, es werde an diesem Stadtende, am Seeufer, noch ganz anders kommen.

Ihr Garten war unten, wo der Sand begann, mit einem Mäuerchen begrenzt, damit der See, sollte er ungebärdig werden, die Petersilie nicht ersäufe. Agnes saß gern dort, wenn Zeit dazu war, eine Weile aufs Wasser zu schauen. An einem Sonntagmorgen kam ein junger Mann vorbei. An der Mauer verlief ein öffentlicher Pfad, auf dem man dem Ufer entlang nach Osten gehen konnte. Nur selten war hier jemand. Den Leuten schien es unterhalb der Villen zu ›privat‹ zu sein. Sie gingen lieber auf dem geteerten Weg, der nach den Häusern in den Wanderpfad durchs Schilf mündete. Agnes kannte den seltenen Spaziergänger vom Schulbesuch her, und sie redeten ein bißchen miteinander. Ihr Vater kannte dessen Vater gut. Er war Lehrer gewesen. Gleich zu Anfang des Krieges war sein erster Sohn gefallen. Er war ein besonders begabter Junge gewesen. Sein Tod erschütterte die Familie schwer. Als auch der zweite Sohn zu den Soldaten mußte, war das für die kränkliche Lehrersfrau zu viel – sie starb daran. Den Lehrer setzte man im zivilen Luftschutz ein. Über die Wirkung verschiedener Brandbomben mußte er Vorträge halten. Von aufgestellten Sand- und Wasserkübeln und nassen Tüchern vor dem Mund predigte er. Das war ihm sehr zuwider, denn er wußte, was ein Ernstfall bedeutete. So war es dann auch! Bei einem Angriff kam er ums Leben. Als Josef spät aus der Gefangenschaft kam, konnte er bei einer Tante Unterschlupf finden. In seiner Familie war die Liebe zur Natur groß gewesen. zu Agnes sagte er, wie gern er sonntags wandere. Darum rechnete sie am nächsten Sonntag aus, wann die richtige Zeit sei, an der Mauer Petersilie zu holen. Diesmal setzte sich Josef eine Weile zu ihr. Es war ein schöner Maimorgen. Er sagte: »Komm doch mit!« Sie schüttelte den Kopf. »Ich muß für den Vater kochen.« »Kann deine Schwester keine Suppe machen?« fragte er lachend und ging weiter. Sie kannte ihn zu wenig, sonst hätte sie erzählt, wie Grete überhaupt nie koche, sonntags mit dem Mann, der bereits ein Auto habe, in die Gegend fahre, um in gepriesenen Gasthäusern zu speisen. Einigemal verfehlte sie Josef, und dann war sie ein bißchen traurig. Manchmal sprach sie laut ein dummes Verslein vor sich hin: »Petersilie Suppenkraut wächst in unserm Garten, Fräulein Rosa, unsere Braut, kann nicht länger warten.« Dann konnte sie über sich selber lachen. Es war immer noch schöner Mai, als Josef am Sonntag an der Mauer stand. Er war ein bißchen ärgerlich, denn er kam nicht weiter. Der Pfad war versperrt. Anschließend an des Anwalts Grundstück waren am Ufer Baustellen. »Auch hier!« bruttelte er und wollte umkehren. Lachend sagte Agnes: »Du brauchst nicht zurückgehen. Komm durchs Haus, bei der Straße geht es weiter.« Ihr Vater kam dazu. Er war sehr freundlich und schlug vor: »Wenn Agnes nächsten Sonntag mitwandern möchte – von mir aus gern. Ich kann vorgekochtes Essen aufwärmen.«

Für Agnes folgte ein herrlicher Sommer. Sie und Josef hatten den gleichen Schritt. Was ihm gefiel, begeisterte auch sie. Meist gingen sie weit. Manchmal fuhren sie mit dem Schiff zurück. Am Ufer standen viele Bänkchen. Sie waren ein Liebespaar, das wußte, daß es nicht mehr ohne einander leben konnte. Nur wenn die Zukunft zur Sprache kam, fiel ein Schatten über die beiden. Er sagte: »In Tantes Haus können wir nicht sein. Es ist klein und mickrig. Nicht umsonst laufe ich jede freie Zeit weg. Wenn ich nicht mache, was sie will, droht sie, es der Nichte ihres verstorbenen Mannes zu vererben. Die Tante ist zwar noch nicht alt, diese Nichte haßt sie, und für dich wär's nicht auszuhalten.« Agnes machte wiederum den Vorschlag: »Komm in unser Haus! Wir haben Platz, und mein Vater mag dich.« Niemals werde er mit dem Polizisten an einem Tisch sitzen! Wenn er vorschlug, eine Wohnung zu mieten, weinte Agnes gar, den Vater könne sie nicht allein lassen. »Allein?« fragte er unwirsch.

An einem Oktobersonntag wanderten sie im Hinterland, der bunten Wälder wegen. Am Wegrand blühten viele Herbstzeitlose. Josef war schweigsam, als ginge nur ein Ding in seinem Kopf herum. Ein paar Schritte wollte er vor ihr gehen. Sie fragte ihn, ob es im Geschäft Probleme gebe. Er verneinte und ging schweigend weiter. Sie beschaute die bunten Bäume und brachte die Herbstzeitlosen nicht aus dem Sinn. Endlich wieder am See, saßen sie auf ihrer Lieblingsbank. Die Abendsonne wärmte noch ein bißchen. Agnes kuschelte sich an Josef. »Bald ist es zu kalt, um hier zu sitzen, dann können wir nur noch in der Gegend herumlaufen.« Darüber wollte sie lachen, aber er blieb ernst. »Du solltest deinen Vater um Geld bitten«, und Josef erzählte von den Reihenhäusern, die von der Firma zum Kauf angeboten wurden. »Das wäre etwas für uns! Ich habe aber erst zweitausend erspart, achttausend ist die Anzahlung.« »Daran denkst du also! O ja, das wäre schön! Der Vater gäbe mir das Geld sicher gerne, aber...« Josef unterbrach sie grob: »Ich weiß, ihn kannst du ja niemals verlassen.« Der Abschiedskuß war recht flüchtig. Ihr Herz war schwer, als sie ihm nachschaute.

Agnes richtete das Abendbrot. Der Vater mochte abends keine warme Mahlzeit. Der Topf mit dem vorgekochten Gulasch war noch randvoll. Während sie den Tisch deckte, sagte sie zu ihm, er habe ja nichts gegessen. »So hast du für morgen schon gekocht«, meinte er lachend. Bei Tisch erwähnte die Tochter das Häuschen, das Josef kaufen könnte, wenn er nur das Geld dazu hätte. »Setz dich zu mir, wenn du abgeräumt hast. Ich habe mit dir zu reden.« Neben dem Eß- war das Wohnzimmer mit Vaters Lieblingsplatz, der Erkernische, von der aus er auf den See sah. Eben wollte Agnes sich zu ihm setzen, kamen sie heim. Der Bub rannte voraus. »Tante Agnes, wir brauchen etwas zu essen! Unsere Wirtschaft hatte geschlossen.« Seine Eltern waren da. Sie hätten einen mächtigen Hunger, bräuchten etwas Warmes. So deckte Agnes nocheinmal den Tisch, tischte Gulasch mit Brot, Joghurt und Rotwein auf. Als sie wiederum abgeräumt hatte, war der Vater nicht mehr da. »Was hat er denn? Ohne ein Wort zu sagen, ist er ins Schlafzimmer gegangen.« »Er wollte etwas mit mir besprechen.« »Was denn?« Grete war sehr gereizt. Ihr Gesicht war fleckig. Agnes sagte: »Was er mir sagen wollte, weiß ich nicht. Ich habe ihm vom Häuschen erzählt, das Josef für uns zwei kaufen könnte.« Der Bub schrie: »Tante Agnes darf nie weggehen!« Sein Vater brüllte ihn an, er solle machen, daß er ins Bett komme, so als ob gleich ein Familienstreit beginne, nicht für Kinderohren geeignet. »Was ist das für ein Haus, das Josef kaufen will?« »Ein Reihenhaus nahe der Fabrik.« Darauf folgte ein Gelächter. »Armenhäuser!« prustete der Polizist. Grete bekam rote Flecken im Gesicht und schrie: »Niemals dulde ich das! Schließlich geht es um unsern Vater. Er wird alt und kann krank werden. Er braucht dich, an dich ist er gewöhnt.« Dann begann sie mit ihrer weinerlichen Kinderstimme: »Ich bekomme noch einmal ein Kind. Wie könnte ich auch noch den Vater versorgen?« Der Schwager tippte Agnes an die Stirn. Sie werde doch diese schöne Villa nicht mit einer Fabriklerhütte tauschen. »Ich werde alles tun, das zu verhindern!« Die Unterhaltung war laut. Agnes sah, daß Vaters Schlafzimmertür einen Spalt offen stand. Sie hoffte, er komme, ihr zu helfen; weil er aber nicht kam, wähnte sie ihn auf der Seite der andern.

Die größte Müdigkeit schlief Agnes weg, dann lag sie wach. Gegen Morgen, wenn Verzweiflungen am hellsten scheinen, entschloß sie sich, auf Josef zu verzichten. So nett und gut, wie er ist, wird er ein Mädchen finden, das Geld und keine Probleme hat. Beim Frühstück schaute der Vater das bleiche, verweinte Gesicht der Tochter an. Er streichelte ihre Wange. »Heute habe ich Wichtiges vor, komme erst zum Abendessen zurück.« Beim Mittagessen gab sie den andern Bescheid, daß sie bleiben werde. Alle drei lachten, der Bub am lautesten. Sie saßen und aßen schon, als der Vater sich zu ihnen setzte. Er bat Agnes, später abzuwaschen, und sprach: »In der Stadt braucht man mich nicht mehr. Alle Ehrenämter können von andern übernommen werden. Zum 1. Februar ziehe ich ins neu erbaute Altenheim.« »Das nie!« schrie Grete. »Alles wegen mir«, schluchzte Agnes. »Ich bekomme ein schönes Zimmer, eigene Möbel kann ich mitbringen. Den See sehe ich auch von dort.« Grete lärmte, wie ganz unmöglich das sei, sie bekomme doch wieder ein Kind. Ihr Vater lachte. »Höchste

Zeit, daß du dich selbst um deine Familie kümmerst!« Sein Schwiegersohn jagte wieder den Buben ins Bett, und sie sahen, er wollte mit ihm verschwinden. »Bleib!« befahl der Anwalt, »was nun kommt, geht auch dich an!« Von seiner Rente und der Lebensversicherung könne er leicht die Kosten des Heims begleichen. »Dazu habe ich ein schönes Bargeld. Davon bekommt Agnes sofort zehntausend Mark.« Sie tat einen zaghaften Schrei. Er redete weiter: »Alles ist testamentarisch festgelegt. Das hier«, und er zeigte rundum, »gehört euch beiden Töchtern. Die Hälfte des Wertes von Haus und Grundstück kann langfristig an Agnes abbezahlt werden.« Grete heulte los, wie sie das denn machen könnten? Ihr Mann schlug mit der Faust auf den Tisch. »Halt du das Maul!« wies ihn der Schwiegervater zurecht. Dann beschwichtigte er: »So viel ist unser altes Haus nicht mehr wert. Ihr habt ja Garten und Strand, und die obere Wohnung könnt ihr vermieten. Wie ich Agnes kenne, wird sie nichts Unmögliches von euch verlangen.« Darauf streichelte er ihre Wange. Am nächsten Sonntag solle sie Josef sagen, er könne sich um den Kauf eines Reihenhauses bewerben.

So lange konnte sie mit ihrem Glück nicht warten. Am Donnerstagabend lief sie zum Haus seiner Tante. Sie war grausam unfreundlich. »Er ist nicht da!« Am liebsten hätte sie Agnes die Tür vor der Nase zugeschlagen. Wo Josef denn sei? »Seit Sonntag rennt er jeden Abend davon. Wohl zum See, aus lauter Liebeskummer. Wenn er so weitermacht, erbt die Nichte mein Haus!« Er kam bald und nahm Agnes mit in sein Zimmer. Die Frau stand vor der Tür und horchte auf das Lachen und auf die Stille. Als sie herauskamen, war ihr Glück greifbar. »Ich begleite meine Braut nach Hause«, sagte Josef zur Tante.

Für Agnes folgte eine ereignisreiche Zeit. An Weihnachten feierte sie mit Josef Verlobung, bei der er dann doch mit dem Polizisten an einem Tisch saß. Nachher gab es viel zu tun mit des Vaters Umzug, Die verbliebenen Möbel teilten die Schwestern friedlich untereinander auf. Agnes half der schwangeren Grete, von oben nach unten zu ziehen. An Ostern fand die Taufe von der Tochter des Polizisten statt. Bald danach feierten Josef und Agnes Hochzeit. Der alte Rechtsanwalt war dabei sehr fröhlich. Er versuchte, Josefs mißmutige Tante aufzuheitern. Dann stand der Einzug ins Reihenhaus bevor. Agnes hatte nie gedacht, in ihrem Leben so glücklich zu sein.

Karl und Maja

Ein Kaufmann betrieb am nördlichen Rand der Stadt sein Geschäft. Er war ein Textilkaufmann, doch nicht für Oberbekleidung, sondern für alle Art von Wäsche. In den Regalen gab es Mengen von Bettbezügen, Hand- wie Geschirrtücher, Unterwäsche für Mann, Frau und Kind, Herrenhemden, auch Morgenmäntel. Viele Stoffballen lagen bereit für diejenigen, die selber nähen mochten. Der Kaufmann verkaufte sehr gerne. Er bediente auch Damen, die besondere Unterwäsche brauchten. Ab und zu fuhr er mit Waren hinaus aufs Land. Natürlich nicht als Hausierer. Er kannte Kunden, die von seinen Stoffballen Meterware abmessen ließen, um für die Störnäherin Arbeit zu haben. War er auswärts, vertraten ihn seine Frau und die ältere Tochter im Kaufladen. Sonst waren die beiden in der Nähstube nebenan beschäftigt. Für Männer, die einen Blähhals oder extrem kurze Arme hatten, nähten sie Oberhemden nach Maß. Auch Frauen mit gewaltigen Übergrößen vermaßen sie für Kittelschürzen und ähnliches.

Die jüngere Tochter schloß die Handelsschule mit gutem Resultat ab. Die Buchführung des Geschäfts war kompliziert geworden. Diese mochte sie aber gerne, doch der ›Kramladen‹ machte ihr keinen Spaß. Vor allem haßte sie den Umgang mit den abnormalen Textilien. Als Maja achtzehn war, kam für sie die Rettung. Sie war ein großes, schlankes und hübsches Mädchen. Der Mann von des Kaufmanns einziger Schwester war beim Zolldienst angestellt. Trotz seines bescheidenen Gehalts war er von Jahr zu Jahr reicher geworden. Er konnte sich ein schönes Haus kaufen, das am westlichen Rand der Stadt stand. Es war eine bevorzugte Wohnlage, nahe am See, mit einem großen Garten. Wie der einzige Sohn heranwuchs, stellte sich heraus, daß er ein fanatischer Idealist war. Sobald es nur ging, wurde er ein Führer in der Hitlerjugend. Nicht nur im Dienst, auch daheim predigte er Rechtschaffenheit und andere Tugenden, die ein deutscher Mensch zu haben hat. Mit seinem Vater, der oft über den See in die nahe Schweiz und zurückfuhr, bekam er mehr und mehr Schwierigkeiten. Der Zöllner hielt von seinem Vaterland samt den Nazis nichts. Vater und Sohn konnten nur noch häßlich miteinander streiten. Etliche Jahre vor Kriegsbeginn brüllte der Junge eines Tages: »Ich sage mich los vom verbrecherischen Elternhaus! In Berlin bekomme ich ein hohes politisches Amt. Dir, Zöllner, sage ich eine böse Zukunft voraus: Du wirst am Galgen enden!« Seine Mutter weinte und schluchzte: »Du wirst mir oft schreiben.« »Wenn du Geld brauchst – immerhin, ich bin dein Vater.« »Dein vom Reich gestohlenes Geld will ich nicht!« schrie der Sohn, und sie hörten nichts mehr von ihm. Also, des Kaufmanns Schwester wollte ihre Nichte Maja bei sich haben. Sie meinte, in diesem unsicheren Zustand einen Beistand zu brauchen. Die Buchführung fürs Geschäft könne das Mädchen nebenbei erledigen. Jetzt gefiel Maja das Leben! Die Tante war eine ausgezeichnete Köchin, eine ehemalige Schiffsköchin, von der sie viel lernen wollte. Die Arbeit im Garten, wo der See vor ihren Augen lag, machte ihr Freude. Mit dem Zöllneronkel war sie bald gut Freund. Es kam Maja vor, als gehöre sie nun zu den angesehensten Leuten der Stadt.

Sie war von klein an ein frommes Mädchen. Vom ›BDM‹ oder gar von ›Glaube und Schönheit‹ wollte sie nichts wissen. Obwohl die katholischen Jugendverbände längst verboten waren, besuchte sie mit Gleichgesinnten Gottesdienste. Sie kam mit ihnen bei Singabenden und sonntags zu kleinen Wanderungen zusammen. Aus dieser Gruppe war ihr Freund Karl. Er war ein beinahe schöner schwarzhaariger Bursche, redegewandt und stets fröhlich. Wenn sie sangen, konnte er's am besten, dazu spielte er auf der Mandoline oder auch Ziehharmonika. In seinem Elternhaus fand er keinerlei Ansprache, sein Vater war SA-Mann, Mutter und Geschwister stießen ins gleiche Horn. Majas Tante sah es gern, wenn er allein oder mit andern zu ihnen ins Haus kam. Wenn der Zöllner anwesend war, ging's besonders anregend zu. In allem, nicht nur im politischen Bereich, war er mit den jungen Gästen einer Gesinnung. Vor allem dieser Karl gefiel ihm. So einen Sohn sollte er haben! »Macht doch Hochzeit!« sagte der Zöllner an einem lustigen Abend. Das ließen sich Karl und Maja nicht zweimal sagen. Sie feierten eine schöne Hochzeit, bei der es manche Köstlichkeit aus der Schweiz zu essen gab. Der Onkel sagte es nicht direkt, doch die Hochzeitsgäste konnten zu ihrer Freude ahnen, wem er einmal Haus und Grundstück zukommen lassen würde. Das junge Ehepaar bekam einen der schönsten Räume des Hauses als Schlafzimmer. Wenn Karl aus der Fabrik nach Hause kam, aß er wie ein Herr. Der Bub, der in angemessener Zeit sich einstellte, war die große Freude aller. Während des Krieges gehörte Karl zu den Soldaten, die nie an die Front mußten, stets war er in der Nähe stationiert und kam oft heim. Wenn jemand zu ihm sagte, er habe wohl einen Pakt mit dem Glück geschlossen, erwiderte er: »Wohlverdienter Gotteslohn!«

Seine Frau hätte solchen Lohn ebenfalls verdient, denn sie arbeitete viel im Haus, vor allem im Garten, mit dem Zöllneronkel alle Tage von morgens bis abends. Er war nun vom Pakt mit dem Glück ausgeschlossen. Hörte er das Nebelhorn tuten oder sah ein Schiff von der Schweiz herüberkommen, fiel ihm dies schwer aufs Herz. Man war ihm, mit einigen Kollegen, nämlich auf die Schliche gekommen. Handfeste Beweise für das Schmugglergeschäft gab es zwar nicht, so drohte der vom Sohn prophezeite Galgen nicht. Der Verdacht reichte aber aus, den

Zöllner mit einer winzigen Rente zu entlassen. Die Zöllnerin mußte sparsamer kochen. Zudem begannen die Fliegerangriffe auf die Stadt. An einem dieser Tage, am hellichten Nachmittag, saßen sie, außer Karl, der glücklicherweise in Weingarten seinen Dienst versah, im gutgefestigten Keller ihres Hauses. Sie hörten das Schießen der Flak, Rauschen, Splittern, und endlich war Stille. Die feindlichen Flugzeuge verfehlten ihr Ziel, die Industrieanlage, nur in der Vorstadt mit den vielen Gärten warfen sie ihre gefährliche Last ab. »Wir sind noch einmal davongekommen!« sagte der Zöllner lachend, und sie stiegen hinaus. In der Nähe brannte ein Haus. Feuerwehr- und Sanitätsauto fuhren vorbei. Auf der Treppe des Zöllnerhauses, der schönen aus Marmorstein, lag ein eigenartiger Stab. »Gehört nicht hierher«, murmelte der Zöllner, und er stieß mit dem Fuß nach ihm. Im gleichen Moment explodierte das Ding. Glühend heißes Phosphor überschüttete ihn. Sanitäter waren in der Nähe, die ihn sofort mitnahmen, doch bald mußte er sterben. »Ein Glück«, wußte Karl, »der Onkel wäre blind und bös verstümmelt geblieben.« Kein Unheil aus der Luft traf mehr ihr Haus.

Maja trauerte am meisten um den Zöllner. Mit ihm hatte sie nicht nur den Freund, sondern den Gehilfen bei der Arbeit verloren. Vielleicht weil Karl als Nazigegner galt, mußte er keine Gefangenschaft mitmachen. In der Firma lief nichts, so hoffte seine Frau auf ihn. Gartenarbeit liebe er nicht, sagte er, auch jede Hausarbeit sei ihm verhaßt. »Ich kann kein Wasser warm machen«, prahlte er lachend. Viel lieber half er Freunden, deren Wohnungen wieder in Ordnung zu bringen. Wenn es um elektrische Leitungen ging, war er perfekt. Nach getaner Arbeit fand er bei den Nachbarn seine geliebte Geselligkeit. Auch in der Kirchengemeinde war Karl bald eine wichtige Person geworden. Frömmigkeit gewann an Ansehen, auch bei denen, die vordem über sie gespottet hatten. Die Menschen gingen jetzt gern zur Kirche. Karl stand dem Pfarrer bei Gottesdiensten zur Seite. Er las mit lauter, schön klingender Stimme Epistel und Evangelium und stimmte die Gesänge an. Der groß gewordene Sohn wollte manchmal nicht mit in die Kirche. Dann wurde Karl böse. »Allein unseres Gottvertrauens wegen geht es uns so gut!« brüllte er den Jungen an. Maja dachte: Nicht nur mit dem Glück, auch mit Gott hat er seinen Pakt.

Auf einmal bemerkte man in der Zöllnertante Verhalten eine Veränderung. Karls Sohn, der eine obere Klasse des Gymnasiums besuchte, spielte mit Freunden, wie schon des öfteren, auf dem Rasen vor dem Haus Fußball. Die Zöllnerin jagte die Horde weg. »Als ob das dein Garten sei!« schrie sie den Sohn des Hauses an. Zu Maja sagte sie, als sie die Besenkammer anders einrichten wollte: »Schließlich ist das mein Haus!« Solche mürrischen Bemerkungen waren vorher niemals von ihr zu hören gewesen. Innerhalb kurzer Zeit spitzte sich die Lage zu. »Die Tante wird böse«, klagte der Junge, der bisher nur verwöhnt und gehätschelt worden war von ihr. »Sie ist wie verstört, als hätte sie vor etwas Angst«, sagte Maja zu Karl. Dieser bemerkte nichts von einer Veränderung. »Ich sage ihr, daß sie mich nicht zu fürchten braucht.«

An einem späten Nachmittag klingelte es an der Haustür. Maja öffnete, und im gleichen Augenblick war ihr alles klar. Aus ihrer Kinderzeit hatte sie nur eine schwache Erinnerung an den Vetter, des Zöllners Sohn, aber ohne Zweifel – er war's. Er war seinem Vater sehr ähnlich, seine Stimme war wie die seine: »Ist der Zöllner zu Hause?« »Der ist schon lange tot«, brachte Maja heraus. Sie sah, wie ein Grinsen über das Gesicht des Mannes huschte. Die Frau, die ihn begleitete, lachte auf. Unhöflich drängten sie Maja zur Seite und gingen wie gierig ins Haus. Maja saß wie gelähmt am Küchentisch. Endlich faßte sie klare Gedanken: Er hat ihr sein Kommen angekündigt, darum der Tante seltsames Verhalten. In all den Jahren hatte sie nie von ihrem Sohn gesprochen. Nur Karl wußte von Zeit zu Zeit: »Er ist ganz gewiß tot.« Die Zöllnerin kam in die Küche, um ein Getränk zu holen. Sie schaute die Nichte nicht an, murmelte nur: »Fast zwanzig Jahre lang habe ich ihn nicht gesehen.« Maja blieb sitzen, jetzt weinte sie. Der Sohn kam und, verspätet aus dem Geschäft, Karl. »Was ist los?« »Der Herr des Hauses ist zurückgekommen.« Sein Vater fauchte ihn an: »Hau ab! Ins Bett!« »Wenn der Onkel noch lebte…«, weiter kam Maja ihres Schluchzens wegen nicht. »Komm mit! Das muß sofort geklärt werden!« Er solle sich überlegen, was er sage, bloß nicht brutal sein, bat Maja. Sie brauche nichts zu sprechen, er sage das Richtige. Die Zöllnerin saß in ihrem Sessel, die Fremden am Eßtisch. Bei Licht sah der Sohn dem Vater noch viel ähnlicher; die Frau neben ihm, obwohl geschminkt, sah verwelkt und verlebt aus. Karl schaute die beiden nicht an. Er starrte auf die Zöllnerin. »Ich habe in diesem Haus viele gute Jahre gehabt«, sagte er. Die Tante weinte. »Ich habe viel für dieses Haus getan – es wiegt sich auf.« Jetzt weinte auch Maja. Alle schwiegen, dann redete Karl viel zu laut: »Ich nehme Urlaub. In drei Tagen sind wir draußen!« Niemand antwortete, doch die beiden am Eßtisch schauten belustigt. Nun sah Karl den Mann an, von dem er wußte, daß er seinem Vater eine gräßliche Zukunft zugedacht hatte. So mußte auch er eine Drohung aussprechen. Mit Galgen konnte er nicht aufwarten, fand auch nicht den treffenden Spruch. »Zöllnerin!« schrie er, »das wirst du bitter bereuen! Es gibt Gottes Mühlen!« Darauf zog er seine Frau aus dem Zimmer. Maja versuchte verzweifelt, einigermaßen anständig von der Tante und deren Haus loszukommen.

Die Wohnungsnot war, besonders in dieser Stadt, immer noch groß. Majas Elternhaus bot sich an. Unterm Dach waren die zwei Räume, in denen früher Vorräte an Stoffballen und Morgenmänteln, alles in offenen Regalen, gelagert waren. Hier konnte Maja ihre Siebensachen unterbringen. Viel brachten sie nicht mit, gerade ihre Wäsche, die Kleidung und die Betten. Was sie vordem benützt hatten, blieb als Eigentum des Zöllnerhauses zurück. Ein Räumchen war nun Schlafzimmer des Ehepaars, das andere Wohnzimmer mit einer Liege für den Sohn. Karl montierte eine Elektroplatte, damit Maja Frühstückskaffee und Abendtee kochen konnte, Toilette und Bad durften sie einen Stock tiefer benützen. Mit dem Textilgeschäft war eine Veränderung eingetreten. Der Mann der älteren Tochter war Vertreter einer guten Firma für Strickwaren. So verkaufte man nur noch Pullover und Strickwesten im Ladenraum. Darüber, in der schönen Wohnung, lebte der Vertreter mit Frau und zwei halberwachsenen Töchtern. Für die alten Kaufmannsleute baute man die Nähstube um und aus zu Wohnung und Küche. Hier, bei der Mutter, durfte Maja kochen, dann die Mahlzeiten nach oben tragen. Die Mutter machte bald Schwierigkeiten. Mit dieser Tochter war sie von jeher unterschiedlicher Meinung gewesen. Was Maja kochte, fand ihre Kritik: »Das hast du bei der Zöllnerin, dieser Verschwenderin gelernt.« Es dauerte nicht sehr lange, da erklärte die alte Frau, wie zuwider ihr die doppelte Kocherei sei. Maja bereitete die Mahlzeiten dann einen Stock höher bei der Schwester zu. Sie kamen besser miteinander zurecht, doch Maja spürte, je weniger sie in der Schwester Küche hantierte, desto mehr diente dies dem Frieden. Ihre Männer aßen werktags auswärts zu Mittag, der Sohn auch oft abends. Er konnte seine beiden Kusinen nicht ausstehen. Stieß er mit ihnen zusammen, sei's auf der Treppe oder vor der Toilette, hieß er sie blöde Gänse, gar dumme Kühe. Vor dem Abitur schied er aus der Schule aus und verdiente auf einer Bank bereits ein bißchen was. Wie sein Vater war er ein großer hübscher Kerl geworden. Er lief gern schönen Mädchen nach, lieber, als abends in das notdürftige Zuhause zu gehen. Maja betete jeden Abend, er möge doch bald heimkommen. Nach Mitternacht waren ihre Gebete erhört. Karl war mit dem Zustand zufrieden. Mit allen Bewohnern des Hauses kam er glänzend aus. Abends spielte er mit dem Schwiegervater zu ebener Erde Karten. War der Vertreter zu Hause, saß er einen Stock höher. Da gab's bereits einen Fernseher.

Sie ging oft in die Kirche und betete. Um ein bißchen Geld zu verdienen, putzte sie dort auch. Von Monat zu Monat forderte sie ihren Mann dringender auf, eine Wohnung zu suchen. Hie und da war Aussicht, doch für Maja entsetzlich: »Inmitten der Stadt! So weit weg vom See! So viele Mitbewohner! Kein Garten dabei!« Darum ist Karl der Wohnungssuche etwas müde geworden. »Ja, ja, nächsten Donnerstag, wenn dort abends geöffnet ist, gehe ich wieder zum Wohnungsamt«, tröstete er, wenn sie gar zu arg jammerte. »Wir sollten mehr zur Gottesmutter beten«, sagte Maja. »Ich glaube, für Wohnungen ist sie nicht zuständig. Das beweist der Stall zu Bethlehem. Nach Ägypten mußten sie auch flüchten. Bete lieber zum heiligen Petrus – der hat den schönsten Dom zu Rom.« Zu dieser seiner Rede lachte Karl schallend. Als er die Treppe zum Fernseher hinunterstieg, schaute Maja ihm voller Ärger nach, denn sie wußte nicht, ob das nun Ernst oder Spott war.

Karl saß mit einigen Personen in der Kantine am Mittagstisch. Einer von ihnen sagte: »Karl, du suchst doch eine Wohnung.« Karl nickte, aß aber an seinem Fleischküchlein weiter. Er mochte nicht, daß jener ihn deswegen ansprach. Hintenherum hießen sie ihn den »Kommunisten«. Obwohl es keine mehr gab und dieser gewiß keiner war, nannte man ihn so. Sein Vater war aber Kommunist, er war sogar im Dritten Reich deswegen eingesperrt gewesen, und das blieb am Sohn hängen. Dieser redete weiter: »Die Firma bietet Reihenhäuser zum Kauf an.« »Reihenhaus? Davon weiß ich nichts«, sagte Karl. »Er weiß nur, wann die Kreuzwegandacht beginnt«, wußte einer, und alle lachten. Es war nämlich in der Fastenzeit. Der Kommunist ließ sich nicht beirren: »Ich habe mich dort beworben, mir's aber anders überlegt. Es sind mir zu viele »Bessere« dabei. Man lebt in so einer Reihe nah beieinander, ich liebe aber die Freiheit.« Wieder folgte ein Gelächter. »Genau wie deine Brüder im Osten!« rief einer. Der Mann ließ nicht locker: »Ich kann die Anwartschaft an dich abtreten. Nur achttausend ist die Anzahlung. Ich könnte dir zinslos etwas leihen.« Karl war vor den Arbeitskameraden zu stolz, um darauf einzugehen. Sie leckten ihre Gabeln ab und gingen an ihre Maschinen.

Während der nächsten Stunden konnte Karl kaum arbeiten. Er war es nicht gewohnt, Entschlüsse zu fassen, er überließ sein Schicksal gerne Gott, und er meinte, er sei damit gut gefahren. Aber nun stand seine verzweifelte Frau ihm vor Augen. So entschloß er sich endlich, nicht wie Maja versprochen, am Feierabend zum Wohnungsamt, sondern zum Kommunisten zu gehen. Dieser freute sich, und sie gingen sofort zum Personalbüro. Auf dem Weg dorthin bot er nochmals an, ihm finanziell zu helfen. Karl lachte dazu: »Die Verwandschaft ist dermaßen froh, uns loszusein, daß sie gerne mit dem herausrückt, was mir fehlt. Aber immerhin – ich danke dir!«

Maja konnte es kaum fassen. Voller Freude jubelte sie: »Ein eigenes Haus! Ein Garten dabei. Sankt Petri sei Dank!«

Felix

An die Zeit, während es Felix in der großen Stadt im Rheinland gut gegangen war, konnte er sich nicht erinnern. Daran, als er bereits zur Schule ging, als seine Mutter oft weinte, mit dem Vater im Streit lag, hatte er böse Erinnerungen. Bevor er in eine weiterführende Schule wechseln sollte, verlangte seine Mutter die Scheidung. Ihr Mann war nicht dagegen. So zogen Sohn und Mutter in deren Elternhaus nach Ulm. Die Eltern waren, trotz der Schande der Scheidung der einzigen Tochter, nicht unglücklich. Sie freuten sich zu sehr darüber, den Enkel nun bei sich zu haben. Felix' Großvater war Lehrer, ein ansehnlicher, gütiger Mann. Er und seine Frau besaßen ein neuerbautes Haus nah der Donau. Hier, beim Wasser, das hohe Münster vor Augen, gefiel es Felix. Er ging aufs Gymnasium, und der Opa schrieb seine guten Noten in seinen Taschenkalender. Die Oma belohnte alle Taten des fleißigen Enkels mit immer noch mehr Liebe. Der Tochter wegen hörten die Sorgen aber nicht auf. In der Garnisonsstadt geriet sie in einen Kreis lebenslustiger Offiziere. Sie war der Meinung, versäumtes Vergnügen nachholen zu müssen. Da der Sohn so prächtig versorgt war, schminkte sie sich fast jeden Abend zum Ausgehen. In einer Nacht kam sie nicht heim. Die junge Frau war bei einer nächtlichen Autofahrt tödlich verunglückt. Für Felix änderte sich nichts, höchstens, daß sich seine Großeltern noch liebevoller um ihn kümmerten. Eines Tages war sein Vater da. Er kam mit einer Frau und wollte den Sohn zu sich holen. Nicht nur das Lehrerehepaar, auch Felix lehnte dies heftigst ab. So blieb ihm von seinem Vater nichts als ein seltsamer Nachname, wie kein Mensch im Schwabenland hieß. Allerdings war in seinem Aussehen einiges von ihm: große schöne Ohren, eine wohlgeformte Nase, harmonische Gesichtszüge und Feingliedrigkeit. Felix machte ein vorgezogenes Abitur. Sein Großvater wollte, daß er Lehrer werde, doch ihn zog die Technik an. In einer Maschinenfabrik fing er an zu lernen.

Der Krieg dauerte. Über der Stadt heulten immer öfter die Sirenen. Dann erlitten sie in einer Nacht einen verheerenden Luftangriff. Sie saßen im Keller ihres Hauses. Die Großmutter zitterte, der Großvater betete, was Felix besonders erschütterte, denn noch nie hatte er ihn laut beten hören. Draußen war ein Höllenlärm: ein Knall, ein Kracher folgte dem andern, das war, als herrsche ein gewaltiger Sturm. Die Wände, sogar der Fußboden des Kellerraums schienen in Bewegung zu sein – hin und her, auf und ab. Von der Decke fiel staubiger Putz, durch das kleine Kellerfenster drang giftige Helle. Plötzlich war es still, eine Stille, die erschreckender war, als der Lärm. Felix, der stark war, riß Balken außerhalb der Kellertür weg, und sie konnten hinauf klettern. Das Haus war ein Haufen Trümmer, zwischen denen Feuer flackerten. Das nächste Haus war nicht mehr da, nur noch ein Loch. Ringsum brannte es. Sie hörten Stimmen, Schreie, Rufe. Die Lehrersfrau saß auf dem Gepäckstück, in dem sie wichtige Dinge gerettet hatten, und weinte. Ihr Mann hielt sie im Arm. Obwohl noch Nachtzeit, war's wie taghell. Felix sah zwischen den Trümmern seine Schlafdecke. Er zerrte sie heraus und legte sie den Großeltern übers Knie. Sie meinten, Stunden seien vergangen. Soldaten kamen, um nach Verletzten zu suchen. Einer wollte Felix, der immer noch nach Brauchbarem stocherte, helfen. »Deine Mutter?« fragte er. »Nur Bettdecken«, und dabei schämte er sich. Endlich war der Morgen da. Ein Lastwagen der Wehrmacht fuhr durch den Schotter, der gestern noch eine Straße gewesen war. Die Ausgebombten fanden auf dem offenen Wagen Platz zwischen etlichen Nachbarn, meist aber Fremden. »Wir werden auf die Alb evakuiert«, wußte jemand. »Die Schulen und Turnhallen, die noch stehen, sind voll belegt – voller Särge«, sagte einer. Sie fuhren und sahen das Münster stehen, ganz allein zwischen Bränden und Trümmerhaufen. Der Mann, der das mit den Särgen gesagt hatte, lachte. »Mit berühmten Bauten haben unsere Feinde mehr Mitleid als mit den Menschen.«

Es war Abend, als sie im Albdorf ankamen.Unterwegs gab es lange Aufenthalte. »Evakuiert« war das einzige Wort, das Felix' Großmutter manchmal murmelte, als wär's nicht nur ein fremdes, sondern auch ein gefährliches. Ihr Glück war aber groß! Die Wirtin des einzigen Gasthauses im Ort bot dem Lehrerpaar mit Enkel sowie einer Kriegerfrau mit Kindern ihre Fremdenzimmer an. Wie Gäste bekamen sie Frühstück und Essen. Die Kriegsnot hatte dieses Dorf noch nicht voll erreicht. »Wir sind in einer herrlichen Gegend gelandet«, sagte der Großvater zu Felix. »Komm mit! Hinterm Dorf ist ein Hügel, den besteigen wir!« Auf dem Weg dorthin sahen sie eine Schafherde zwischen Wacholderbüschen weiden. Die Tiere grasten so hastig, als wollten sie vor dem Weltuntergang noch genügend Nahrung bekommen. Auf dem Buckel war es sehr schön. Sie sahen weit übers Land. In der Ferne meinten sie, die Spitze des Ulmer Münsters zu erkennen. »Sobald ich eine Fahrgelegenheit finde, will ich schauen, ob die Maschinenfabrik noch existiert«, entschloß sich Felix. Die Gelegenheit fand sich bald. Der Inhaber des Lebensmittelgeschäfts im Dorf mußte dorthin fahren. Er nahm seine Tochter mit, die im gleichen Alter wie Felix war. Während ihr Vater seine Geschäfte erledigte, ging er mit dem Mädchen auf die Suche. Nur das Münster stand da, allein und fremdartig zwischen den Trümmerhaufen. Bald danach erfuhr die Lehrersfamilie wiederum Glück. Der Dorfschullehrer war zum Militär abkommandiert worden, seine Stelle wie auch die Wohnung im Schulhaus waren frei. Felix' Großvater unterrichtete die Dorfkinder aller acht Schuljahre. Die hellen Zimmer über den beiden Schulsälen gefielen ihnen sehr, und die Dorfbewohner halfen, daß es den Ausgebombten nicht schlecht gehe.

Kaum waren sie in dem Schulhaus eingezogen, bekam Felix die Einberufung zur Wehrmacht. »Mein Gott! Er ist ja noch ein Kind«, jammerte seine Großmutter. Er mußte nach Köln in eine Flakkaserne einrücken. Was er dort sah, hörte und erlebte, war ein Schock für den behüteten Jungen. Der Oma, der er versprochen hatte, oft Nachricht zu geben, konnte er nichts berichten, was zu deren Beruhigung hätte beitragen können. Erst nach Monaten gab's Erfreuliches: Er fand einen Freund. Noch nie hatte er einen richtigen gehabt. Außer ab und zu mit Gleichaltrigen lernen, hatte es sich nicht ergeben wollen. Mit diesem Kameraden war es anders! Alle Widrigkeiten des Dienstes, alle Scheußlichkeiten, auch die Späße waren ihr gemeinsames Erleben. Sie waren im selben Alter, und im Aussehen glichen sie sich. »Ist das dein Bruder?« fragte man den einen wie den andern. Zu ihrem besonderen Glück wurde die Einheit an den Bodensee verlegt, in die Industriestadt, die aus der Luft besonders bedroht war. Sie war die Heimat von Felix' Freund. Beim ersten Ausgang nahm er den Kameraden mit ins Elternhaus. Es war eine Gärtnerei inmitten der Stadt, ein großes Haus mit Verkaufsraum, dahinter Gartenbeete und Glashäuser. Felix gefiel es hier sofort. Der Gärtner und seine Frau erinnerten ihn in Aussehen und Wesen an seine Großeltern. Und da war noch die Schwester des jungen Gärtners, ein sehr schönes Mädchen! Sicher war sie wiederholt Maikönigin gewesen. Das blondeste wie bestgewachsene Mädchen des Ortes wählte man dazu aus. Die beiden Soldaten kamen, so oft es nur möglich war, ins Gärtnerhaus. In einem kurzen Urlaub fuhren Felix und sein Freund zum Schulhaus auf die Alb, gerade als könnten sie nur noch gemeinsam etwas erleben. Als sie abgefahren waren, meinte die Lehrersfrau: »Mit diesem prächtigen Jungen kann Felix kein Unglück treffen.« »Gott gebe es!« war die Antwort ihres Mannes.

Der Krieg wirkte sich verheerend aus, und die Niederlage zeichnete sich ab. Die Bewohner der Stadt erlitten schwere Verluste durch die Luftangriffe. Bei der Flakkaserne, oben auf der Höhe, war die Abwehrstellung gegen die Wellen von Unheil: Horchgeräte, Scheinwerfer, Geschütze. Flakhelfer, junge Burschen, die kaum sechzehn waren, taten hier Dienst. Sie mußten den Soldaten an den Geschützen Munition reichen. In einer Nacht gab es einen schrecklichen Angriff. Felix und sein Kamerad feuerten aus den Rohren. Mit einer Wucht wurde Felix durch die Luft geschleudert, dann wußte er nichts mehr. Als er zu sich kam, war Stille. Wie damals in Ulm, genau so erschreckend, dachte er. Etwas Schweres deckte ihn zu. Er konnte es wegschieben und höher klettern. Jetzt hörte er Stöhnen und Schreie, er suchte seinen Freund. Zwischen toten Buben fand er ihn, auch er war tot. Sanitäter nahmen den fassungslos weinenden Felix mit. »Der hat nur einen Schock«, sagte man, und er mußte zurück in die halbzerstörte Kaserne. Hier und ebenso im Chaos der Stadt half er aufräumen. Irgendwo sah er sich in einem Spiegel und erschrak an seinem Bild. Zu den Gärtnersleuten getraute er sich nicht, denn er fürchtete sich vor der Verzweiflung, die dort herrschte über den Tod des Sohnes. Zudem kam er sich wie schuldig vor, weil er noch lebte.

Dann war dies zu Ende. Die Sieger, die Franzosen, waren da. An halben Kindern als Gefangenen hatten sie kein Interesse, auch Felix wurde entlassen. Er lungerte auf dem Bahnhof herum und schlief auf Bänken und wartete auf einen Zug, mit dem er zu den Großeltern fahren könnte. Endlich erwischte er einen überfüllten Waggon, der in Richtung Ulm fuhr. In Biberach ging's nicht weiter, denn in die Zone der Amerikaner war nicht zu kommen. So machte sich Felix zu Fuß zurück auf den Weg, den er gefahren war. Auf halber Strecke schlief er in einem Heuschober. Es war fast dunkel, als er am Gärtnerhaus klingelte. Zu seiner Verwunderung war man erfreut über sein Kommen. Warum erst jetzt? Wo er so lange gewesen sei? »Bis wieder normale Verhältnisse sind, kannst du uns helfen. Wir haben genug Arbeit«, sagte der Gärtner. In der Kammer seines Kameraden durfte er schlafen und seine Gärtnerkleidung anziehen. Es schien, als sei die Familie durch Felix getröstet über ihren Verlust. Je länger er hier war, desto besser gefiel ihm die Arbeit mit der Erde und den Pflanzen. Wo vorher Blumen gewachsen waren, ernteten sie Karotten, Kohlrabi, Kartoffeln und Krautköpfe. Das erlöste Geld hatte zwar keinen Wert, doch waren sie hier froh, den Hunger der Städter stillen zu helfen.

Der Freund hatte Felix vom Verlobten seiner Schwester erzählt, dem Sohn aus der großen Gärtnerei im Hinterland, von dem sie seit der Tragödie in Stalingrad nichts mehr gehört hatten, weder eine Todes- noch Vermißtenmeldung bekamen. Die Ungewißheit lastete auf beiden Gärtnersfamilien. Nach Kriegsende erschien das Bild des jungen Mannes in Zeitungen und auf Plakaten in verschiedenen Städten.Wer hat ihn gesehen? Wer weiß etwas von ihm? Anscheinend niemand! Irmgard und Felix arbeiteten miteinander, sie säten, pflanzten, gossen, jäteten und ernteten täglich fleißig und freuten sich über alles, was wuchs. Es war mehr ein Streicheln, wenn sie von seinen Armen die Erdkrusten strich. Bei der Arbeit berührten sich ihre Hände zu lange. Felix wurde rot, und Irmgard lachte über seine ungeschickte Abwehr. Über Mädchen hatte er bislang nicht nachgedacht. In einer Nacht schlich sie zu ihm. Dann folgte eine unglückliche Glückseligkeit. Auf ihr lastete Schuld wegen Untreue, wegen des toten Freundes kam er sich wie ein Verräter vor. War es aber Tag, und die Sonne schien auf die Beete, war ihrer beider Glück doch groß. Inzwischen durfte man wieder im Land herumreisen. Felix drängte es, endlich seine Großeltern wiederzusehen. Zudem mußte er seines verliebten, verwirrten Zustandes wegen mit ihnen reden. Über die Großmutter erschrak er, so klein und mager sie geworden war. »Gerade wie ein Vogel ißt sie noch. So reicht es leicht, was wir zu essen bekommen«, sagte der Großvater lachend. Er unterrichtete noch, obwohl er im Pensionsalter war. Im Dorf war er beliebt und geachtet. Die Oma erschrak ihrerseits über den Enkel. »Mein Gott!« rief sie, »was bist du für ein Mann geworden! Was hast du doch Schlimmes erleben müssen.« Es sei auch Gutes dabei, und Felix erwähnte alsbald sein Glück. »Gärtner ist ein schöner gesunder Beruf«, wußte der Lehrer. Als er nicht im Zimmer war, sagte seine Frau: »Mach dir keine Hoffnung! Wenn der Vermißte zurückkommt, wird das Mädchen ihn heiraten.« Während Felix bei den Großeltern war, kam das neue Geld in Umlauf. Er meinte, er müsse unbedingt in der Gärtnerei sein.

Männer der deutschen Regierung setzten nun alles daran, daß geklärt werde, was mit den Vermißten im Osten sei. Die Toten müßten genannt, die noch Lebenden freigelassen werden! Es war im Spätherbst, als der alte Gärtner vom Land kam. »Der Sohn ist da!« Irmgard stieß einen eigenartigen Seufzer aus. Ihr Vater sagte: »Gleich morgen kommen wir.« Ihre Mutter fand sie nachher weinend. »Wir müssen anständig sein!« wies sie die Tochter zurecht. Der Heimkehrer sah krank und häßlich aus. Irmgard streichelte ihn zaghaft. Er umklammerte sie: »Wenn ich nicht dauernd an dich gedacht hätte, wäre ich wie viele meiner Kameraden in Sibirien gestorben.« Sein Vater sprach davon, wie die beiden Gärtnereien sich ergänzen würden. Sie mit dem vielen Land könnten sich auf Gemüse, Beeren und Obst konzentrieren, um alles auf Märkten und im Stadtgeschäft gewinnbringend zu verkaufen. »Ihr könnt euch wieder mit Blumen befassen. Es gibt viele Gräber zu pflegen. Und die Leute wollen jetzt

Freude haben.« Niemand zweifelte daran: Die Gärtnersfamilien werden bald ein Hochzeitsfest feiern. »Allerheiligen mit der vielen Arbeit steht bevor«, sagte Felix, »dabei will ich noch helfen.« Nachher fuhr er auf die Alb zu den Großeltern.

Er kam gerade noch rechtzeitig zu Großmutters Sterben. Sie wählten auf dem hochgelegenen Dorffriedhof einen schönen Platz für ihr Grab. Nach Südosten könnte sie sehen, dahin, wo Ulm war, wo sie aufgewachsen, glücklich und unglücklich gewesen war. Stuttgart lag vom Albdorf nicht viel weiter entfernt. Dahin ging Felix, Maschinenbau zu studieren. Der Großvater war zuversichtlich, was die Zukunft seines Enkels betraf. An einem der Wochenenden, die Felix stets bei ihm verbrachte, sprach er: »Von der Stadt Ulm teilt man mir mit, daß ich durch den Lastenausgleich ein paar Tausender bekomme. Die gehören natürlich dir. Ich will vom Dorf, von Mutters Grab nicht mehr weg.« Um die Zeit, als Felix das Examen machte, starb der Lehrer. Alle Bewohner betrauerten seinen plötzlichen Tod. In die Lehrerwohnung zog der neue Schulvorstand mit Familie. Zu dieser Zeit ist das Zimmer unterm Dach des alten Schulhauses freigeworden. Die pensionierte Fachlehrerin wollte nun in der Stadt leben, und ihre Nachfolgerin fand eine bessere Bleibe. Sie wußte wohl nicht, wie schön es da droben war! Ein vorgebautes Erkerfenster ließ von früh bis spät die Sonne hinein. Ein Bürgermeister, vor Jahren schon, war in eine junge Handarbeitslehrerin verliebt gewesen. Die Gemeinde baute einen Teil des Dachbodens zu einem trefflichen Wohnraum aus. Gekacheltes ›Öfchen‹, eingebaute Wandschränke, breite Fensterbänke, getäferte Wände und Decke, alles, was schön und nützlich war, war da. Daneben waren kleine Räume für Küche und Bad eingerichtet. Auf dem großen Speicher gab's noch genug Platz für unbrauchbare Schiefertafeln, für die Rechenmaschinen mit den bunten Kugeln sowie für aufgeplatzte Medizinbälle. Felix' Ski standen daneben. Er sprach im Rathaus vor: »Hier im Dorf möchte ich mir eine Heimat bewahren«, und man gab dem Enkel des beliebten Lehrers die Dachwohnung gerne. Er zahlte die geringe Miete für ein ganzes Jahr voraus.

Felix bekam verschiedene Angebote. Ingenieure waren in der Zeit des Aufbaus gesuchte Leute. Die hektische Stadt, in der er studierte, stieß ihn ab, Ulm zog ihn nicht an, Köln fürchtete er. Nur die kleine Stadt am See, in der er seine schrecklichste, aber auch glücklichste Zeit erlebt hatte, lockte ihn. Vom großen Betrieb bekam er ein finanziell gutes Angebot und dann eine Anstellung, die ihn befriedigte. Auch ein Zimmer bei einer jungen Kriegerwitwe fand er. Als er schon eine gute Weile dort lebte, ging er eines Abends verärgert aus dem Haus. Seine bisher freundliche Hausfrau hatte ihm das Zimmer gekündigt. Ihre Hoffnung, den hübschen Ingenieur zum Ehemann zu bekommen, war zunichte. Für Felix war solches rein undenkbar, und demnach war sein Verhalten gewesen. Wenn er sonst durch die Stadt gegangen war, hatte er die Straße, in der die Gärtnerei war, gemieden. In seinem Ärger achtete er nichts und stand plötzlich vor deren Schaufenster. Es war im Advent, daher war's sehr schön geschmückt. »Das versteht sie« murmelte er und wollte weitergehen, hörte aber seinen Namen rufen. Irmgard hatte ihn durchs Fenster erkannt. Wieder die Frage, warum er nicht zu ihnen gekommen sei? Sie zeigte eine solche Freude übers Wiedersehen, daß er ihre Einladung auf Sonntagabend nicht ablehnen mochte. Während der nächsten Tage dachte er mißmutig an die dringende Zimmersuche. Am schwarzen Brett hoffte er ein Angebot zu entdecken, las aber nur, daß die Firma Reihenhäuser zum Kauf anbiete. »Dann wäre ich mein eigener Herr«, sagte er zu einem, der ebenfalls las. Dieser stotterte etwas vom vielen Geld. Weil das für Felix kein Problem war, meldete er sich umgehend als Anwärter. Als er zum Gärtnerhaus ging, steckte der Bauplan in seiner Tasche.

Die Gärtnersfamilie begrüßte ihn überaus erfreut, besonders das nun recht alte Ehepaar. Irmgards Mann lachte, und die Hausfrau tischte großartig auf. Die beiden Kinder flöteten Adventsliedchen. Mit den Großeltern gingen sie bald schlafen. Felix zog den Bauplan des Reihenhauses aus der Tasche. »Oh! So ein großer Garten ist dabei!« rief Irmgard, »den helfe ich dir anlegen mit Rosen und Büschen.« Ihr Mann lachte wieder. »Dann wird Felix eine Frau finden, und wir feiern eine lustige Hochzeit.« Bei dieser seiner Rede wurde Irmgard über und über rot. Ihr Mann sah es nicht, doch Felix berührte es seltsam. Danach ist es ein gemütlicher Abend geworden. Beim Abschied fragte der Gärtner, wie Felix denn die Weihnachtstage so allein verbringe. Er habe schon einige einsam überlebt, sagte Felix lachend. Die beiden luden ihn ein, den ersten Feiertag bei ihnen zu verbringen. Ein Gläschen Wein zuviel war schuld, daß er zusagte. Am Abend danach gab er dort bei einem Lehrmädchen den Bescheid ab: Leider müsse er absagen, er wünsche eine schöne Weihnacht und viel Gutes für das nächste Jahr.

Vom See bis Ulm lag kein Schnee. Erst danach sah Felix vom Zugfenster aus weißverschneite Hausdächer. Je näher er dem Dorf kam, desto tiefer lag der Schnee. Eine große Freude erfaßte ihn: Er werde sich bald ein Auto kaufen, trotz der Anzahlung fürs Haus, dann könne er oft hierherfahren. Er heizte das Kachelöfchen, kaufte im einzigen Kaufladen ein, wonach ihn gelüstete, und meinte, niemand könne es gemütlicher haben als er. Bei der alten Wirtin, die einst seine Großeltern und ihn so liebevoll aufgenommen hatte, aß er die Weihnachtsgans. Jeden Tag, eine ganze Woche lang, fuhr er mit den Skiern Hügel hinunter und stapfte andere hoch. Voller Schadenfreude dachte er an das Land am See, von dem er im Radio hörte, daß dort keine Spur von weihnachtlichem Weiß sei.

Als er am Abend des Neujahrstags zurückkam, begrüßte ihn die beleidigte Vermieterin freundlich. Sie wünschten einander ein gutes Jahr. Sie hielt ihn auf: »Bevor das Reihenhaus beziehbar ist, brauchen Sie kein anderes Zimmer zu suchen.« »Ei, darüber bin ich froh!« sagte er. Von der Bahnfahrt war er müde, konnte aber nicht einschlafen. Von nebenan drang das Lachen der Frau und die laute Stimme eines Mannes. So murmelte er: »Nicht umsonst heiße ich Felix.«

Wenn die Gärtnersfrau Irmgard in den nächsten Monaten besonders schöne Büsche im Vorrat hatte, stellte sie diese zur Seite. Warf ein Kunde begehrliche Blicke darauf, sagte sie: »Bereits verkauft.«

Blanka und Theo

Der Mann war ein tüchtiger, angesehener Meister im Betrieb. Mit seiner Familie lebte er ganz schön in einer Mietwohnung, vier Zimmer im Erdgeschoß. Den Garten durften sie benützen, vielmehr sie bearbeiteten ihn. Die Hausbesitzerin war bequem. Sie bewohnte den oberen Stock und ließ die drunten hausen, wie sie mochten. Trotzdem wollte der Meister ein eigenes Haus. Am Stadtrand baute man treffliche Einfamilienhäuser. Auf ein solches sparte er, und seine Frau half dabei kräftig mit.

Über ein Wochenende war es aus mit dem Traum. Samstags nach dem Mittagessen, das ihm nicht schmeckte, bekam er heftige Schmerzen im Bauch. War was Falsches im Essen gewesen? War es der Magen oder die Galle? Die Frau machte heißen Tee und warme Umschläge auf den Leib. Gegen Abend, als die Schmerzen nicht nachließen, radelte der Sohn zum Hausarzt. Ihn traf er nicht an, bekam aber die Adresse seiner Wochenendvertretung. Dieser Doktor fand nichts Eindeutiges. Weil des Kranken Gesicht rotgefleckt war, vermutete er eine leichte Lebensmittelvergiftung, zumal sie dauernd davon sprachen, gleich nach dem Mittagessen hätten die Schmerzen begonnen. Er solle viel Milch trinken und die Wärmeflasche auflegen. Wenn es morgen früh nicht besser sei, was er nicht annehme, solle man ihn wieder rufen. Das war eine schlimme Nacht! Der Vater, der bestimmt nicht wehleidig war, stöhnte und krümmte sich vor Schmerzen. Als es zu dämmern begann, wurde er ruhiger. Er sah sich aber kaum mehr ähnlich, so als ob der Tod sich bei ihm eingenistet habe. In aller Frühe kam die Hausbesitzerin herunter. Am Abend schon und in der Nacht hatte sie bemerkt, daß unten etwas nicht in Ordnung war. Sie sah den Mann und rannte nach oben, sie besaß ein Telefon. »Schnell einen Krankenwagen!« schrie sie hinein. Erst nach der Mittagszeit, da ja Sonntag war, operierte man den Kranken. Die Ärzte sahen sofort, es war zu spät. Der Unterleib war voller Eiter – eine akute Blinddarmentzündung. Noch bevor es an diesem Sonntag ganz dunkel war, mußte der Meister sterben. Seine Frau konnte ihr Leben lang nicht damit aufhören zu schimpfen und zu lärmen, die Ärzte hätten Schuld an seinem frühen Tod.

Ihre Witwenrente war klein. Sie sparte noch emsiger als zuvor, obwohl die Aussicht auf ein eigenes Haus nicht mehr in Frage kam. Die Miete für die große Wohnung mußte bezahlt sein, das Leben, die Kinder kosteten. Als der Vater starb, war Blanka fünfzehn, ihr Bruder Theo zwölf Jahre alt. In der folgenden Zeit war in der Stadt etwas los. Es waren die Jahre des Zeppelins. Fast in der ganzen Welt kannte man die deutschen Luftschiffe. Sie flogen über die Meere in andere Kontinente. Nicht nur sie, auch die Stadt, in der sie gebaut wurden, war berühmt. Von nahen und fernen Orten, auch aus dem Ausland, kamen Menschen, um so ein Weltwunder zu bestaunen. In den mächtigen Hallen wollten sie die Luftriesen sehen, den schlanken ›Graf‹ und den plumpen ›Hindenburg‹. Wie diese aus der Halle aufstiegen oder lautlos darin verschwanden! Wenn sie wunderbar glänzend über dem blauen See schwebten, waren die Leute begeistert. Manche Familien blieben wochenlang in der Stadt. Den Gasthäusern und Hotels gingen die Betten aus. So nützten viele Haushalte, diese Lücken mit Privatzimmern samt Frühstück zu schließen. Auch die Witwe versäumte nicht, durch die fremden Gäste Geld zu verdienen. Sie vermietete ein Doppel- und ein Einzelzimmer. Auf ihr schönes Schlafgemach mit Ehebett verzichtete sie und schlief in der Kammer der Tochter auf dem Diwan. Der Sohn nahm das Sofa des Wohnzimmers als Schlafstätte. Über mehrere Jahre waren die Fremden eine Einnahmequelle. »So gut bin ich finanziell noch nie gestanden«, beteuerte die Witwe, »wenn nur damals die Ärzte …!«, und sie meinte, hätten sie längst ein eigenes Haus. Jäh war die Zeppelinherrlichkeit zu Ende. Das eine Luftschiff verbrannte in Amerika bei der Landung, das andere verlor seine Funktion. Die neuen Machthaber, die wohl von Beginn ihrer Regierung an einen Krieg im Schilde führten, wußten, wie unsinnig dabei ein solches Monster in der Luft war. In den Betrieben der Stadt bauten sie jetzt Motoren für Lastwagen, Panzer und U-Boote. Diese wollte beileibe kein Mensch sehen, durfte es auch nicht.

Trotzdem blieb die Finanzlage in der Familie der Witwe günstig. Die Tochter bekam, dank der Verdienste ihres Vaters und weil sie so klug wie tüchtig war, eine gut bezahlte Stellung in einem Büro des Betriebs. Auch Theo bekam nach der Lehre einen guten Arbeitsplatz. Leider mußte er zum Militär. Diesen Dienst verfluchte er. Fragte ihn jemand, wenn er auf Urlaub war, wie es ihm gehe, hatte er nur eine Antwort: »Verdammter Mist!« Als der Krieg dauerte und Theo an verschiedenen Fronten war, blieb er beim ›verdammten Mist‹. Selbst von Norwegen, über das es einiges zu erzählen gegeben hätte, wußte er nur dies. Für die Gefangenschaft, aus der er ziemlich bald entlassen wurde, fand er kräftigere Worte wie etwa ›verfluchte Scheiße‹. Doch danach war ihm das Glück hold. Die Sieger der Zone wollten aus der schwer beschädigten Fabrik noch brauchbare Maschinen nach Frankreich holen. So stellte man Heimkehrer an, sie abzumontieren und drüben wieder aufzubauen. Eine Anzahl blieb über der Grenze zur weiteren Produktion. Wenn Theo von dort – zwar selten – in die Heimat kam, redete er nicht vom verfluchten Dreck. Er brachte sogar manches Döschen Gänseleberpastete mit. Blanka hatte bereits in der Schule ein bißchen die französische Sprache gelernt. Jetzt machte sie sich eifrig daran, diese besser zu beherrschen. Daher bekam sie in einem Depot der Besatzer einen Posten, den sie trefflich ausfüllte. Nicht nur mit wertlosem Geld, auch mit Materialien lohnte man ihre Arbeit. Während in diesen Jahren viele Leute hungerten, war das in dieser Familie nicht der Fall.

Theo fuhr wieder einmal nach Frankreich. Im Zug saß ihm ein Mädchen gegenüber. Er schaute dies unentwegt an. Die junge Frau ging kurz aus dem Abteil, da fühlte er sich wie verlassen. Als sie wiederkam, stellte er fest, daß sie nicht größer war als er, wie es bei seiner Schwester Blanka der Fall war. Die Fremde hatte ein rundes frisches Gesicht mit braunen Augen, und mit diesen konnte sie lachen. Sie kamen ins Gespräch. Was das Mädchen erzählte, war traurig: Auf der Flucht aus Schlesien habe es Vater und Mutter verloren. Sie seien erschossen worden, während ihre Zwillingsschwester und sie, aus großer Furcht vor Vergewaltigung, in einem Heuhaufen staken. »Verdammt und verflucht!« sagte Theo dazu. Bald lachten aber ihre Augen wieder. Die Schwester und sie hätten dann Glück gehabt. In Familien französischer Besatzer konnten sie als Dienstmädchen arbeiten. »Meine Herrschaft mußte nach Frankreich zurück, sie baten mich nachzukommen. Ja, und jetzt bin ich auf dem Weg dorthin!« Und, o Wunder!, es war dieselbe Stadt, in die auch Theo fuhr. In freien Stunden trafen sie sich. Bald liebten sie einander und beschlossen zu heiraten, so bald es sich ergebe.

Seine Arbeitszeit im Ausland war zu Ende. Er bat die Geliebte, mit in seine Heimat zu kommen. Weil die Franzosen viel von der Liebe verstehen, ließ man das tüchtige, fleißige Mädchen, zwar ungern, davonziehen. Je näher sie Theos Heimatstadt kamen, desto bleicher und kleinlauter ist er geworden. »Ich hätte es ihnen schreiben müssen«, flüsterte er. Lachend sagte sie: »Wir sind ja zu zweit!« Theo dachte an die Reden seiner Mutter: So lange ich da bin, brauchst du keine Frau! Oder: Unterstehe dich, ein armes Mädchen daherzubringen. Vor der Reaktion seiner Schwester auf seine heimliche eigenmächtige Machenschaft fürchtete er sich noch mehr. Seine Angst war ganz umsonst gewesen. Die neue Hausgenossin nahmen sie freundlichst auf. Lore hier und Lorchen da! Macht doch bald Hochzeit! Die Mutter fühlte sich nämlich seit einiger Zeit krank. Bei jeder Arbeit ermüdete sie viel zu rasch. Sie hatte zuvor gejammert, bald müsse sie auch für den Sohn sorgen. So tüchtig Blanka in den Büros war, so sehr haßte sie alle Haus- und Gartenarbeit. Die kranke Mutter zu ersetzen, die bisher jede Arbeit getan hatte, dieser Gedanke war ihr unerträglich. Grund genug also, ›Lorchen‹ zu sagen. Theos Frau übernahm sofort das Kochen, Waschen und Bügeln (auch der Schwägerin Zeug), den Einkauf wie alle Gartenarbeit. Bald kam die Pflege der Schwiegermutter dazu, denn ihre Krankheit war schnell vorangeschritten. Schließlich mußte sie zur Operation. Die Ärzte teilten dann mit, die Krankheit sei unheilbar, sie könnten die Mutter vielleicht noch ein gutes Jahr lang liebevoll betreuen. Die beiden sagten zur Mutter: »Alles ist gutartig! Lorchen wird dich gesund pflegen.« »Warum besucht sie mich nicht?« Jeden Tag könne das Kind kommen. Lore gebar im kleinsten Zimmer der Wohnung, in Theos Kammer, wo auch ihr Bett stand. Es waren Zwillinge, Mädchen, von denen eines aussah wie das andere. »Wie meine Schwester und ich! So etwas vererbt sich«, sagte die junge Mutter lachend, als sie die Kraft dazu hatte. Blanka und Theo schauten unwillig auf das doppelte Glück. Wenn ein Kind schlief, schrie das andere. Für Lore war's nicht einfach, denn die kranke Schwiegermutter forderte viel von ihr, nicht nur an körperlicher Pflege. »Sie haben mich belogen!« »Es ist der Krebs.« »Ich will nicht sterben!« Lore mußte manchen Trost wissen. Tochter und Sohn schauten nur abends, wenn sie müde von aller Medizin war oder schlief, nach der Sterbenden. Morgens war diese am unwilligsten, dann sagte Lore etwa: »Meine Eltern durften nicht vierzig werden, du bist über sechzig.« »Was gehen mich deine Eltern an?« Darauf war sie liebevoller zur Mutter. Allmählich ist ihre Verzweiflung unerträglich geworden, dann konnte Lore wieder energischer werden: »Dein Leben war zwar nicht leicht, doch du weißt, deinen Kindern geht es gut. Unsere Eltern wußten nicht, wie es uns im Heuhaufen erging. Sie mußten allein sterben.« »Immer deine Eltern!« Die Mutter schluchzte, und Lore streichelte ihre Wangen. »Blanka, Theo und ich sind ja bei dir.« Solche Reden Lores kamen kaum mehr an. Auch wenn sie die kleinen Kinder an ihr Bett brachte, fehlte der Kranken die Kraft, sie anzuschauen, gar sich über sie zu freuen.

Nach der Mutter Tod meinte Lore, ins große Schlafzimmer ziehen zu können. Es war das schöne bei der Wohnstube, darum war Blanka dagegen. »Wenn ich Gäste habe, will ich nicht, daß das Geschrei der Kegel (so ihre Bezeichnung für Kinder) zu hören ist. Bleibt nur hinten, die Kinderbetten könnt ihr ja in meine Kammer stellen.« Sie zog in das große Gemach. Mit Blanka stand es nämlich so: Seit Jahren suchte sie einen Heiratskandidaten. Stets beteuerte sie aber, sie wolle keinen Mann. An Freunden mangelte es ihr nicht, weder an solchen aus dem Geschäft noch anderen aus Klassen- und Jahrgängerzusammenkünften. Im neu gegründeten Narrenverein war sie eine wichtige Person. Sie konnte Witze erzählen, auch heikle. Sie tanzte gut und für ihr Leben gern, bei Fasnachtsveranstaltungen wie eine Hexe. Verehrer lud sie gerne nach Hause ein. Nie kam einer der Männer öfter als zwei-, dreimal. Blanka war zwar eine passable Person, etwas größer als die meisten ihrer Gäste, auch ein bißchen korpulent. Aber vielleicht schreckte ihr Selbstbewußtsein, ihre Klugheit und Tüchtigkeit die Männer ab.

Theo hatte für sich, wie viele junge Männer in der Nachkriegszeit, ein Hobby gefunden, er war Motorradfahrer geworden. Er fuhr an den Wochenenden zunächst mit einem leichten Rad. Jeden Werktagabend bastelte er an diesem herum. Dann kaufte er eine schwere Maschine. An ihr gab's nichts zu basteln, doch er brauchte dazu die richtige Kleidung – alles aus Leder. Theo kaufte Jacke, Hose, Haube, Handschuhe. »So viel Geld«, wagte Lore zu sagen. Nach seinem bösen Blick sagte sie dazu nichts mehr. Wenn er an den Wochenenden über Land gefahren war, schwärmte er, wie im Allgäu die Straßen leer seien, wie schnell er dort fahren und Kurven schneiden könne. Seine Schwester wollte dabei sein. Viele Sonntage saß sie hintenauf. Mit ihrem Gewicht ging's nicht so schnell, doch war das Vergnügen der beiden dabei jedesmal groß genug.

An einem regnerischen Sonntagmorgen kam die Hausbesitzerin von oben zu ihnen. »Mir tut es leid«, begann sie. »Was denn?« fragte Blanka. »Ihr seid uns seit Jahren die besten Mieter.« »Das wissen wir«, so Blanka. »Unser Sohn ...«, dazu schnupfte die Frau. Man wußte, dieser tat nie nach der Eltern Willen. Er heiratete die Falsche und lebte sei langem in weiter Ferne. »Nun, was ist mit ihm?« fragte Blanka unwillig. »Jetzt hat er hier eine Anstellung in der Firma bekommen.« Blanka lachte. »Er will mit Frau und Kindern ins Elternhaus kommen.« Dazu wußte Blanka nichts zu sagen, so redete die Hausbesitzerin weiter: »Mir und meinem Mann fällt das Treppensteigen schwer, wir werden in eure Wohnung ziehen.« »Der Garten«, seufzte Lore. »Es tut mir leid. Ich weiß, wie schwer es heutzutage ist, für eine so große Familie eine Wohnung zu finden. Wir drängeln nicht, aber leider muß ich kündigen.« Niemand sprach jetzt mehr ein Wort. Theo verließ das Zimmer. In die peinliche Stille hinein fuhr Blanka ihre Schwägerin an: »Du willst doch Rindsrouladen machen!«

Das Mittagessen war gut gewesen, doch niemand sprach ein Wort über die neue Situation. Nun tranken sie Kaffee. Die Zwillinge krabbelten im gepolsterten Laufstall. Sie konnten sich schon an den Gitterstäben hochziehen. Wenn sie umfielen, brüllten sie. Ihre Mama half ihnen dann auf die Beine. »Niemand sieht bei uns, wie groß und hübsch ihr seid«, sagte sie dabei. Blanka war mürrisch. »Wenn sie nicht stehen können, sollen sie hokkenbleiben!« Auch Theo war schlechtester Laune, er gab den Kindern keinen Blick. Plötzlich schlug sich Blanka mit der flachen Hand auf die Stirn. »Daß ich nicht gleich daran dachte! Die

Firma baut doch Reihenhäuser!« Und nun redete sie von den Bedingungen. »Je viertausend Mark Anzahlung sind für mich wie für dich eine Kleinigkeit«, sagte sie zum Bruder. Gleich morgen werde sie sich als Anwärter melden. Theo war natürlich einverstanden. Er machte nur eine Bedingung: Alle finanziellen Dinge des Hauskaufs sowie weitere geschäftliche Angelegenheiten müsse sie in die Hand nehmen. »Du weißt, wie wenig ich mit Geld zu tun haben mag.« Außer dieses für Unnötiges ausgeben, dachte Lore, wagte aber nicht, es zu sagen. Blanka lachte und schlug mit der Faust auf den Tisch. »Abgemacht!« rief sie frohgemut.

»Ich muß mich ausruhen«, sagte Blanka, »um sechs Uhr werde ich abgeholt zur Feier draußen im Gasthaus.« Aus ihrem Zimmer rief sie: »Lore, ich brauche also kein Abendessen.« Theo las seine Motorradzeitung. Es regnete nicht mehr. Lore packte die Kinder in den Zwillingswagen. Sie war voller Unmut, darum mußte sie aus dem Haus. Zornig murmelte sie: »Demnächst muß ich sie um jeden Pfennig bitten.« Bald verflog ihre Niedergeschlagenheit. Die Mädchen juchzten. Spaziergänger blieben stehen. »Ei, Zwillinge – wie reizend!« Ein Herr frage lachend, ob sie denn die beiden unterscheiden könne. Mit der Heimkehr zögerte Lore. Gerade war sie im Haus, hupte draußen ein Auto. Blanka, hübsch hergerichtet, sagte zum Bruder: »Um Mitternacht kannst mich abholen. Wer weiß, ob mich einer heimfährt.«

Lore hatte die Kinder zu Bett gebracht. Ihr Mann las wieder Zeitung. Sie saß am Tisch und weinte, zuerst leise, dann lauter. »Was gibt es denn zu plärren?« Theo sah unwillig auf, doch sie konnte nur den Kopf schütteln. »Wir bekommen ein eigenes Haus! Davon haben unsere Eltern ihr Leben lang geträumt.« Weil aus Lores Weinen heftiges Schluchzen geworden war, schrie er sie ärgerlich an: »Was willst du denn mehr, wo du keine Heimat hast. Ohne uns wärst du immer noch ein Dienstmädchen bei den Franzosen, wie deine Schwester.«

Endlich konnte seine Frau reden: »Ihr geht es gut, sie verdient gut, und das Leben in Frankreich gefällt ihr.« Darauf fing Theo ein verächtliches Gelächter an. Jetzt wurde auch Lore laut: »Deine Schwester soll das Haus allein kaufen! Gefälligst heiraten! Ich will nicht mein Leben lang ihre Magd sein. Nein! Viel lieber kein Haus! Wir zwei werden eine Wohnung finden.« Im oberen Stock war der Zank zu hören. Die Frau sagte zu ihrem Mann: »Sie streiten. Es tut mir leid. Besonders wegen Lore.« Was Theo nun brüllte, konnte man sogar oben verstehen: »Blanka ist meine Schwester! Ich kenne sie schon viel länger als dich.« Dies brachte Lore beinahe zum Lachen, doch er schrie weiter: »Wir müssen ihr dankbar sein! Du meinst wohl, ich brächte das Geld allein auf, wo du nichts verdienst.« Nun lachte Lore doch, und sie wollte fragen, wie das denn zu machen wäre. In dem Moment fingen aber die Kinder an zu schreien. Sie spürten, daß an diesem Tag etwas nicht so war wie sonst. Ihre Mutter brachte sie wieder zum Schlafen. Den Mann mochte sie nicht mehr sehen, schon gar nicht hören. Sie lag lange wach. Vielerlei Gedanken fuhren durch ihren Kopf, keiner bot ihr einen Lichtblick. Gegen Mitternacht hörte sie das Motorrad wegrattern und bald wieder zurückkommen. Sie hörte die starke Stimme ihrer Schwägerin, wollte aber nicht wissen, was sie sprach. Lore wußte es ohnehin: Von ihren Erfolgen bei den Männern an diesem Abend, von allen Vorteilen des bevorstehenden Hauskaufs.

Anton und Huberta

Zwei Betriebskollegen machten Feierabend. Der eine beeilte sich. Er sagte: »Ich will noch aufs Personalbüro, mich für den Kauf eines Reihenhauses anmelden. Es steht abseits des Verkehrs. Meine Frau ist kränklich und braucht Ruhe. An unserer Wohnung an der Durchgangsstraße fährt immer wieder ein Motorrad oder Auto vorbei.« Der andere horchte nur mit halbem Ohr. »So viel ich weiß, sind noch einige Häuser dort zu haben. Mach mit! Dann wären wir Nachbarn.« Der Kollege lachte. »Mir gefällt's auf dem Land«, sagte er.

Vor allem gefiel Anton der Weg ins Geschäft, den er seit seiner Jugend zurücklegte. Mit dem Bummelzug fuhr er ein paar Stationen. Am kleinen Bahnhof wartete sein Fahrrad. Damit fuhr er die vier Kilometer hin und zurück in sein Heimatdorf. Die kurze Strecke empfand er als Entspannung. Sie führte durch Wiesen, sogar durch ein Wäldchen, und dabei konnte er die Jahreszeiten wie das Wetter erleben. Als Anton an diesem Abend heimkam, stand sein Fünfjähriger vor dem Haus. Er tat, als ob er noch spielte, doch sein Vater sah, daß er auf ihn gewartet hatte. »Warum bist du um diese Zeit nicht oben?« Der Kleine gab keine Antwort. Das Fahrrad war versorgt, und sie traten ins Haus. Gleich kam Antons Bruder, der noch zur Oberschule ging, in den Flur. Er maulte: »Den ganzen Mittag hat mich das Geklimper von droben gestört. Jetzt bin ich mit den Hausaufgaben nicht fertig geworden.« Anton und das Kind gingen die Treppe hinauf. Vor der Tür des ersten Obergeschosses faßte der Bub nach des Vaters Hand. Hier kam niemand heraus, aber Anton spürte etwas wie dicke Luft. Unterm Dach, wo die Wände schräg waren, wohnte er mit seiner Familie. Die Räume waren groß, mit schönen Möbeln heimelig eingerichtet. Antons Frau richtete das Abendessen. Er sah, ihre Augen waren verweint. Die neunjährige Tochter schluchzte: »Jetzt habe ich heute wieder zu laut und zu lange gespielt!« Anton klappte das Klavier zu. »Wie lange war's denn?« »Von zwei bis fünf. So lange muß ich üben, sonst kann ich in der Stunde nichts.« Nach dem Nachtessen, als die Kinder im Bett waren, weinte Huberta bitterlich. »Es wird immer schlimmer! Ida hetzt alle gegen uns auf, deine Eltern, deinen Bruder, der mich doch mag, nun auch ihren Mann samt ihren Untermietern.« »So schlimm ist es nicht«, sagte Anton. »Du hättest deine Schwester heute erleben sollen! Das Klavierspiel muß nun herhalten. Sie will uns aus dem Haus haben.« »Ich gehe hinunter und rede mit ihr.« Das wolle sie nicht, denn sie fürchte einen Streit, und im Bett weinte Huberta erst richtig. Plötzlich fuhr es Anton durch den Sinn: »Keine drei Stunden ist es her, als ich darüber gelacht habe. Jetzt sehe ich – das ist die Lösung! Wir kaufen ein Häuschen in der Stadt.« »Ich wollte nie in die Stadt, wo keiner den andern kennt.« »Es ist ein Reihenhaus, du wirst Nachbarn haben.« »Und das Klavierspiel? Es wird in den Nebenhäusern zu hören sein.« Heute könne man Wände besser isolieren, meinte ihr Mann. Sie redeten noch lange darüber, und das finanzielle Problem war das kleinste. »Hoffentlich komme ich als Anwärter nicht zu spät«, war Antons letzte Rede. Das war gottlob nicht der Fall. Zwischen den beiden Kollegen herrschte großes Hallo. Am Feierabend tranken sie ein Bier auf die zukünftige Nachbarschaft.

Antons Eltern waren mit diesem ersten Sohn nie zufrieden gewesen. Er wollte nicht das Gymnasium, sondern die Realschule besuchen. Auf keinen Fall wollte er einen Beruf ähnlich dem seines Vaters haben, einen technischen wollte er erlernen. Motoren bauen! Allein hätte der Bub sich nicht durchsetzen können. Ein Onkel half ihm. Das war der halbwegs mißratene Bruder seines Vaters, der es weder zu gesicherter Existenz noch zu einer Familie gebracht hatte. Früher vagabundierte er durch die Welt, jetzt lebte er bei einem verwitweten Schneider im Dorf. Ihm besorgte er den Haushalt, half aber in der Schneiderstube auch Heftfäden ziehen und Knöpfe annähen. In dem Dorf, in dem sie lebten, war eine Irrenanstalt, schon seit vielen Jahren. Doch die Anstalt vergrößerte sich laufend. Neue Gebäude für die Insassen kamen zum altehrwürdigen Haus, in das die Kirche eingebaut war. Große landwirtschaftliche Bauten waren notwendig geworden. Bauersleute, die ohne Erben waren, ›vermachten‹ dem wohltätigen Unternehmen ihren Grund, in der Hoffnung, im Jenseits dafür belohnt zu werden. Ein Bauer gab auch gern von seinem Besitz, wenn er nur seinen verrückten Sohn nicht täglich sehen mußte. An der Dorfstraße reihten sich ein halbes Dutzend Bauerngehöfte, eine Küferei, das Häuslein des Schneiders, das Gasthaus, ein Kaufladen und eben Antons Elternhaus, direkt neben den Anstaltsgebäuden. Auf der Straße gingen Irre, die aus dem Haus durften, allein oder in Gruppen hin und her. Man sah ihnen an, daß bei ihnen dies und das nicht stimmte. Von manchen wußten die Dorfbewohner die Namen. Antons Vater war Aufseher in der Anstalt. Sein Verdienst war gut, so daß er das Haus bauen konnte. Für seinen Ältesten wünschte er denselben Beruf, denn er fand ihn sehr vorteilhaft. Mit guter Schulbildung könne er's zum Inspektor bringen. Anton wehrte sich dagegen. »Wenn ich die Verrückten sehe, überfällt mich Mitleid, das halte ich nicht ein Leben lang aus.« Sein Vater schrie ihn an: »Du bist ein Weichling! Ich halte es leicht aus.« Also ging Anton zum Onkel. Dieser tadelte ihn zunächst: »Du redest von Deppen! Es sind Behinderte, die Hilfe brauchen, aber nicht von denen, die durch sie nur Geld verdienen wollen, als wären es Gegenstände. Warte! Ich rede mit deinem Vater.« Dem Buben dürfe es nicht wie ihm ergehen, lamentierte er mit diesem, auch er habe einen Beruf erlernen müssen, den er haßte. So durfte Anton in die Stadt fahren, um Motoren bauen zu lernen.

Der nächste Grund, mit Anton unzufrieden zu sein, kam bald. Viel zu jung, gerade volljährig, wollte, vielmehr mußte er heiraten. Seine Mutter hatte selber ein Kind, das eben zur Schule kam. Des großen Sohnes Liebste war ein Bauernmädchen aus der nahen Umgebung. Sie war die einzige Tochter des Anwesens, hatte also Aussteuer und Vermögen zu erwarten. Ihr Vater war nicht nur Bauer, sondern auch Jäger, daher der Name des Mädchens, nach Hubertus, dem Schutzpatron der Jäger. Weil die Tochter sehr hübsch war, erwarteten ihre Eltern Besseres für sie, vielleicht einen Lehrer, daher das Klavier, auf dem Huberta am Heiligabend »Stille Nacht« zuwege brachte. Und nun dieser Schlosser! Ihr Bruder mischte sich in die allgemeine Verzweiflung ein. »Anton ist ein tüchtiger Kerl. Bei ihm wird es Huberta gutgehen.« »Sie sehen sich ähnlich wie Geschwister. Äußere

Ähnlichkeit garantiert eine glückliche Ehe«, wußte die Großmutter, die sie noch hatten. Beide waren feingliedrig, hellhäutig und hellblond.

Den nächsten Ärger mit Anton gab es in des Aufsehers Familie. Er wollte mit seiner Frau in den ersten Stock, in die schönste Wohnung des Hauses, einziehen, des Klaviers und der schönen Möbel wegen, die Huberta mitbrachte. »Das ist eine Arztwohnung! Nicht die eines Mechanikers«, schrie ihn seine Mutter an. Seine Schwester Ida, gerade ein Jahr jünger als er, erfüllte ihres Vaters Vorstellungen und Wünsche. Zuerst war sie in der Anstalt Pflegerin, dann beim Arzt Helferin geworden. In ihn war sie verliebt, und sie hegte die größte Hoffnung, seine Frau zu werden. Die große Wohnung mußte also bereitstehen, so zog Anton mit Huberta oben ein, wo die Wände schräg waren. Die junge Frau war dazu fähig, dort mit Mann und Kind glücklich zu sein. Man sprach überall von ihr als von einem kreuzbraven Mädchen. Daheim nahm sie sich liebevoll aller, auch der Großmutter an. Sie besuchte gerne kranke Nachbarn, freute sich auch, wenn es anderen gut ging. Nach der Heirat half sie der Schwiegermutter und buk unten bei ihr köstliche Kuchen. Der kleine Schwager war bald ihr bester Freund. Sie half ihm Hausaufgaben machen, und waren sie damit fertig, spielten sie ›Fang den Hut‹. Der Schwägerin Ida half sie auf den Arzt warten. Immer wieder putzte sie die vielen Fenster der leerstehenden Wohnung. Als Antons Onkel eine schwere Grippe hatte, versorgte sie ihn samt dem Schneiderhäuschen. Beide Männer waren in sie verliebt. Miteinander stellten sie fest, daß es kein trefflicheres Menschenkind als Huberta geben könne.

Die Nationalsozialisten herrschten bereits eine Reihe von Jahren im Land. Da ging es um, in Rede und Schrift, das vom lebensunwerten Leben. Nun, man war manche Parolen gewohnt. So ernst brauchten die Leute sie nicht zu nehmen. Vieles geschah anderswo. In diesem Dorf war man jedoch auf einmal mit dem Ungeheuerlichen konfrontiert. Der Direktor der Anstalt war ein geistlicher Herr, und viele Nonnen taten hier Dienst. Jetzt waren sie machtlos, wie gelähmt oder erstarrt in ihrem Tun. Wie hypnotisierte Kaninchen verhielten sie sich, wenn Ärzte in braunen und schwarzen Uniformen durch die Krankensäle gingen. Auch der Anstaltsarzt mit seiner Helferin schlichen hinter diesen Herren her, um Listen aufzustellen. Man sah graue Omnibusse durchs Anstaltstor hinein- und bald wieder hinausfahren. Die Fenster der Busse waren verhängt. Fast jede Woche, mindestens zweimal im Monat, sah man solch ein Gefährt. Huberta sagte: »Den Lulu, mit dem ich oft gelacht habe, sehe ich nicht mehr auf der Straße.« In der Gegend redeten die Leute natürlich darüber. Genaues wußte niemand, und so genau wollten die meisten es nicht wissen. Bei den Zuständigen, dem Direktor, den Nonnen, dem Arzt wagte man sich nicht zu erkundigen. Fragte jemand die Arzthelferin, gab sie unverfängliche Auskunft: »Ja, manche Kranke sind verlegt worden. Hier soll ein Internierungslager für Ausländer sein.« Ihren Vater, den Aufseher, getrauten sich die Leute am ehesten zu fragen. Er saß abends gerne im Gasthaus, doch er wußte von nichts. Er sei nur noch Aufseher im landwirtschaftlichen Bereich, da habe er seine Truppe. Dabei lobte er die Taubstummen, wie fleißig sie seien, und erzählte von einem Mann, der bei den Pferden am Heuwagen ging, plötzlich einen Anfall bekam und zwischen die Beine der Rösser, direkt vor die rollenden Räder fiel. Im Moment seien die Tiere stehengeblieben. »Gottlob ist dem Kranken nichts passiert.« »Du weißt doch, daß Behinderte umgebracht werden«, sagte sein Bruder, der mit am Tisch saß. »Vergast und verbrannt wie Mist!« schrie der Schneider. »Euch beiden rate ich, nicht so laut zu schreien!«

Auf einmal, der Krieg war noch nicht zu Ende, hörte der unheimliche Spuk auf. Um das Anstaltsgelände war ein hoher Drahtzaun errichtet. Ausländer waren hier eingesperrt, dann war's ein Gefangenenlager für Serben und Russen. Mit ihnen hatten die Menschen im Dorf nichts zu tun. Anton mußte nicht Soldat sein. Der Bombenangriffe wegen verlegte die Firma Teile zur Fertigung der Motoren ins Hinterland. An einem solchen Ort war Anton eine unabkömmliche Hauptperson. In freien Stunden konnte er heimradeln, manchmal auch über Nacht bleiben. Huberta arbeitete oft auf dem elterlichen Hof. Niemand in des Aufsehers Haus mußte darben. Vielleicht weil das Klavier jederzeit zur Verfügung stand, galt Antons Töchterchen als musikalisch. In der nächsten großen Ortschaft entdeckte Huberta einen alten Klavierlehrer. Zu ihm radelte sie wöchentlich, das Kind auf dem Rückständer, an den Lenkstangen Taschen voller Äpfel und Kartoffeln. Wenn Anton am Samstagabend heimkam, ging er gern ins Gasthaus, wo er den Onkel und den Schneider wußte. Huberta gab ihm Kirschen mit. Den ganzen Tag half sie auf dem Hof bei der Kirschenernte und hatte die im Erdgeschoß mit einem Korb voller Früchte erfreut. »Uns geht es gut«, sagte Anton, als er dem Onkel Kirschen gab. »Dank deiner Huberta«, meinte der Alte zuerst lachend, dann ist er böse geworden. »Du sagst, es gehe uns gut! In der nächsten Nähe verlieren Menschen das Leben oder Hab und Gut.« Erst vor ein paar Wochen haben bei ihnen die Gläser in den Schränken gezittert. Die Feuersbrunst aus der Stadt drunten erhellte bei ihnen die Nacht. »In großen Städten sterben sie zu Tausenden. Wenn Hitlers Wunderwaffe zum Einsatz kommt, werden es in England Millionen sein.« Von Westen her hörten sie das seltsame Rumpeln, den Lärm, der zum Bau der Raketen gehören sollte. Der Onkel redete zornig weiter: »Und du sagst, es gehe uns gut!« Anton gab kleinlaut zu, wie abgestumpft er doch geworden sei. Dann ist der Onkel versöhnlich geworden, er lachte sogar, als der Schneider von den Kirschen aß. »Laß mir ein paar auf morgen übrig. Ich bleibe lieber beim Bier.« Die beiden alten Männer lachten dann auch darüber, als der Krieg so jämmerlich zu Ende war.

Antons Schwester ging's indessen nicht gut. Der Anstaltsarzt, den sie liebte, auf den sie so sehr hoffte, war kurz vor Kriegsende verschwunden. Bald ging das Gerücht um, er habe sich erschossen. Die aufgesparte Wohnung war nicht mehr zu halten.

Zwei Flüchtlingsfamilien wies man dort ein. Drei Jahre lang hatte Ida damit zu tun, aufzupassen, damit ihr ja nichts verdorben werde. Die Kinder der Flüchtlinge fürchteten sie. In der Anstalt wollte sie wieder eine Anstellung haben, doch darauf mußte sie warten. Es war Ungutes an ihr hängengeblieben, wohl wegen des vorigen Arztes und den Listen, die sie hatte schreiben müssen. Erst als es im Anstaltsbetrieb aufwärts ging, war sie am Ziel. Dort verlief der Aufschwung heftig. Die Krankensäle waren voll belegt. Es waren noch welche übriggeblieben! Manche Menschen werden während des Krieges den Verstand verloren haben, und es sind trotz der von den Nazis ausgerufenen Herrenrasse blöde Kinder zur Welt gekommen. Auf der Dorfstraße sah man sie wieder, die mit den zu großen Köpfen, solche, die ohne Grund lachten. Jetzt waren sie aber in Begleitung von Pflegepersonen. Niemand sprach mehr von Deppen, nun waren es Behinderte, wie der gute Onkel sie vor Jahren genannt haben wollte. Sie genossen Betreuung und, wenn nötig, beste Pflege. In neuen Gebäuden wurden Sonderschulen und Werkstätten errichtet. All dies erforderte viel Personal. Im Dorf, abends im Gasthaus, war eine neue Sorte von jungen Männern. Antons Onkel redete gerne mit ihnen: »Ah, Sie sind Pfleger!« »Wehrdienstverweigerer.« »Noch besser – das gefällt mir.«

Im Aufseherhaus gingen junge Leute in weißen Hosen und Schuhen ein und aus. Ida hatte Freunde gefunden. Einen der Pfleger heiratete sie. Er machte kein Hehl daraus und zeigte, wie glücklich er über das schöne Zuhause war. Seine freien Stunden verbrachte er gern in Antons und Hubertas Gesellschaft. Als Ida ein Kind hatte,wollte sie um keinen Preis den Beruf aufgeben. Huberta besaß inzwischen einen kleinen Buben. »Es geht in einem«, sagte sie und betreute die Kleine der Pfleger. Weil immer noch Wohnungsnot herrschte, nahm Ida ein eng befreundetes Ehepaar als Untermieter in ihre Wohnung. Dadurch war das gute Einvernehmen im Haus mehr und mehr gestört. Dieses Pflegerpaar drehte sich weg, wenn sie einem der ›Oberen‹ begegneten. Nur allmählich begann Huberta zu begreifen: Idas Freundin war schwanger. Eine solch vergrößerte Familie konnte sie nicht in ihren vier Wänden, in Küche, Bad und Toilette brauchen. Zum jungen Bruder sagte Ida: »Ein Fabrikler paßt nicht in dieses Haus«, der Bub meinte bei den Eltern: »Die Pfleger wollen die von oben aus dem Haus haben.« Diese nahmen keine Stellung dazu. Ihr kleines Mädchen gab Ida der Mutter in Obhut. Die Frau schimpfte zwar, wenn die Tochter es nicht hörte, sie hätte genug Kinder gehütet. Nie widersprach sie aber Ida, gerade als ob sie die Tochter fürchte. Die Kleine war recht widerwärtig, sie wollte oben bei der lieben Tante, wo Spielkameraden waren, betreut sein. Dann gab sich auch Idas Mann böse. Er schrie Huberta an: »Das Klavierspiel eurer Tochter ist unerträglich! Ich habe schweren Nachtdienst. Wie soll ich nachmittags schlafen?« Je dicker der Untermieterin Bauch war, desto schlimmer die Lage. Huberta verlor ihre fröhliche Laune. In Antons Gemüt herrschte immerzu Friedfertigkeit. Zum Onkel sprach er: »Eine Wohnung muß doch zu finden sein für die Fremden. Das ist mein Elternhaus, darin bleiben wir.« Der Alte meinte: »Du gehst mit Maschinen um, die Menschen mußt du noch kennenlernen.« An jenem Abend, als Anton sich entschloß, ein Haus in der Stadt zu kaufen, meinte er, sie nun zu kennen. Die anstaltsorientierte Hausgemeinschaft zählte die Tage, bis Anton mit seiner Familie die Dachwohnung freigab. Er und Huberta zählten die Wochen. Die kleine Klavierspielerin hämmerte, bis es soweit war, ungehemmt auf dem Instrument.

Helmut, Monika, Eva

Ein rechtschaffenes Ehepaar hatte nur einen einzigen Sohn. Helmut machte die Lehre im Betrieb, in dem sein Vater angestellt war. Als diese beendet war, mußte er zum Arbeitsdienst, irgendwohin ins Badische. Seine Mutter schrieb Briefe und schickte Päckchen. Doch nicht nur sie, auch Helmuts Freundin war um sein Wohl besorgt, auch sie schnürte Päckchen und schrieb Briefe. Monika war ein Nachbarsmädchen, das meinte, Helmut gehöre mehr ihr als seiner Mutter. Mit Briefen oder Dankschreiben wurden beide nicht verwöhnt, der Junge war ein denkbar fauler Briefschreiber. Einmal kam er auf Urlaub und gab sich ein bißchen hochnäsig. Er sprach ›hochdeutsch‹, so meinte er, das sei der badische Einschlag in seiner Rede. Fast in jedem seiner Sätze kam das Wörtchen ›na‹ vor. Er erzählte, wie er von einem Mädchen zum Saumagenessen eingeladen worden sei. Monika lachte darüber. »Du kommst ja bald weg von dort, und Liebesbriefe schreiben ist nicht deine Sache.« Nach diesem Dienst blieb Helmut nicht lange Zeit, vom trefflichen Saumagen am Westwall zu schwärmen. Gerade sein Jahrgang war gefragt, als der Krieg begann. Von dieser und jener Kaserne kam eine Postkarte: Es gehe ihm gut – das Soldatenleben gefalle ihm. Dann nahm er am Frankreichfeldzug teil. Danach, im Urlaub, gebärdete er sich übermütig. Mit seinem Mädchen ging er ins Kino und zum Tanzen. Er liebte Monika, wie sich's gehörte und wie er es von den Kameraden kannte. Bei einer lustigen Bootsfahrt fragte Monika: »Wollen wir heiraten, bevor du wieder in den Krieg mußt?« Das wollte Helmut natürlich nicht. So jung, wie er sei! »Warten wir! Der Krieg ist bald vorbei.« Doch dieser ging weiter. Im Süden wie im Norden stand Helmut in Wartestellung. Monika wußte, wohin sie die Liebesbriefe schicken konnte. Für beide Frauen begannen die Sorgen um den Vielgeliebten, denn er mußte, von Beginn an, am Rußlandfeldzug teilnehmen. Nur spärlich kam Nachricht von ihm. Wenn Monika ein Feldpostbrieflein bekam, rannte sie voller Freude hinüber zu seiner Mutter, so war's auch umgekehrt. Viele Todesnachrichten von Soldaten, die im Osten kämpften, erreichten die Stadt. Wochen vergingen ohne Nachricht von Helmut. Mutter und Freundin meinten, so sehr wie sie warte die andere nicht. Nach der Niederlage von Stalingrad kam kein Lebenszeichen mehr von ihm, auch keine Vermißtenmeldung. Die Haare seiner Mutter waren grau geworden. Monika, während der ersten Zeit des Krieges ein hübsches Mädchen mit rosiger Haut und vollem Busen, war bleich und mager geworden.

Eines Tages, eine gehörige Weile vor Kriegsende, war Helmut da. Er war aus einem Lazarett, entfernt der Front, entlassen worden. Vielleicht wäre ihm doch möglich gewesen, den Seinen Nachricht zu geben! Er sagte aber: »Es war mir rein unmöglich, so fiebrig und müde ich war.« Seine Verwundung war nicht schwer, doch er sah übel aus. Sein Gesicht war aufgedunsen, der Körper abgemagert. »Warte nur! Ich und Monika päppeln dich wieder auf.« Das war nicht einfach in dieser hungrigen Zeit. Monika war auf dem Büro einer Nazibehörde angestellt, da konnte sie manchmal eine zusätzliche Lebensmittelmarke ergattern. Nach dem Kriegsende hatte sie keine Beschäftigung mehr. Sie ging mit noch guten Kleidern und schönem Geschirr aufs Land, um dies bei Bauern gegen Eier, Butter oder gar Rauchfleisch einzutauschen. Sie und seine Mutter ließen jeden guten Bissen Helmut zukommen. Oft kam Monika aber leer und traurig von den Hamstergängen zurück.

Die Heimkehrer, Männer, die ihren Arbeitsplatz verloren hatten, suchten eine Beschäftigung. Die einen halfen Bauern, andere beim Kohlenhändler, wieder andere räumten Trümmer weg. Monika munterte ihren Freund auf: »Arbeit hilft Mißmut und Müdigkeit vertreiben.« »Wenn er sich doch nicht wohl fühlt!« hielt seine Mutter dagegen. In einem nahen Moor konnte man Torf stechen. Brennmaterial war rar. Je mehr Wasen der einzelne abstach, desto größer war sein Anteil für den Eigenverbrauch. Monika hatte Erfolg, doch Helmut, den sie bat mitzumachen, brachte kaum etwas zuwege. Er schwitzte, obwohl er meist nur herumstand. Sie gab ihm die Hälfte ihres Anteils an Torfbrocken, worüber seine Eltern froh waren. Er mußte sich manche Klagen seiner Freundin anhören: »Du bist nicht mehr du selber!« Dazu zuckte er nur mit der Achsel. Wie aus heiterem Himmel konnte er aber auch übertrieben lebenslustig sein. Am hellen Tag, wenn seine oder ihre Eltern nicht zu Hause waren, verlangte er eigensinnig, daß Monika mit ihm schlafe. »Wann heiraten wir?« Das wies er weit zurück. Solange ihn jede Anstrengung müde mache, beteuerte er, könne er nachts keine Frau neben sich brauchen.

Es war verwunderlich, noch mehr lobenswert, wie bald nach dem Chaos die Gemeinden, Behörden und Ämter wieder Ordnung schufen und für das Wohl der Menschen sorgten. Das Gesundheitsamt ordnete Röntgenreihenuntersuchungen wegen Tuberkulose für die Bevölkerung an. Bei Helmut stellte man hochgradigen Befund fest. In früheren Jahren sind junge Leute wie Fliegen an dieser Krankheit gestorben, aber die Ärzte hatten sie in den Griff bekommen. So kam der kranke Helmut in ein Sanatorium. Dieses war vier Stunden Bahnfahrt von seiner Heimatstadt entfernt und lag in einer herrlichen Gegend. Jetzt begannen für seine Mutter und Moni-ka aufs neue die Sorge, das Briefeschreiben und auf Antwort warten. Monika schrieb ihm von ihrer Sehnsucht und immer wieder, wann sie ihn besuchen dürfe. Häufige Besuche seien nicht erwünscht, stand in seiner lang ersehnten Antwort zu lesen. Er schrieb auch, er werde lange hier sein, so habe sie noch genug Zeit, ihn zu besuchen. Bereits ein dreiviertel Jahr war vergangen, seit er dort war. Es herrschten wieder normale Verhältnisse. Monika hatte im Büro einer Baufirma einen Arbeitsplatz gefunden. Sie verdiente also Geld und bekam Urlaub. »Ich fahre für eine Woche zu ihm«, eröffnete sie Helmuts Mutter. Diese wollte beim Besuch unbedingt mit dabeisein. Nur für eine Übernachtung, sagte sie, den Vater könne sie nicht länger allein lassen. Monika bereute es, den Plan verraten zu haben. Als sie Helmut sahen, waren sie freudig überrascht. Gesund, gepflegt, direkt hübsch wie früher sah er aus. »Ich darf euch noch keinen Kuß geben«, begrüßte er sie. Seine Mutter lachte dazu, Monika wischte eine Träne weg, die er grinsend zur Kenntnis nahm. Die Mutter wollte einen Arzt sprechen. Dieser war zuversichtlich. Der Patient mache Fortschritte, alle Verordnungen halte er strikt ein. »Bis zur vollständigen Heilung wird aber noch Zeit vergehen.« Diesen Bescheid mußte er schon manchen Besuchern gegeben haben. Helmut zeigte ihnen sein Zimmer, die Liegehalle und die Sonnenwiese. Die Frauen gingen zum Mittagessen ins Gasthaus, in dem sie übernachten sollten. Erst am späten Nachmittag durften sie Helmut wiedersehen. Die Ruhezeit nach dem Essen war für ihn lang. Dann spazierten sie im Park. Sie begegneten anderen Patienten. Helmut stellte ein paar Freunde vor. Auch junge Frauen lustwandelten hier. Seine Mutter war müde, sie wollte früh zu Bett gehen. Monika gefiel es gar nicht neben der alten Frau. Weil diese aber schnarchte, konnte sie ins Kissen weinen. Am andern Tag durften sie den Kranken erst nachmittags treffen, am Vormittag mußte er zu Untersuchungen. Die Frauen schauten das Städtchen an. In den Geschäften sahen sie wunderschöne Auslagen, sündhaft teure Kleidungsstücke und Schmuck, als ob das Geld für Todgeweihte keine Rolle mehr spiele. Bis zur Abfahrt des Zuges saßen sie in einem Café. Helmut aß zwei Stück Torte mit Sahne. »Ich muß viel und gut essen«, sagte er. Zwei Jahre könne es noch dauern, die er hierbleiben müsse. »Mußt du? Eher glaube ich, du darfst«, sprach Monika, die während des Besuchs nur wenig redete. Bei der Heimfahrt überschlug sich Helmuts Mutter im Gespräch voller Freude auf des Sohnes gesunde Wiederkehr. Monika konnte sich ihre Traurigkeit nicht anmerken lassen, denn sie wußte nicht, warum sie bei so viel Hoffnung traurig war.

Viel Zeit von der angekündigten Trennung war vergangen. Ab und zu, abwechselnd den Eltern und der Braut, ließ Helmut von sich hören. ›Dein Helmut‹, waren seine kurze Briefe an Monika unterzeichnet. Sie entschloß sich, ihn wieder zu besuchen, diesmal aber allein. Sie wählte einen Samstag, mit dem ersten Zug hin und mit dem letzten zurück. Diesmal erschrak sie fast über sein gutes Aussehen. Wie ein kerngesunder, sonnengebräunter Sportler sah er aus. »Ich darf dich immer noch nicht küssen«, war sein Gruß. Monika konnte im Speisesaal mitessen, separat mit Helmut an einem Tischchen. Am Nebentisch aßen vier junge Leute, zwei Männer und zwei Frauen. Sie kicherten und tuschelten miteinander und schauten oft herüber. Das eine Mädchen war auffallend schön. Mit einer Haut wie Elfenbein, roten Wangen, langem schwarzen Haar. »Wie Schneewittchen«, sagte Monika, worüber Helmut lachte. Draußen regnete es, und man blieb im Speisesaal sitzen. Die Mittagsruhe war anscheinend nicht mehr geboten. Zum Kaffee aß Helmut Torte mit viel Sahne. Sie wußten die ganze Zeit nicht so recht, was sie miteinander reden sollten. Monika sagte: »Ich sitze an der Quelle. In der Stadt werden schöne Wohnungen gebaut. Für mich ist es ein Leichtes, für uns zwei eine zu finden.« Er schaute auf die Uhr. »Wann fährt dein Zug?« »Sechzehnuhrfünfzig.« »Nein! ich weiß es noch von Mutters Besuch. Sechzehnuhrzehn! Bei der Eingangstür hängt ein Fahrplan, ich schau nach.« Als ob ich damals nicht dabeigewesen wäre, fuhr's durch Monikas Sinn. Helmut kam ziemlich lange nicht. Die beiden Frauen waren gegangen. Die jungen Männer, die Monika vom ersten Besuch bekannt waren, setzten sich zu ihr. Ihr kam es vor, als schauten sie mitleidig auf sie. »Wir beide haben Glück. Zu Weihnachten dürfen wir als geheilt nach Hause. Bei Helmut wird's Ostern werden.« Endlich kam er. »Auf, Monika! Ich habe recht! Sechzehnuhrzehn!« Am Bahnhof stellte sich heraus, daß er falsch geschaut und sie viel zu früh dran waren. »Ich darf nicht so lange in der Kälte stehen«, sagte er weinerlich. Es war ein häßlicher Novembertag. »Geh nur!«, und als sie ihm nachsah, erkannte sie in kurzer Entfernung das schöne Mädchen. Bis zur Abfahrt des Zuges ging sie ein Stück an den trefflichen Geschäften entlang. Sie sah sich in einem Spiegel und murmelte: »Ich bin zu klein, meine frischen Dauerwellen sind häßlich kraus.« Die Eisenbahnabteile waren fast menschenleer. So allein konnte sie weinen. Ein Schaffner, der ihre Fahrkarte kontrollierte, schaute sie an und tröstete: »Alles wird wieder gut!« Monika dachte: Da ich vom Kurort komme, meint er die Krankheit eines Angehörigen. Dabei ist es viel schlimmer!

Am andern Tag, dem Sonntag, ging sie zu Helmuts Eltern. Sie hatte gewartet, bis deren Mittagsschläfchen vorbei war. Die Frau ruhte aber noch auf dem Sofa. »Ich war gestern bei Helmut.« Seine Mutter sprang auf. »Wie geht es ihm?« »Ich glaube gut. Im Frühjahr wird er entlassen werden.« »Was heißt du glaubst? Du mußt es doch wissen!« Nach einer kurzen Stille sprach Monika davon, wie sie über anderes Gewißheit habe. Ohne Tränen erwähnte sie das schöne Mädchen. Erst jetzt sahen die Alten, wie bleich Monika war. »Dieses liebt er, und eben mich nicht mehr. Noch heute schreibe ich den Abschiedsbrief.« Helmuts Mutter schlug die Hände über dem Kopf zusammen. Sein Vater fluchte: »Dieser Halunke! Niemals dulde ich, daß er sich an diese kranke Person hängt!« Und dann fing er an zu schreien, davon, was Monika für ihn getan habe: Ein Dutzend Jahre lang habe sie auf ihn gewartet, unzählige Briefe geschrieben, Päckchen geschickt, für ihn gehungert und gehamstert, Sorge und Angst um ihn ausgestanden, selbst die Torfbrocken vergaß er nicht. Plötzlich stieg Monika die Schamröte ins Gesicht. All das hat er nicht von mir gefordert, durchfuhr es sie. Das ›eine‹, von dem sein Vater nicht brüllte, weil er's ja nicht wußte, hat sie ihm ebenfalls bereitwillig gewährt. »Warum wirst du denn so feuerrot?« fragte die Frau. Mit dieser Schamröte löste sich in Monika Verzweiflung und Zorn. »Warte mit dem Abschiedsbrief!« riefen die Eltern, »heute noch werden wir ihm schreiben, diesem Lumpen heizen wir ein, damit er weiß, was er zu tun hat.« »Spart euch diesen Brief, vor allem ihm eine Antwort. Ich schreibe das Richtige.« »Warte Monika, warte!« doch sie schüttelte den Kopf und ging zur Tür. »Gehabt euch wohl!« Draußen lachte sie, weil ihr dieser altmodische Gruß eingefallen war. Was sie in der vergangenen Nacht für den Abschiedsbrief ausgedacht hatte, ähnlich dem, was sein Vater schrie, außer den Torfbrocken, war überholt, falsch und lächerlich. Sie schrieb nur einen Satz: Ihre Liebe sei ein großer Irrtum gewesen.

Als der Brief im Kasten war und sie durch die dunkle Straße heimwärts ging, überfiel sie ein ihr ungewohntes frohes Gefühl der Freiheit. Der Wind blies noch kälter als am Vortag. Der Winter kündigte sich an, und Weihnachten stand vor der Tür. Die Schwester wird aus Amerika kommen! Endlich konnte sie sich gelöst mit ihrer Familie freuen! Das Baugewerbe war im Aufwind. Monika arbeitete viel im Geschäft. Als sie wieder einmal Überstunden machte, kam ein junger Mann ins Büro. Seit einiger Zeit bemerkte sie seine Aufmerksamkeit ihr gegenüber. »Mach Feierabend, Moni (so nannte er sie, was ihr gefiel), es schneit. Wir schauen in der Stadt die Adventslichter an.« Das war schön, und sie wiederholten den Spaß. Bei einem Gläschen Glühwein sagte der Mann: »Moni, ich möchte dich zur Frau haben.« Sie schüttelte den Kopf. Es sei zu spät, sie habe zu viel verloren, und sie redete ein bißchen von der verlorenen Zeit. Jetzt schüttelte der Mann den Kopf. »Was hat man in den vergangenen Jahren doch alles verloren! Viele das Leben, Tausende die Heimat, Hab und Gut, wir Deutschen die Ehre.« Dann war er verlegen ob seiner hochtrabenden Rede. Darum lachte er und meinte, ihre paar Jahre seien dagegen harmlos. Sie schaute ihn groß an. »Nichts ist zu spät! Gleich nach Weihnachten machen wir Hochzeit.« Sein eigenes Haus war nicht verloren. Monika war darin sehr glücklich. Helmuts Eltern beobachteten ihr rasches Glück. »So treu sind die heutigen Mädchen!« sagte Helmuts Mutter zur Nachbarin. Ihr Mann wies sie zurecht. »Bleib lieber bei der Wahrheit!«

Zu Ostern kam Helmut als geheilt heim. Als er bald sein Mädchen vorstellte, konnten seine Eltern nur erfreut sein. Die Mutter schwärmte bei andern Leuten: »Aus gutem Haus! Vollständig geheilt! Wer bekommt eine solch schöne Schwiegertochter?« Der Vater war nicht nur von Evas Schönheit, sondern auch von deren Liebenswürdigkeit begeistert. Ihre Eltern waren nicht arm, doch hatten sie drei jüngere Kinder, mit deren Schul- und Ausbildung sie zu tun hatten. So waren sie froh, die Älteste bald und gut versorgt zu wissen. Man versäumte nichts, um dem jungen Paar zu einer prächtigen Hochzeit und schönen Wohnung zu verhelfen. Bevor die Krankheit Eva überfallen hatte, war sie Kindergärtnerin gewesen. Nun hätte sie liebend gerne eigene Kinder gehabt, und ihre Schwiegermutter wünschte sich nichts mehr, als Großmutter zu sein. Sie sah Monika in der Stadt. Zweimal mußte sie hinschauen, ob sie es sei, so hübsch und elegant war sie. Mit der rechten Hand schob sie den Kinderwagen, an der linken führte sie einen etwa Dreijährigen. Helmuts Mutter mußte sich gegen Tränen wehren. »Nun sind die meinen bald vier Jahre verheiratet«, jammerte sie. Eva ging zum Frauenarzt. Dieser verwies sie aber zu einem, der für andere Dinge zuständig war. »Den Kinderwunsch müssen Sie aufgeben«, sagte der Arzt. Die vorherige Krankheit überfiel Eva nämlich erneut. Zwar war sie nicht wild galoppierend, eher heimlich schleichend. Sie und Helmut waren tapfer. Sie wußten, dieses Übel war zu besiegen. Und sie liebten sich nach wie vor. Nur leichte Hausarbeit durfte die junge Frau verrichten. Für Schweres waren die Schwiegereltern in der Nähe. Auch viel Ruhe mußte Eva haben. Darum entschloß sich Helmut, das Reihenhaus zu kaufen, das in einer Sackgasse stand, bei dem ein Garten war, wo Ruhe und frische Luft zu finden sein würden. Über die hohen Kosten der An- und Abzahlung sah er zwar nicht hinaus. »Meine Rente ist jetzt eine ganz andere«, sprach sein Vater.

Nistplätze

Die Zeit, in der tausendjährig vorausgeschaut und davon gepredigt wurde, war in einem guten Dutzend von Jahren zu Ende. Viele Gebäude, die noch lange Bestand gehabt hätten, waren Schutt und Asche. Jetzt schaute man nicht mehr so weit voraus. In der ersten Not brauchten die Menschen rasch wieder Behausungen. So war es fast wie bei den Spatzen, die für kurze Zeit ein schludriges Nest bauen. Bald stellte sich's gottlob heraus, daß wieder für die Zukunft gebaut werden konnte. Es ist also die Rede von einem ordentlichen dauerhaften Nestprojekt, etwa fünfzig Jahre lang beobachtet.

Die Firma besaß außer ihrem Betriebsgelände dieses und jenes Grundstück in ihrer Umgebung. Eines davon war ein großes Rechteck nah der Fabrikhalle. Vorne kam vom Firmentor her eine Straße am Grundstück vorbei. Keine hundert Meter weiter war eine Straßenkreuzung. Geradeaus ging's abwärts dem Seeufer zu. Links abbiegend kam man zur Kirche, den Schulen und zur Stadtmitte, alles recht nahe. In der anderen Richtung lief die Straße aufwärts aus der Stadt. An ihr standen gewöhnliche Häuser, dieserzeit noch viele zerbombt.

Zu welchem Zweck das nahe Firmengelände früher genutzt worden war, weiß man nicht. Wahrscheinlich waren es nur vergammelte Wiesen. Was aber in letzter Vergangenheit hier stand, ist den Leuten in Erinnerung. Es waren lange Reihen Baracke für Kriegsgefangene. Franzosen, Polen, hauptsächlich Russen arbeiteten im Rüstungsbetrieb. Die Gefangenen litten mehr Hunger als die Stadtbewohner. Vor allem waren sie dem Kriegsende zu viel schutzloser den schrecklichen Bombenangriffen ausgesetzt. Auf dem Städtischen Friedhof ist ein großes Gräberfeld mit namenlosen Kreuzen. Man kann fast sagen, der Boden, auf dem die Baracken standen, sei blutgetränkt. Dann wucherten jahrelang zwischen Betonklötzen und Dachpappefetzen gelbe Trümmerblumen.

Als die Firma wieder im Aufschwung war, entschloß sich die Leitung, auf diesem Gelände die Wohnungsnot lindern zu helfen. Zu dieser Zeit baute man noch nicht so sehr in die Höhe. Wäre hier fünf Jahre später gebaut worden, hätte gar ein Vielfaches an Familien da ein Zuhause gefunden. Der hohe Zaun mußte bleiben, wohl weil Gefangene hier hausten. Er grenzte das Rechteck seitlich und hinten, wo weiteres Firmengelände war, ein. Vorne an der Straße war kein Zaun notwendig. Der Architekt errechnete, daß für elf Häuser, eins ans andere gebaut, Platz vorhanden sei. Er war ein Mann, der außer den häßlichen Fabrikgebäuden, die er zu planen hatte, hier etwas besonders Günstiges und Schönes erstellen wollte. Die Hungersnot steckte ihm noch in den Knochen. Also mußte ein Gemüsegarten sein, in dem notfalls Kartoffeln wuchsen. Und vergnüglich sollten es die Bewohner haben! Nach all dem Greulichen, was die Menschen vordem hatten erleben müssen, lechzten sie nach Lust. Was ist vergnüglicher als ein Rasen beim Haus? Darum maß der Architekt Rasen und Gemüsegarten mehr Quadratmeter zu als dem Grundriß der Häuser. Auch das Fahrsträßchen nördlich der Gebäudereihe entlang mußte zugunsten der Gartenanlage recht schmal sein.

Das Wohnzimmer, nach Süden gelegen, hatte die Breite des ganzen Hauses. Die Tiefe des Grundrisses erlaubte eine schmale Küche, einen kümmerlichen Flur mit Toilette samt Treppenaufgang nach oben. Dort ging's von einem engen Gängchen ins Bad mit Klo, ins nördliche Gastzimmer, das schmal, doch so breit wie das Haus war. Eine Tür führte ins sonnige Elternschlafzimmer, mit Fenstertür zum Balkönchen. Durch die andere kam man in das ebenfalls südlich gelegene Kinderzimmer, das so klein war, daß kaum zwei Betten Platz fanden. Vom Flur konnte eine Treppe zum Dachboden heruntergezogen werden. Kein Wunder, daß die Käufer, als sie bereits eine Weile hier lebten und ihre Begeisterung fürs Eigentum etwas verflogen war, zueinander sagten: Vom Rasen hätte man zugunsten der Wohnung etwas abziehen sollen! Einer meinte, statt elf wären neun Häuser besser gewesen. »Bauen und heiraten sollte man im Leben zweimal können!« Wenn sie sich bereits gut gekannt hätten, wäre über dessen Rede gelacht worden, denn auch beim zweiten Mal wäre er rein machtlos gewesen. Was wirklich groß genug schien, waren die Räume im Kellergeschoß. Vorwie Vorratsraum, Kohlenkeller und Waschküche genügten den Ansprüchen. Allerdings gab es von dort keinen Ausgang zum Garten. Die Fensterchen waren zwar diebstahlsicher, aber nicht zu öffnen. Wer also Mist im Garten haben wollte, mußte ihn ebenso wie Torf und Geräte durchs Wohnzimmer befördern.

Der Architekt, der es müde war, graue Fabrikwände streichen zu lassen, wollte die Reihenhäuser fröhlich gestalten. Er lief mit Farbtafeln umher. Elf Farben mußte er aussuchen, die harmonisch zusammenpaßten. Er entwarf und verwarf. Zu grell durften die Farben nicht sein, manche gerieten dann doch etwas aufdringlich. Die Gipser strichen die Wände vom Dach bis zum Kellersockel, der weiß blieb, in den betreffenden Farben. So geriet eine bunte Reihe, schön anzusehen. Vorbeispazierende blieben staunend stehen. »Eine richtige Farbenschachtel«, lachten manche beim Anblick. Bei der Vergabe der Häuser berücksichtigte man nur die berechtigten Wünsche dreier Käufer. Allen andern mußte es egal sein, ob sie im vierten oder achten, in einem grünen oder rosaroten Häuschen lebten.

Die Gartenseite bereitete Freude. Es wohnten mehrere Frauen hier, die es mit der Gartenarbeit verstanden. Auf dem Streifen beim Zaun ernteten sie Tomaten und Salat. Nicht nur nah beim Haus, auch dort blühten bald Blumen. Der Rasen erfüllte ebenfalls die Erwartungen. Zwischen jedem Besitz waren Drähte gespannt. Jeder Bewohner hatte seinen Rasenmäher. Die einen mähten jede Woche, andere nur einmal im Monat. Bei wem der Scherenschleifer nicht jedes Jahr wetzte, sah der Grasboden wie gerupft aus. Teppichstangen standen, Wäscheleinen waren gespannt, Sonnenschirme und Liegestühle waren im Gras zu sehen, Kinder warfen Bälle ins Nachbargrundstück.

Man sollte nicht glauben, wie rasch die Käufer ihre Bauschulden loswaren! Zwar hatten manche keine Schulden. Sie waren die ersten, die ein Auto kaufen konnten. Im Laufe von nur wenigen Jahren waren neun von elf Männern Besitzer eines so wertvollen Gefährts. Einer war aus Prinzip gegen Autos – er wanderte mit seiner Frau, der andere war ein zu fanatischer Radfahrer. Das war nun das Problem: Wo sollten die Reihenhäusler ihren Pkw abstellen? In der Nähe war nirgends die kleinste Spur von einem Parkplatz. Ein paar waren in der Lage, eine teure Garage zu mieten, die andern aber stellten ihre Autos an den Straßenrand, halb auf den Gehsteig. Manche hatten das glänzende Stück zur Nacht ganz nah an ihrer Haustreppe. Einer der Bewohner fühlte sich dazu berufen, für Ordnung zu sorgen. In seiner Jugend hatte er sich heftig dagegen gewehrt, ein Aufseher zu sein, doch jetzt meldete sich das, was er von seinem Vater ererbt hatte. Bei der Betriebsleitung, bei der er einen Namen hatte, erreichte er, daß solcher Unfug verboten wurde. Wie sollte denn ein Sanitäts- oder Feuerwehrauto im Notfall durch das schmale Gäßchen fahren können? So mußten die Autobesitzer weiterhin, wenn es dunkelte, das häßliche Gefühl haben, sie hätten ein Kind draußen in der Nacht am Straßenrand stehen. Dem Ordnungshüter sei Dank! Die Herren der Firma sahen ein: Garagen mußten her. Den hinteren Zaun verlegte man um Garagentiefe samt Rangierfläche. Es war knapp bemessen. Jetzt bildeten elf Tore quer den Abschluß der Häuserreihe. Nun ging's auf dem Sträßchen anders zu! Die vorderen, die hinten nichts zu suchen hatten, gingen die Reihe entlang. Sie schauten in die Küchenfenster und verglichen eine Garanienpracht davor mit der nächsten. Sie fuhren vor, kamen bald oder später zurück und gingen wieder vor. Sogar wildfremde Leute gingen und fuhren hin und her, denn wer kein Auto hatte, vermietete die Garage. Manche Fahrer fuhren schön langsam, andere viel zu schnell. Für die Kinder war es aus mit Roller- und Rollschuhfahren, auch für die kleinen Mädchen mit Spazieren mit dem Puppenwagen.

Das Leben verlegte sich auf die Gartenseite. Terrassen wurden angelegt. Die einen nahmen zwei, andere sogar vier Meter dazu vom Rasen. Obwohl Wert darauf gelegt wurde, das Äußere der Häuser nicht, und wenn, dann genau gleich zu verändern, scherte sich bald niemand mehr darum. Beim vordersten der Reihe gab es keine Terrasse, wohl um die Frau nicht auf dem Präsentierteller zu haben. Ein anderer von vorn sagte, wer an der frischen Luft sein wolle, solle Radfahren oder auf den Fußballplatz gehen. Ein Nachbar, ein akkurater, wollte andern sein Privatleben nicht vorführen. Er könne es nicht ausstehen, wenn die Sonne in sein Bierglas scheine. Der Sonne wegen, die von früh bis spät herbrennen könne, bräuchten sie Markisen, große Schirme, Büsche und etliche der Nachbarn wegen auch Sichtblenden. Die Kinder sprangen aber gerne über die gespannten Drähte oder schlüpften unter ihnen durch.

Auf dem Sträßchen ging es über Jahre sehr lebhaft zu. Kaum ein Tag, an dem nicht Lieferwagen und sperrige Wagen von Handwerkern vor den Häusern standen. Die Inneneinrichtungen waren einfach, gar primitiv. Bald sollte es besser und schöner sein. Der mit Holz beheizte Badeboiler, der eiserne Kohleofen in der Küche, von dem aus das Haus beheizt wurde, der Beistellherd, der kupferne Kessel aus der Waschküche, dies mußte aus dem Haus, Waschmaschinen, Ölfässer und noch vieles mehr hinein. Das Dach mußte isoliert werden, denn vor Hitze oder Kälte war's auf dem Dachboden nicht auszuhalten. Die unmöglichen Holzrahmenfenster, die Bodenbeläge, auch die steinernen, mußten modernen weichen. Die Neuerungen verursachten großen Lärm, noch in entfernten Wohnungen zu hören. Nur bei dreien von den elf herrschte kein Baulärm. Ansonsten schleppten und wuchteten Handwerker vieles durch Haus- und Kellertür ein und aus, also war der Weg oft versperrt. Wer mit seinem Auto nicht an ihren Wagen vorbeikam, hupte und klingelte beim Betreffenden. Dann gab's ein Gebruttel und ein Rangieren. Saß eine Frau am Steuer, die nicht rückwärts fahren konnte, war es ein Graus.

Wie schnell die Zeit vergeht! Dreißig, vierzig Jahre können wie ein Husch sein. Der Besitzer des ersten Hauses und seine Frau waren nicht mehr. Der Sohn verkaufte es für einen Spottpreis an einen Mann aus dem Betrieb, an einen jungen Familienvater. Der alte Ordnungshüter war seines Amtes müde und nachlässig geworden, so fühlte sich der neue, vorderste Bewohner für die Reihe zuständig. Er berief eine Eigentümerversammlung ein. Eine solche sei überfällig, sogar Gesetz. Hatte es vordem kleine Probleme gegeben, hatten die Männer miteinander auf der Gasse darüber geredet. Weil's gut und fast friedlich zugegangen war, waren sie zu lösen gewesen. Mit starker Stimme sprach der ›Neue‹: »Der erste Punkt betrifft den Garten. Der Rasen sieht verheerend aus! Ich will den Unkrautsamen der Nachbarn nicht in dem meinen. Die Zwischendrähte müssen weg! Meine Kinder wissen, wohin sie gehören.« Er bot sich an, mit einem gemeinsam angeschafften Motormäher jede zweite Woche den ganzen Rasen zu mähen. »Natürlich für Entgelt, überhaupt das Geld! Wir brauchen ein gemeinsames Konto mit Rücklagekapital.« Diesen zweiten Punkt sollten sie am Schluß der Versammlung besprechen und einen Schriftführer benennen. Die vollzählig Anwesenden schauten einander an, nickten zögernd. »Nun zum dritten Punkt – der Hauptsache!« rief der erste energisch. Er habe sich's lange überlegt, sich sogar geschämt, in dieses lächerliche Farbenhaus zu ziehen. »Die Farben sind wüst verblichen!« »Uns sind sie grell genug«, rief einer. Das wurde überhört. Nach einigem Hin und Her einigte man sich, alle

Häuser sollten mit einem gedeckten Weiß gestrichen werden. Und wenn schon ein Gerüst stehe, müsse das Dach neu gedeckt und die kaputte Dachrinne erneuert werden. »Das wird einen Haufen Geld kosten – ich mache da nicht mit!« schrie nun der, dem die Farben noch schön genug waren. Seine Frau stieß ihm den Ellbogen in die Rippen. »Wir können uns doch nicht ausschließen«, sagte sie für alle hörbar. Die Eigentümerversammlung endete also in allen Punkten mit einstimmigem Beschluß.

Danach hatte niemand etwas zu bereuen. Die weiße Reihe mit dem neuen Dach und der glänzend kupfernen Dachrinne sah sehr vornehm aus. Der einzige Nachteil war, daß immer wieder ein Spätheimkehrer nicht die richtige Tür fand. Man sagt zwar, bei Nacht seien alle Katzen grau, jeder der Männer hatte jedoch bei tiefster Dunkelheit leicht seine Hausfarbe erkannt. Jetzt erschrak man drinnen, wenn spät nachts am Türschloß gefummelt wurde. Statt des gefürchteten Einbrechers war's nur der verlegene Nachbar. Solchen Mißverständnissen konnte abgeholfen werden. Lampen leuchteten neben den Türen, sobald jemand in ihre Nähe kam. Manche Besitzer wollten es noch besser haben. Sie ließen über der Haustür ein Dächlein anbringen. Dies wegen dem Regen, der aber trotzdem auf die Treppe peitschte, wenn der Wind es so wollte. Ein Teil der Besitzer bekam eine neue Haustür, aber nicht mit Schlitz für den Briefkasten. Diesen ersetzte ein schöner Behälter mit großem bronzenem Namen darauf. Wem's noch nicht schön genug war vor dem Haus, der ließ die Betontreppe, die zum Keller führte, weiß kacheln.

Bei der nächsten Versammlung sprach wieder der Besitzer des vordersten Hauses: »Es geht um unsere Straße!« Jemand lachte. Das Wegchen sah tatsächlich jämmerlich aus. Der Teerbelag war uneben, zerrissen und voller geflickter Schlaglöcher. Immer wieder mußte aufgegraben und wieder zugeschüttet werden. Das war notwendig wegen verstopfter Rohre, wegen der Gasleitung, zu der sie sich nur in Abständen entschließen konnten, und wegen des Kabelfernsehens. »Wer soll da noch mit 50 Stundenkilometer fahren können?« Der Sprecher hatte die Sache genau im Kopf, und niemand war dagegen. Ein Plattenbelag kam auf die Gasse, so schön, als wär's eine geplättelte Küche.

Danach waren die Frauen gefragt, um noch mehr zu verschönern. Jedes Jahr machten sie es besser als das vorige. Am Zaun überm Gäßchen befestigten sie Blumenkästen, darin Fuchsien und Geranien blühten. Auf die Haustreppe und daneben stellten sie Töpfe samt Übertöpfen mit schönsten und teuersten Pflanzen. Sogar das Kellergeländer behängten einige mit Blumentopfampeln. An die Haustüren hängten sie Kränze aus Trockenblumen und Ähren, wunderbar mit Seidenbändern umschlungen, genau so eine Sitte wie die Lichter auf den Gräbern, was im Schwabenland früher nicht üblich war. Solches kam mit den aus fremden Gebieten Zugezogenen. Ein paar der Bewohnerinnen war's der Schönheit noch nicht genug, sie stellten die hübschesten Figuren auf. Zwei Frauen der Reihe ließen die Front ihrer Häuser ungeschmückt. Die eine war vielleicht zu bequem dazu. Die andere durfte ihres Mannes wegen nicht mitwetteifern. Er sagte: »Ich lebe nicht im Disneyland. Untersteh dich, solchen Prunk aufzustellen!« Zum Glück fielen die unverzierten Häuser zwischen aller Pracht kaum auf. Die Leute blieben vorne an der Straße stehen und sagten: »Das ist eine besonders schöne Wohnanlage.«

Klopfen der Spechte
Grau

Das erste Haus war grau gestrichen, auch die Giebelwand. In ihr waren glücklicherweise drei Fensterchen, die Küche, Bad und Wohnzimmer heller machten als in den folgenden Häusern. So war es drinnen nicht so düster, wie es von außen den Anschein hatte. Zudem war es ein warmes Grau, schön mausgrau. Der Ingenieur, Uwe, der aus Norddeutschland stammte, bekam's, weil seine Frau nicht zwischen Schwäbinnen sein mochte. Dabei hatte diese besonderes Glück: Ihre Nachbarin war eine Vorarlbergerin. Herr Grau blieb den Bewohnern der Reihe allzeit etwas fremd. Der Grund war vielleicht seine gehobene Stellung im Betrieb, vielleicht auch seine Sprechweise. Wenn er sich mit einem Nachbarn unterhielt, sprach er nur übers Geschäft. Alle andern waren froh, in der freien Zeit das Fabriktor hinter sich zu wissen. Er war aber ein freundlicher Mann. Samstags kehrte er das Stück Gasse vor seinem Haus und auch um die Ecke den Gehsteig der Giebelwand entlang. Er mähte den Rasen, wie sich's gehörte. Man sah, daß er ein guter Familienvater war. Seine Frau Wilma war und blieb bei den Bewohnern unbeliebt. Sie ließ zu deutlich durchblicken, wie ungern sie in das Reihenhaus gezogen sei. Nicht nur das ließ sie hochmütig scheinen. Eine der Frauen, die mit ihr zusammentraf, meinte, etwas sagen zu müssen: »Unsere Kleine hat Fieber – ich muß rasch heim.« »Meine Kinder waren nie krank«, entgegnete Wilma. Der nächsten erging es ähnlich: »Das Fleisch wird immer noch teurer«, sagte sie. »Wir sind Vegetarier«, bekam sie zur Antwort. Zu Hause lachte sie, denn vor Tagen hatte der größere Sohn der Familie Grau vor ihr an der Kasse der Metzgerei einen gehörigen

Betrag bezahlt. Nun, mit Frau Grau hatte man nichts zu tun, ihre Hochnäsigkeit konnte jedermann gleichgültig sein. Manche der Frauen beneideten sie um die wunderschönen rotblonden Haare. Stets war sie gut frisiert und gekleidet. Nie sah man sie in einer Schürze.

Uwe Grau hatte ein Auto gekauft, als die Garagen standen. Eines Sonntags ging er mit seiner Frau nach hinten, um mit ihr auszufahren. »Wohin soll es gehen?« fragte sie, als sie losfuhren. »Ein Stück weit in die Berge.« Wilma fing an zu fuchteln und schrie, niemals wolle sie dorthin. Sie griff ihrem Mann sogar ins Steuer. Vorne mußte er anhalten und Wilma etwas unsanft ins Haus bringen. »Mit ihr kann man nicht Autofahren – wer kommt mit?« Der jüngere Sohn wollte bei der Mutter bleiben, der Große fuhr gerne mit. Ein paar Leute der Reihe hatten das Unternehmen des Herrn Grau beobachtet. Sie wunderten sich.

Die Terrassen waren angelegt. An einem anderen Sonntag bekamen sie im ersten Haus Besuch von dem längst befreundeten Ehepaar. Die Besucher wollten den Garten beschauen. Beim nächsten Haus und etwas weiter hinten saßen die Bewohner draußen, tranken Kaffee, schwatzten und lachten. »Wie schön, wenn ihr auch eine Terrasse hättet!« sagte die Freundin. Wilma schrie so laut, daß die Köpfe sich von hinten nach vorne drehten. Man hörte: »Für euch legen wir keine Terrasse an!« Uwe schob seine Gesellschaft geschwind durch die Gartentür ins Wohnzimmer. Die nächste Nachbarin, die mit Freundinnen am Kaffeetisch saß, tippte sich an die Stirn. »Ich glaube, die spinnt!« Die alten Freunde, die lustige Tante der Buben, kamen nicht mehr.

Im grauen Haus war es merkwürdig ruhig. Kein Klopfen und Bohren, wie in den andern, war daraus zu hören. Auch Frau Wilma hörte und sah man kaum. Der ältere Sohn, der im Betrieb eine kaufmännische Lehre bald hinter sich hatte, fuhr abends mit dem Fahrrad einkaufen. Den Nachbarinnen trieb's die Tränen in die Augen, wenn sie sahen, wie er frühmorgens die Wäsche aufhängte und sie abends wieder abnahm. Sonntags sah man ihn Fenster putzen. »Frau Grau muß krank sein«, mutmaßte eine der Frauen. »So hübsch und gesund, wie sie aussieht, kann ich's nicht glauben«, sagte die andere.

Der jüngere Sohn hatte das Gymnasium besucht. Ob und wie er das Abitur machte, wußte niemand. Er war ein hübscher Bursche, so schlank wie ein Strich. Er glich seiner Mutter mit der besonders hohen runden Stirn. Die rotblonden Haare trug er manchmal offen wie ein Mädchen oder zum Pferdeschwanz gebunden. In einem Ohr steckte ein großer Ring. Wenn es die Witterung erlaubte, ging er barfuß aus dem Haus. Er grüßte grundsätzlich niemanden. Obwohl in der Hausordnung zu lesen war, größere Haustiere wie Katz und Hund seien unerwünscht, hatte er einen großen schwarzen Kerl, wie ein Teufel aussehend. Nie hörte man diesen zwar bellen. Tagsüber war er mit seinem Herrn weg, wo, wußten wohl nicht einmal seine Eltern. Der nächste Nachbar der Familie Grau hatte oft Magenschmerzen. Er konnte also schlecht einschlafen. Er wartete, bis er in der Nacht im Nachbarhaus die Krallen des Hundes die Holztreppe hinauf kratzen hörte. Erst danach schlief er ein.

Auf einmal war der Junge aus dem grauen Haus verschwunden. Von seinem Bruder konnte man erfahren, daß sie nicht wüßten, wo er sei. Es war aber deutlich, er wollte nicht danach gefragt werden. Vater wie Bruder durften ihn vor Wilma nicht erwähnen, um ihr schlimmere Zustände zu ersparen. Sie selber nannte ihn nicht mehr. Bei jedem Wetter stand sie stundenlang auf dem Balkon und schaute zur nahen Kreuzung und auf die Häuserlücken der Straße, die nach oben führte. Dabei murmelte sie laut vor sich hin. Waren ihre Männer bei der Arbeit, lief sie oft hastig aus dem Haus. Sie hatte nur ein glänzend schwarzes Handtäschchen unter den Arm geklemmt. Leer, wahrscheinlich nur Hausschlüssel und Taschentuch darin, brachte sie's zurück. Nie kaufte sie etwas ein. Sie lief so schnell weg, als dürfe sie ja nicht zu spät kommen, und zurück, als brenne ihr die Suppe an. Jedesmal war sie da, bevor die Männer von der Arbeit kamen. Eine

Frau, weit hinten in der Reihe wohnend, nahm Anteil an den Mitmenschen. Manche meinten zwar, sie sei neugierig. Sie folgte Frau Grau einige Male. Oben auf der Höhe war viel gebaut worden. Beim höchsten Wohnhaus stand Wilma oder ging vor dessen Haustür hin und her, als warte sie, daß jeden Moment jemand herauskäme. War dies der Fall, doch nicht der Richtige, stand sie eine Weile beim Kinderspielplatz. Uwe und sein Sohn bemühten sich, sie von den Mitmenschen abzuschirmen. Allmählich verloren die Leute das Interesse an den drei Bewohnern des ersten Hauses.

Als der Sohn den Führerschein hatte, entschloß sich sein Vater, endlich einmal wieder in seine Heimatstadt zu fahren. Er war der Meinung, seine Frau leide immer noch am Heimweh. Auf der weiten Hinfahrt schien es, als freue sie sich auf den Aufenthalt im Norden. Gleich am zweiten Tag machten sie den Fehler, daß sie an das Grab von Wilmas Eltern gingen, und dort hatte sie einen häßlichen Auftritt mit viel Geschrei. Zum Glück war niemand in der Nähe. Danach ließ sie sich nicht dazu bewegen, irgendwohin mitzukommen. Sie saß im Hotelzimmer und murmelte vor sich hin. Uwe besuchte mit dem Sohn seine Schwestern. »Was ist mit Wilma?« »Kann sie sich denn in Süddeutschland nie eingewöhnen?« »Gefällt es ihr im Eigenheim immer noch nicht?« »Was wißt ihr vom Kleinen?« Das fragte Uwes jüngste Schwester. Bei ihr hatte sein jüngerer Sohn einige Male die Sommerferien verbracht. Wie schon einmal vor vielen Jahren, verkürzte Uwe den Urlaub im Norden, er floh direkt südwärts. Während der Heimfahrt drehte Wilma immer wieder durch. Sie griff dem fahrenden Mann ins Steuer, auch beim Sohn versuchte sie es. Einer mußte sie auf dem Rücksitz festhalten. Der Mann schlug sie ins Gesicht, was alle drei erschütterte. »Wir müssen sie in ein Irrenhaus bringen«, sagte Uwe, und Wilma muß dies begriffen haben.

Danach verhielt sie sich ruhiger als vorher. Ihr Stehen auf dem Balkon wie ihr Rennen aus dem Haus war gemäßigter. Manchmal kochte sie sogar, was der Sohn ihr bereitgelegt hatte. So waren die Männer sehr darauf bedacht, ihren ruhigen Trott nicht zu stören. Viele Stunden verbrachte sie damit, ihre Haare zu pflegen. Sie wusch, föhnte und bürstete die Pracht, noch kein graues Härchen war zu sehen. Mit einem starken Kamm waren die Haare hochgesteckt, beiderseits des Gesichts drehte sie Strähnen zu Locken, die es hübsch einrahmten. Immerzu hatte sie die gleiche Frisur. Andere Zeit verbrachte sie damit, in Katalogen eines Versandhauses zu blättern. Darin kreuzte sie an, was ihr gefiel, Büstenhalter und Pelzmäntel. Uwe konnte darüber lachen. Nie beharrte Wilma darauf, das Gewünschte zu bekommen. Er wußte selber, was sie brauchte und was ihr paßte. Wenn so ein Paket kam, konnte sie sich freuen wie ein Kind. Stets war sie gut gekleidet. Kam sie draußen jemandem entgegen, erwartete dieser eine nette Person. War sie nah, erschrak er. Ihr lautes Gemurmel stieß ab, und die Augen mit dem stechenden irren Blick zerstörten das schöne Bild.

Herr Grau war der älteste der Reihenhausmänner. Er wartete sehnlich auf seinen Ruhestand. Seine Frau Wilma hatte er immer und trotz allem geliebt. Nun freute er sich darauf, sich mehr um die Verwirrte kümmern zu können. Der Sohn wünschte sich aber, diesem Hauswesen zu entfliehen. Er hatte ein Mädchen, das in der Stadt eine eigene Wohnung besaß, und sie wollten zu gerne heiraten.

Gelb

Die Wände des zweiten Hauses waren gelb, schön maisgelb. Den Besitzern gefiel die Farbe, besonders der Hausfrau. Sie meinte, neben dem tristen grauen sei das ihre freundlich anzuschauen. Sonst gefiel ihr nicht alles am erworbenen Eigenheim. Das waren vor allem die Schulden, die sie darauf hatten. Der Mann der Frau Gelb war fleißig. Weil Eduard als guter Mechaniker bekannt war, holte man ihn, wenn etwa eine Waschmaschine kaputt war. »Ein Trinkgeld!« tadelte sie. Der Keller im neuen Haus sei groß, da könne er eine Werkstatt einrichten. Trotz seiner Schuldgefühle ihr gegenüber schüttelte er jetzt den Kopf. »Ich könnte nur abends und an Wochenenden, meiner andern zwei Berufe wegen, drunten arbeiten. In einem Reihenhaus geht das nicht!« Darum setzte Frau Regine es durch: Das Nordzimmer des Hauses vermieteten sie für ein schönes Geld.

Ein junges Ehepaar, beide im großen Betrieb beschäftigt, zog ein. Die Betten konnten an der Fensterwand hintereinander aufgestellt werden. Ein Kleiderschrank gegenüber war im schmalen Raum aufzustellen, dazwischen der Tisch und ein paar Stühle. Wo sich unten die Toilette befand, war oben ein fensterloses Räumchen. Für die Bewohner war dies ein Wandschrank für Winterkleider im Sommer und umgekehrt. Das Mieterpaar machte es zur Kochnische mit Wasser- und Stromanschluß. Bad wie Toilette oben konnten sie mit den Hausbesitzern benützten. Den jungen Leuten gefiel es hier. Sie waren bescheiden und freundlich. Die Miete, von der Hausfrau immer wieder erhöht, bezahlten sie gerne und pünktlich. Eduard Gelb mochte sie. Von Vorteil war, seine Frau kam oft erst spät nach der letzten Kinovorstellung heim. So konnte er mit den jungen Leuten abends zusammensitzen. Ziemlich viele Jahre, etwas mehr als acht, ging es gut. Der einzige Sohn der Gelbs erlernte im Betrieb denselben Beruf wie sein Vater. Als er älter war, abends ausgehen und sich im Bad waschen wollte, kam es immer wieder vor, daß die Tür verschlossen war. Die Mieterin lag in der Badewanne. Er klopfte und schlug mit den Fäusten. »Sie wird gleich fertig sein«, sagte der Mieter. Der Sohn maulte bei den Eltern immer lauter: »Nicht einmal auf die Toilette kann ich, wenn ich muß!« Sein Vater meinte: »Du hast ja unten ein Klo. Die Hände und das Gesicht kannst du in der Küche waschen, bisher ging's ja auch.« Der Junge verstand aber seine Mutter aufzuhetzen. Auch ihr Groll gegen die Mitbewohner wuchs. »Sie putzt die Badewanne nicht sauber. Das Zimmer vergammelt! Sie lüften ja nie.« »Die Kogen mund us em Huus!« schrie der Bub. Er hatte vom Dialekt der Mutter, von dem sie nicht ließ, viel angenommen. »Dann wird ordentlich gekündigt«, sagte sein Vater. Seine Frau fürchtete aber, sie finde keine so gut zahlenden Mieter mehr. Darum schimpften Mutter und Sohn lieber weiter. Herr Gelb hatte oft Magenweh. Er wollte gerne seine Ruhe haben.

An einem Sonntag, kurz nach dem Mittagessen, hörten die Bewohner des dritten Hauses aus dem oberen Stock drüben großes Geschrei. Die schrille Stimme der Regine und die laute des Mieters war zu hören. Sie hätten wortwörtlich verstehen können, um was es beim Streit ging, doch das Gegröle des Jungen übertönte den Lärm. Plötzlich hörte man einen Schrei und gleichzeitig ein lautes Poltern. Die Mieterin war die Treppe hinuntergefallen. Ihr Mann behauptete, Frau Grau habe sie gestoßen. Diese sagte, die Frau habe den Fehltritt selber getan. Wenn man sich den winzigen Flur vorstellt, in dem vier Menschen zanken und einer abwehren will, ist das glaubhaft. Die Mieterin war schwanger gewesen, wegen des Sturzes erlitt sie eine Fehlgeburt. Das war eine Warnung: Diese Häuser sind nicht geeignet, Räume darin zu vermieten. Alle in der Reihe ließen sich's gesagt sein.

Jetzt war der Sohn des gelben Hauses Herr im oberen Stock. Er war vielleicht ein noch begabterer Mechaniker als sein Vater. Er wollte an Motoren verbessern, gar etwas erfinden. Das Nordzimmer glich bald einer Werkstatt. Werkstücke, Blech, Kolben und Drähte schleppte er an. Auch eine Lötlampe und Schlagbohrer besaß er. Bis spät am Abend hörte der nächste Nachbar das Klopfen, Bohren und Zischen. Dieser Mann hatte am Feierabend zu lesen und zu planen. Die Geräusche störten ihn. Als sie über Monate immer lauter wurden, sagte er zu seiner Frau, er werde den Jungen ordentlich zurechtweisen. Sie riet davon ab. Das sei doch ein Bub, dem dieses Hobby sicher verleide, der anderes anfange. »Deine Zurechtweisung wird er sein

Leben lang nicht vergessen, und seine Eltern werden sie dir übelnehmen. Laß ihn also machen!«

Wenn der Hausfrau Freundinnen, von denen sie mehrere hatte, am frühen Nachmittag zu Besuch kamen, hielten sie sich die Nase zu. »Bei euch stinkt's nach Schmieröl!« Der Gestank belästigte zwar nicht zu sehr, denn wenn es nur ein bißchen warm war, saß man auf der Terrasse. Regine hatte eine einladende: weiße Bänke und Stühle mit bunten Polstern waren da, leuchtend gelbe Sonnenschirme, rote Markise. Auf den Tischen lagen Illustrierte. Die Frauen redeten von Filmschauspielern und Angehörigen adeliger Familien. Auch die Mode war Gesprächsstoff. Regine führte ihren neuesten Hut vor. Während sie ihn wegräumte, lachten die andern: »Der breiteste Hutrand kann ihr Schielen nicht verdecken.« Meist brachten die Freundinnen den Kuchen, Regine kochte einen guten Kaffee. Kurz vor vier Uhr rannten sie davon zu den Kinovorstellungen, bei denen sie Plätze anwiesen. Wenn Herr Gelb aus dem Geschäft kam, stand das Kaffeegeschirr meist noch draußen. Er räumte auf und wartete auf seine Frau – oder auf die Magenschmerzen.

Wie die nächste Nachbarin gesagt hatte, gab der Sohn die Bastelei auf. Er kaufte ein Motorrädchen, mit dem er in der freien Zeit nach Vorarlberg fuhr. Dieses Land hatte es ihm angetan! Im Dorf oben, im Elternhäuschen seiner Mutter, das wie eine Hütte nahe der großen Werkshalle stand, erwarteten ihn die Großmutter und eine ledige Tante. Sie hätschelten den deutschen Verwandten gehörig. »Du redest ja wie wir!« »Du siehst unserem Vater ähnlich!« schmeichelten sie ihm. Sein Vater hatte sich lange gegen den Kauf eines Autos gewehrt. Er habe beruflich genug mit den Karren zu tun, meinte er. Seine Frau drängte dazu, die Leute könnten sonst denken, sie hätten immer noch Schulden. Als der Sohn drüben mit dem Auto vorfuhr, war er noch willkommener. Manchmal bat er seine Eltern mitzufahren. Sein Vater ließ sich dazu überreden, doch Regine nie. Selbst nicht, als ihre Mutter sterbenskrank war. Und zu deren Beerdigung ließ sie sich wegen Krankheit entschuldigen. Inzwischen stand fest, daß ihr Sohn ganz dort leben würde. Im Betrieb nebenan war ihm ein Arbeitsplatz zugesichert, und die Tante wird ihn betreuen. Wegen der Pflege der alten Mutter sei sie nicht zum Heiraten gekommen, versicherte sie. Dies war eher der Fall, weil sie nicht nur mit dem linken Auge wie Regine schielte, sondern auch mit dem rechten. Sie war aber eine herzensgute Person, die den deutschen Neffen über alles liebte.

Wegen des Sohnes Umzug sollte Eduard mitkommen. Ihm tat aber das Herz, vielmehr der Magen weh, als es dem veränderten Dorf zuging. Über der Grenze sagte er zum Sohn: »Fahr mich nach Bregenz hinein. Ich will sehen, wie es dem Meister geht.« Dieser war ein uralter Mann, der vor Freude weinte, als er Eduard sah. Gleich liefen ihm aber die Tränen der Trauer über die Wangen, denn er sprach von der verstorbenen Meisterin, dem gefallenen Sohn, dem aufgegebenen Geschäft, als hätte er alles gerade eben verloren. Der Besucher meinte, ihn damit zu trösten, als er erzählte, sein Junge arbeite und lebe nun droben im Dorf. Jetzt übermannte wieder die Freude den Alten. Das sei das größte Glück, das er vor seinem Tod noch erlebe. »Alle Zeit hat es mich geplagt, weil du mein Geschäft nicht bekommen hast. Nun aber dafür dein Sohn!« »Der Meister hört fast nichts mehr«, sagte die Haushälterin. Eduard wollte die Sache richtigstellen. Zuerst redete er laut, dann ließ er seine Stimme zum Gebrüll werden: »Nein nein! Das Geschäft da droben ist jetzt ein großartiger, gutgehender Betrieb. Unser Sohn ist dort nicht Besitzer, nur Arbeiter.« »Gott ist gerecht!« murmelte der Meister. »Ich habe ja von dir das viele Geld zum Bauen bekommen!« schrie ihm Eduard in die Ohren. Die Haushälterin winkte ab: »Lassen wir ihm doch die Freude!« Nicht lange nach dem Besuch bekam Herr Gelb die Nachricht von des Meisters Tod. Er habe noch davon gesprochen, wie froh er darüber sei, sein Lebenswerk nicht in fremden Händen zu wissen. Der Sohn kam nur noch selten ins Elternhaus. Die neuen Hüte seiner Mutter wie das Magenleiden seines Vaters fand er langweilig. Drüben im fortschrittlichen Betrieb hatte er seine Erfolge. Die gute Tante verwöhnte ihn.

Frau Regine Gelb war in der Reihe beliebt. Sie redete gerne mit den Nachbarn, und ihre Mundart fand man lustig. Sie wußte von den Skandalen der Romy Schneider, auch wie's im englischen Königshaus zuging. Der Bewohnerin eines Häuschens, weit hinten, gefiel es nicht, wie Regine von ihrem Mann sprach: »Es ist nur eine lächerliche Magenschleimhautentzündung«, erklärte sie. »Er müßte den Arzt wechseln!« »Seit ich ihn kenne, hat er nie das getan, was notwendig gewesen wäre.« Herrn Gelbs Gesundheitszustand wechselte. Obwohl seine Gesichtshaut gelb war, fühlte er sich zeitweise ganz gut. Dann plagte ihn das Übel wieder. Er wußte, daß seine Arbeit im Betrieb vor der Zeit zu Ende sein würde. Zum Ärger seiner Frau mußte er den Nebenverdienst als Fahrer aufgeben. Geriet er in eine brenzliche Verkehrsituation, krampfte sich sein Magen zusammen, und die Galle ließ seine Zähne schmerzen. Schließlich mußte er sich operieren lassen. Danach hatte er kaum mehr einen halben Magen. Jene Frau, die von vorne bis hinten alles wußte, die ein Gespür fürs Glück und Leid der Mitmenschen hatte, sagte zu ihrem Mann: »Eduard Gelb ist zu bedauern. Bei seiner besessenen Frau, die dauernd ins Kino rennt, wird er bestimmt nicht die richtigen Mahlzeiten bekommen.« Er war jedoch geduldig, mit Regine wie mit seiner Krankheit. Wenn er auf der Terrasse saß, schaute er zum nächsten Garten. Mit der Hausfrau von drüben redete er gern.

Blau

Auf Befehl des Architekten mußten die Anstreicher zu gewöhnlich blauer Farbe einen Anteil grauer mischen, und zwar so viel, bis ein schönes Stahlbau entstand. Zu gelb paßte diese Farbe gut. Arthur, der mit Mutter und Frau ins dritte Haus einzog, meinte, sie passe zu ihm. Klar und ordentlich sei sie, und seine Frau lachte dazu. Sie ging weiterhin ihrem Beruf nach, an derselben Schule wie vor dem Einzug. Mit dem alten »Käfer« fuhr sie dorthin, und kam sie heim, stellte sie ihn um die Ecke an den Straßenrand. Im Dorf hatte sie für das Gefährt eine Garage gehabt, doch so fortschrittlich war man in der Stadt nicht. Im Dorfgasthaus mußte sie wöchentlich nur zweimal zu Mittag essen, eben wenn sie Nachmittagsunterricht hatte. Sonst stand jede Mahlzeit, von der Schwiegermutter zubereitet, auf dem Tisch. Unter diesen streckte Luise also ihre Füße. Arthurs Mutter besorgte, wie ausgemacht, ohne Dreinreden, allein Haushalt und Garten. Luise hielt sich daran. Nur für das eheliche Schlafzimmer mochte sie selber zuständig sein. Ihre Schwiegermutter ging aber des Balkons wegen oft durch dieses. Über die Eisenstangen des Geländers hängte sie die Federkissen ihres Bettes, um sie auszulüften und zu sonnen, bei jeder nur denkbar günstigen Witterung. Derweil stellte sie ihre dreiteilige Matratze auf. Die von den Füßen kam an den Kopfplatz, die andern rückten abwärts. Es war ein richtiger Matratzenreigen, und wenn sie ihn nicht vollführen konnte, hatte sie den ganzen Tag ein schlechtes Gewissen. Sah sie das zugedeckte Bett ihres Sohnes, murmelte sie: »Im Mief läßt sie ihn ersticken.« Wenn sie Luise lange in der Schule wußte, stellte sie mit seinen Matratzen den gleichen Tanz an. Auch wegen ihrer Bettvorlagen und Läufer ging die Frau zum Balkon. Dort schüttelte, klopfte und schlug sie, und die Geländerstangen dröhnten. Bis ans Reihenende war der Lärm zu hören. Einmal kam der Sohn zu früh nach Hause. Er ärgerte sich wegen des Krachs. Anschließend mußte seine Mutter an der Teppichstange im Rasen klopfen. Solche Laute waren bekannt, andere Hausfrauen verursachten sie gelegentlich ebenfalls. Längere Zeit, genau gesagt ein halbes Jahr, schien im blauen Haus alles gut zu sein. Dann fing die alte Frau an zu zählen: Sechsundvierzig Treppenstufen sind in diesem Haus, die sie zu gehen und zu putzen hat. »Nichts geht über eine Etagenwohnung!« sagte sie dazu. Zwölf Fenster seien sauberzuhalten, fünfunddreißig Gegenstände habe sie eben gespült, gestern vierzig Wäschestücke gebügelt. Die Zahlen schwirrten Luise um die Ohren. Das Zählen ging in Jammern über. Die Heizung samt dem Beistellherd wie Badeofen waren zu verfluchen: Holz – Kohle – Asche – Dreck! Vorher hatte sie es mit sauberem Gas zu tun gehabt. Am meisten schimpfte die Mutter über den Garten. Alles, was sie dort brauche, müsse durchs Wohnzimmer geschleppt werden. »Wenn ich aus dem Haus trete, stehe ich im Matsch! Das ist ein Sch...haus!«

Die lustige Luise machte sich heftige Vorwürfe. Sie sagte zu ihrem Mann: »Ich hätte es wissen müssen. Für die Mutter ist dieser Haushalt ungewohnt und in ihrem Alter nicht zu bewältigen.« »Hilf ihr halt!« Er müsse es am besten wissen, wie schwer ihr zu helfen sei. »Sie reißt mir Putztuch und Gartenrechen aus der Hand.« Als der Mißmut die Bewohner des blauen Hauses zwei Jahre lang bedrückt hatte, eröffnete die junge Frau der Schwiegermutter, daß sie schwanger sei. Eigentlich hätte diese es längst bemerken müssen, wollte es aber nicht wahrhaben. Nun schrie sie: »In deinem Alter!« Ja, sie sei nicht mehr so jung, höchste Zeit für sie, Kinder zu bekommen. »Kinder! Kinder! Und ich soll sie wohl zu aller Arbeit hin aufziehen!« Nein, Luise werde den Beruf aufgeben. Was damit sei, die Bauschulden abzahlen zu helfen? Sie werde eine Abfindung bekommen, Arthur werde bald besser verdienen. »Wir können sparen.« Je dicker Luises Bauch war, desto lauter lärmte die alte Frau: »So konfus habe ich mir den Einsatz hier nicht vorgestellt.« Ihr Sohn ergriff weder der Mutter noch der Frau Partei, er verlangte nur, daß von ihren Meinungsverschiedenheiten nicht das geringste aus diesem verdammt hellhörigen Haus in die Nachbarschaft dringe. Herr Blau war derzeit beruflich sehr angespannt.

Als Luise in Mutterschutz war, verschlimmerte sich die Lage. Weil sie im Haushalt nicht helfen durfte, strickte sie schon vormittags Babyjäckchen. Nachmittags ging sie aus dem Haus. Sie ging durch Vorstadtstraßen, Wiesen und kleine Wälder. Wenn ihr kalt oder wenn sie müde war, setzte sie sich in einer Kirche in die letzte Bank. Manchmal weinte sie, denn in ihrem Zustand war sie eigenartig schwermütig geworden. Stets achtete sie darauf, nicht vor ihrem Mann heimzukommen. An einem Freitag schluchzte sie auf einer Kirchenbank, weil sie sich nicht auf das Kind freuen konnte. Sie blieb lange sitzen. Arthur war geschäftlich unterwegs und würde spät heimkommen. Ein freundlicher Pfarrer trat zu ihr. »Wo die Not am größten ist, ist Gott am nächsten«, redete er sie an. Sie solle bald ins Pfarrhaus kommen zur Beratungsstelle für ledige Mütter. »Danke«, murmelte Luise, aus Scham feuerrot geworden. An diesem trüben Novembertag war es dunkel, als sie heimwärts ging. Eine Wehe zog durch ihren Leib, obwohl erst in der letzten Adventswoche der Termin für die Geburt war. »Wer bin ich denn?« stammelte sie. Plötzlich wußte sie's! Sie wird zur Tante, die bereits bei der Hochzeit Bedenken gehabt hatte, ins Heimatdorf ziehen. In deren Haus war genug Platz, um sich mit einem Kind zu freuen. Ein Dienstmädchen will sie haben, und von dort aus, wo es näher zur Schule war, ihrem Beruf nachgehen. Jetzt war es hell in ihr. Die Alte und Arthur sollen ihre Ordnung haben! Morgen früh würde sie ihnen den unumstößlichen Entschluß kundtun.

Als sie in den Flur trat, sah sie ihres Mannes Mantel hängen, und sie hörte ihn im Wohnzimmer angeregt mit der Mutter reden. Er war also früher gekommen, so konnte sie gleich sagen, was sie im Sinn hatte. In der Stube spürte sie sofort, daß es anders verlaufe als erwartet. Die Schwiegermutter fragte nicht, wo sie sich denn so lange herumtreibe, und er nicht, wie sie denn aussehe. Arthur streichelte ihr fleckiges verweintes Gesicht und schenkte ihr heißen Tee ein. »Iß!« bat die Mutter, dabei bot sie Krapfen an, die sie gut zu machen verstand. Auf dem Tisch sah Luise ein Schriftstück liegen. Arthur redete: »Unserer Mutter wird die Arbeit, erst recht dann mit dem Kind, zu viel.« Jetzt! dachte Luise: »Ich werde ...«, doch er ließ sie nicht zu Wort kommen. »Sie hat sich heimlich im Altersheim angemeldet.« Arthur nahm das Schreiben zur Hand, in dem die Nachricht war, daß sie bereis am kommenden Montag einziehen könne. Das Kind in Luises Leib hüpfte, heftiger als je. Sie wollte keine Freude zeigen, darum sagte sie ungeschickt, das Heim werde wohl teuer sein. Wieder streichelte der Mann ihre Wange. Danach redeten und planten sie bis spät in die Nacht hinein, und am andern Tag packten sie der Mutter Sachen. »Die Nähmaschine lasse ich dir«, sagte sie zur Schwiegertochter. Gott war noch näher! Am Sonntag kam Luises Bruder. »Weil du so hochschwanger bist, habe ich dir von Tantes Tod und Beerdigung keine Nachricht gegeben. Sie starb friedlich. Ich habe bereits ihr Testament. Alles, Haus und Vermögen, gehört uns beiden.« Das Erbe war ziemlich beachtlich, die Schulden auf dem blauen Haus dadurch nichtig geworden. Etliche Nachbarinnen beobachteten den Auszug der alten Frau. Die eine sagte: »Alt und jung passen nicht zusammen!« Die andere meinte: »Die Alte hat viel zuviel arbeiten müssen. Diese Lehrerin sah man nie etwas tun. Wenn sie nicht zur Schule fuhr, ging sie spazieren.«

Ein paar Tage vor Weihnachten gebar Luise die Tochter, eineinhalb Jahre später einen Sohn. Das Leben gefiel ihr nun. Der Schuldienst war ganz und gar vergessen. Nichts in Haus und Garten war ihr zuviel. Wo bei andern die Terrasse war, machte Herr Blau einen Sandkasten für die Kinder, groß und schön. Daneben kam eine bequeme Bank für die Großmutter. Sie saß dort gerne, die Füße im Gras, und schaute den Enkeln zu, die sie bewunderte und liebte, darum kam sie jeden Tag vom nahen Heim. Herr Blau war erfolgreich im Beruf. Seine Frau sagte: »Wir haben eine gute Zeit, keinen Krieg! Nur Wirtschaftswunder.« »Nun, nicht allen Leuten geht es so gut wie uns«, meinte er und stellte ein schönes Auto in die Garage. Mit der Familie fuhr er ins Allgäu, auf die Schwäbische Alb oder in den Schwarzwald, um zu wandern. An der Nordsee verbrachten sie ihren Urlaub, sogar einmal in England. Hier suchte Arthur Orte, an denen er in seiner Jugend so Bestimmendes fürs Leben erfahren hatte. Die Namen seiner Kinder standen bei den Preisträgern des Gymnasiums in der Zeitung. Sie machten keinerlei negative Schlagzeilen. In entfernten Städten studierten sie, in noch weiter entfernten übten sie ihre Berufe aus. Luise strickte für die Enkelkinder Babyjäckchen und freute sich, wenn sie auf Besuch kamen.

Anfangs, als die alte Frau im blauen Haus lebte, war diese Familie der Beobachtung wert. Nachher stufte man sie als langweilig ein. Der Hausherr war seiner Korrektheit und Knappheit wegen wenig beliebt. Er erwähnte gerne, daß er mit dieser und jener Frau der Reihe, außer dem Gruß, noch kein Wort gesprochen habe. Frau Blau mochte ihre Nachbarn. Mit dem nächstvorderen, Eduard Gelb, redete sie gerne. Die Hausfrau im nächsten, vierten Haus war ihr wie eine Schwester. Deren Lebensumstände gingen ihr zu Herzen.

Rot

Das vierte Haus war von roter Farbe. Der Käufer hatte es sich eigensinnig erstritten, weil er, wie er sagte, ein ›Roter‹ sei. Hannes meinte, da er stets das tat, was er wollte, den Wünschen seiner Frau kaum Folge leistete, in der Freizeitgestaltung wie in den Finanzen für sich volle Freiheit beanspruchte, sei er ein solcher. Die Wände seines Häuschens waren nicht hochrot wie die Fahnen der Roten, sie gingen mehr ins Rostige.

Seine Frau Frida wollte das Haus schön eingerichtet haben mit den hellen Möbeln, die Schränke voll von gediegenem Geschirr, voller Bett- und anderer Wäsche. Dafür hatte sie jahrelang gespart. Der Sohn des Ehepaars konnte schon sitzen, als sie einzogen. Eines späten Abends kam Fridas ehemaliger Arbeitgeber vom großen Gasthaus und bat sie, anderntags – dies war ein Feiertag – als Bedienung auszuhelfen. »Wir haben eine Veranstaltung«, sagte er, »du kannst dir etwas verdienen.« Ist mir mehr als recht, nur gut, daß Hannes morgen zu Hause ist.« Frida brachte das Kind, bevor sie ging, am frühen Nachmittag ins Bettchen. Hannes hatte für diesen Tag eine Radtour im Sinn. Ungeduldig wartete er, bis der Kleine aufwachte. Er nahm den Sohn aus dem warmen Bettchen und setzte ihn in den Kindersitz am Lenkrad, den er gekauft hatte, bevor das Büblein sitzen konnte. Jetzt juchzte es zuerst, dann weinte es, bald schlief es ein. Ganz schief hing es im Sitz, während sein Vater lange mit ihm im kühlen Abendwind radelte. Als Frida nach Mitternacht heimkam, hatte sich das Kind erbrochen . Es ist eine schlimme Nacht geworden. Am Morgen war sein Fieber hoch, und zwei Wochen lang kämpfte sie mit dem Arzt zusammen um sein Leben. Nachher konnte der Bub nur langsam genesen, blieb schwach und wollte nicht wachsen. Seine Mutter traute sich lange Zeit nicht, ihn für mehrere Stunden zu verlassen. Dabei hätte man in diesem Hauswesen dringend Geld gebraucht. Erst als der Sohn über drei Jahre alt war, gab sich für Frida die Gelegenheit, manchmal etwas zu verdienen. Die vordere Nachbarin, Frau Blau, bot sich an, den Kleinen hin und wieder zu betreuen, doch es war eine klägliche Geldeinnahme, dieses gelegentliche Bedienen. Und der Hausherr verbrauchte viel von seinem Verdienst für Hobbys und Vergnügungen. Am Sohn verlor er das Interesse, da es aussah, als werde kein guter Sportler aus ihm.

Frida war abends am Bedienen, als ein älteres Ehepaar verzweifelt in der Gaststube saß. Es fand absolut kein Zimmer, die Gasthäuser waren überbelegt. Der Ferienboom hier am Bodensee war mächtig. Frida sagte zu den beiden: »Wartet, bis ich fertig bin. Ich habe ein Gastzimmer.« Wie froh war sie nun an ihrer Aussteuer, den Bett-, Hand- und Tischtüchern, für die ihr Mann nur Spott übrig hatte. Dem fremden Paar gefiel es im roten Haus, sogar so gut, daß es den ganzen geplanten Urlaub diese Gastlichkeit nutzte. In aller Frühe lief Frida, um frische Brötchen zu holen. Sie deckte im Wohnzimmer einen schönen Frühstückstisch. Ihr Kaffee war gut. Selbstgemachte Marmelade, gute Landbutter, frische Eier, nichts fehlte. Mit Gästen konnte Frida umgehen, und die Sache machte ihr Spaß. »Wir kommen nächstes Jahr wieder«, beteuerten diese Gäste. Sie bezahlten gerne, gaben Trinkgeld und schenkten dem Buben ein Spielzeug. Bis in den Herbst hinein waren Fridas Gastbetten belegt. Der Hotelbesitzer war froh über diese Ausweichmöglichkeit. Zum Essen schickte Frida die Fremden eh in sein Lokal. Die folgenden Jahre waren nicht schlechter. Manchmal war die Bettennot so groß, daß sie das Wohnzimmersofa zum Gastbett machte. Hannes brauchte kein Wohnzimmer. Wenn er abends selten zu Hause war, saß er sowieso, wie zu allen Mahlzeiten, in der Küche. Seine Frau bettelte dringend um eine Terrasse. An schönen Tagen könnte sie das Frühstück draußen servieren. Gelangweilte Schifffahrer wollten auch tagsüber bei ihr bleiben, so müsse sie die Liegestühle nicht ins Gras des Rasens stellen. Aber Herr Rot blieb hart. »Wer draußen sein will, soll Sport treiben, oder sie sollen in die Berge fahren! Wie kann man denn überhaupt hier Urlaub machen?« »Das Geld, das sie liegenlassen, das magst du!« schrie Frida ihn an. Er brüllte lauter zurück. Die Nachbarn bemerkten, wie es ab und zu Streit gab im roten Haus. Man schloß es daraus, wenn der Sohn wie verlassen im Garten oder auf der Gasse stand. Die Frauen von nebenan holten ihn ins Haus, damit er mit ihren Kindern spiele. Alle in der Reihe sahen aber den Gästebetrieb der Familie Rot gerne. Niemand machte Lärm. Die müden Pfänderbesteiger und Mainaubesichtiger gingen früh ins Bett. Den Besitzern konnte es vorkommen, als wären sie mittendrin im begehrten Urlaubsland.

In einer Winternacht, in der Frida keine Gäste hatte, kam Luise Blaus Tochter weinend ans Bett ihrer Mutter. Sie war um die zehn, und ihr Bett stand Wand an Wand neben dem Schlafzimmer des Ehepaars Rot. »Sie streiten furchtbar«, schluchzte das Mädchen. Luise nahm es zu sich ins Bett. Als von drüben nichts mehr zu hören war, brachte sie die Kleine wieder hinüber. Nun ging es erst recht los: »Werktagsfrau! Sonntagsfrau! Sonntagsfrau!« hörten sie die Nachbarin schreien. Danach klatschte es, als werde ein nasses Putztuch an die Wand geschlagen. Am andern Tag und die Tage danach war Frida wie gewohnt freundlich zu jedermann und schien fröhlich zu sein. Wollte jemand Bedauern andeuten, wie schwer sie es mit ihrem Mann habe, ergriff sie sogleich seine Partei: »Er ist eben ein Sportler. Er braucht sein Vergnügen. In früherer Zeit hat er Böses durchgemacht.« Nie sprach sie ein nachteiliges Wörtchen gegen ihn. Eine Frau, weiter hinten wohnend, versuchte, tiefer zu bohren. Frida sagte lachend: »Man glaubt nicht, wie viele Halunken es gibt! Ich lerne sie kennen, die Egoisten, die Verschwender, die Ehebrecher, die Faulenzer und Säufer! Unsere Männer sind dagegen Engel.«

Der Herr des roten Hauses war in dem Alter, in dem er nicht mehr Fußballspielen konnte. Dazu war er zu gewichtig geworden, und die Luft ging ihm dabei aus. Er war aber nun Trainer der Lokalmannschaft. Nach dem Training oder den Spielen ging er wie seit Jahren ins Gasthaus seines Bruders, um mit den Kameraden den Durst zu löschen. Er kam auch an Abenden, an denen auf dem Sportplatz nichts los war, dorthin. Die Wirtin, die Schwägerin, tischte ihm Gutes auf. Sie saß gerne bei ihm, denn Hannes war lustiger und unterhaltsamer als ihr Mann. Bei ihr brauchte er kein Trinkgeld zu geben, konnte manchmal auch das Bezahlen vergessen. Am Tisch saß bald der Wirtssohn dabei. Von klein an war er ein Bewunderer seines Onkels. Ein solch berühmter Fußballer wollte er werden! Und der Neffe gefiel dem Hannes nicht weniger. Ihm zuliebe nahm er das Amt des Jugendtrainers an. Er erkannte die Begabung des Jungen. Spielten sie auswärts, meinten die Leute, er sei der Sohn des Trainers. Dies nicht nur wegen des bekannten gleichen Familiennamens, der junge Stürmer sah auch seinem Meister sehr ähnlich. Hannes stellte die Sache ungern richtig.

In der Seele des buckligen Wirts wurmte seit der Geburt des Sohnes der Zweifel, ob er dessen leibhaftiger Vater sei. Er sprach sogar mit seiner Frau darüber. »Beleidige mich nicht! Was heißt denn ähnlich sehen? Schau das Bild deiner Mutter an. Nicht nur Hannes, auch der Bub gleicht ihr.« Deren Fotografie hing groß an der Wand in der Gaststube. Gäste schauten es an und sagten etwa: »Das war eine schöne Frau. Euer Junge sieht ihr sehr ähnlich. Kinder erben von den Großeltern mehr als von den Eltern.« Auf solche Reden konnte der Wirt sogar lachen und meinen, in seinem Fall sei das ein Glück. Die üblen Bedenken ließen ihn nie los. Er haßte seinen Bruder aus ganzem Herzen: Beide Frauen hat er mir genommen, jetzt nimmt er mir mehr und mehr den Sohn. Dieser sollte, als er die Realschule beendete, in fremden Betrieben den Gastwirtsberuf erlernen. Seinen Vetter, Hannes und Fridas Sohn, der im selben Alter war, stellte man ihm als Vorbild hin. Er wollte Koch werden. Das zwar zum Entsetzen und Spott seines Vaters. Schon als kleiner Junge war es sein Ziel. Wenn er im Gasthaus auf die Mutter wartete, kam er in die Küche. Die riesigen Herde, die glitzernden Töpfe und die hohen Mützen der Köche beeindruckten ihn. Er erlernte in der Schule fleißig die französische Sprache. Der Gastwirt schaute sich, als es an der Zeit war, nach einer guten Lehrstelle für ihn im Elsaß um. Des Wirts Sohn in der Vorstadt wollte jedoch um keinen Preis von daheim weggehen. Was mußte er als Gastronom denn so Besonderes können? »Fußballspielen!« fluchte sein Vater.

Wenn der Fußballplatz vom Regen fast unter Wasser stand oder voller Schnee lag, dann vergnügte sich Hannes mit dem Neffen beim Skifahren auf dem nahen Gehrenberg. Oft radelten sie auch miteinander durch die Gegend. »Man darf sich nicht nur auf eine Sportart konzentrieren«, sprach der Onkel, »schön, daß du gerne radelst.« Er bat den Jungen, zu einer großen Radtour nach Südfrankreich mitzukommen. Er lud ihn auch zu Skiferien in die Berge ein – den Skikurs werde er ihm bezahlen. Zu beiden Unternehmen gab die Mutter ihr Einverständnis, der Vater aber verbot sie strikt und zornig. Es gab einen schönen Fußballherbst. Jeden Abend konnte man trainieren. Das Abschlußspiel der Jugendmannschaft auswärts stand an. Dreizehn Spieler fuhren in einem Kleinbus in die badische Stadt. Ihr Trainer konnte im Auto eines Fans mitfahren. Und, oh Glück! Seine Mannschaft gewann. Der Stürmer, den man dort für seinen Sohn hielt, schoß beide Siegtore. Während des Spiels begann es schlimm zu regnen. Der Platz sah aus wie ein Acker, die Kicker wie Wildschweine. Sie wollten rasch heimfahren, um in des Torschützen Gasthaus' gebührend zu feiern. Als sie über die Höhen fuhren, fing es an zu schneien. Der Fahrer des Busses hörte den Burschen zu, die laut und begeistert jeden Spielzug debattierten. Vielleicht achtete er darum zu wenig auf die Straße und sah nicht, wie es auf einer Brücke glitzerte. Das Fahrzeug drehte sich, kam ins Schleudern und stürzte den Abhang hinunter. Drei der Jungen waren sofort tot, vier schwer, die andern und der Fahrer leichter verletzt. Unter den Toten befand sich der Sohn aus dem Wirtshaus. Die Bewohner der Stadt erstarrten oder waren wie gelähmt wegen des schrecklichen Unglücks. Das Leben mußte aber weitergehen, was für die nahen Betroffenen schwer war. Herr Rot gab alle Fußballämter ab. In das Haus seines Bruders ging er nicht, dachte auch nicht daran, wie der Mutter des Buben zumute war. Nie mehr betrat er dieses Haus. Er fuhr in jeder Freizeit mit dem Fahrrad davon. Frida weinte und schrie ihn an: »Du machst es dir leicht!« Die Wirtin, die Mutter des Toten, ließ sich kaum mehr blicken. Sie arbeitete tagtäglich nur in der Küche. Dabei ging sie gebückt, und obwohl sie groß war, ist sie kleiner und weniger geworden, und dann war sie nicht mehr da. Wie es in der Seele ihres Mannes aussah, wußte niemand. Er verstand es wohl, Niederlage wie Triumph in sich zu verschließen. Als seine Frau tot war, blieb die Tochter zu Hause. Sie hatte das getan, was der Bruder hätte tun sollen. Sie lernte zwei fremde Sprachen. In guten Häusern arbeitete sie in Küche und Rezeption. Wein- und Sektkeller besichtigte sie. Obwohl das Mädchen fast so groß wie ihre Mutter war, sah sie doch dem Vater ähnlich. Bei ihr hätte man sich's vorstellen können, daß sie einen Buckel wie dieser hätte, der aber gottlob fehlte. Sie ging elegant gekleidet und grell geschminkt. Den Vorstädtern kam sie hochnäsig vor. Der Wirt sah der Tochter aber voller Hochgefühl zu, wie sie aus der Fußballerkneipe ein gutgehendes Hotel machte.

Die Hausgäste waren bei Frida mehr und mehr ausgeblieben. Niemand mochte dort Urlaub machen, wo es gleich primitiv wie zu Hause war. Das gelegentliche Bedienen gab sie nicht auf, mußte sie doch ihr schwarzes Konto aufstocken für Kosten, die wegen des alten Hauses anfielen, so für den weißen Hausanstrich und die Pflasterung der Gasse. Hannes wich solchen Ausgaben zäh aus. Alle in der Reihe wußten, daß einstimmige Beschlüsse vor allem seiner Frau zu verdanken waren. Man achtete sie deswegen. In all den Jahren war aus dem vierten Haus kaum Handwerkerlärm, schon gar nicht Klopfen, vom Hausherrn verursacht, zu hören. So galten die ›vierten‹ als angenehm ruhige Mitbewohner. An einem Weihnachtsfest war Fridas Mann wie seit jeher mit ledigen, geschiedenen und verwitweten Kumpeln auf eine Berghütte gefahren. Das sentimentale Getue daheim sei allen zuwider! Diesmal war Frida, wie sonst oft, am Fest nicht allein. Beide, sie und der Sohn, waren frohgemut. Er war in der Nähe, kaum acht Kilometer entfernt, ostwärts am See gelegen, als Koch in einem angesehenen Gastbetrieb angestellt. Er verriet der Mutter, die Tochter dort, die Erbin, werde ihn heiraten.

Frida klagte bei ihrer Nachbarin Luise, die eher ihre Freundin war, über die schmerzenden geschwollenen Beine. »Sargstiefel«, sagte sie, »dabei wird gesagt und geschrieben, wie gesund Bewegung für die Beine sei. Ich meine, ich bewege sie genügend.« »Zu viel ist in allem so schlecht wie zu wenig«, meinte Luise. Sie riet der Nachbarin, schwimmen zu gehen, das sei für überstrapazierte Beine das beste. »Wir haben ja zum Glück das neuerbaute wunderschöne Hallenbad in der Stadt.« Gerade als Frida wieder dorthin wollte, denn sie spürte, wie gut Schwimmen ihren Beinen tat, kam ihr Mann drei Stunden zu früh aus dem Geschäft – die Segelpartie beginne früher als ausgemacht. »Wir segeln die ganze Nacht hindurch, ich brauche recht bald ein gutes Essen und Proviant für einen halben Tag. Hast wieder nichts vorbereitet?« »Doch, habe ich!« und unmutig legte sie die Schwimmtasche weg. »Schwimmen!« lachte und schimpfte Hannes. »Schwimmen? Als ob das ein Sport wäre!« Während sie Mahlzeit wie Proviant richtete, drängelte er: »Ich müßte längst fort sein!« Frida dachte, wenn du fort bist, werde ich schwimmen gehen.

Grün

Das fünfte Haus war grün, zwar nicht grasgrün, aber moosgrün. Der Besitzer war's zufrieden. Er sagte: »Das ist für uns die richtige Farbe, wir kommen aus dem Grünen.« Als sie einzogen, sah man deutlich, seine Frau war schwanger. Hier würden also die meisten Personen hausen. Alois Grün brachte zudem den alten Schwiegervater wie die beiden Söhne mit. Der Opa bekam das geräumige Nordzimmer. Für die Buben stellte man die Betten aufeinander im Kinderzimmer, damit auch fürs Bettchen des noch Ungeborenen Platz war. Dieser Hausherr wußte sich zu helfen! Er half auch gerne anderen, und das sprach sich herum. Anfangs bedurfte es in den Häusern mancher zusätzlicher männlicher Hilfe für Möbel rücken, überflüssige Tische in den Keller tragen oder eine alte Truhe auf den Dachboden wuchten. Dazu ging man um Hilfe ins grüne Haus. Frau Isolde sah es nicht gern. »Paß ja auf dein Kreuz auf!« rief sie ihrem Mann nach, denn er hatte bei einem Unfall, was allerdings schon lange her war, eine Rückgratverletzung erlitten. »Die Bauern vom Land sind stärker als wir Städter«, meinte der Nachbar, dem Alois geholfen hatte. Sie tranken ein Gläschen Bier. Herr Grün sagte lachend, er sei kein Bauer, sondern ein Schmied. Der gescheite Sohn dieses Hauses wußte: »Seit alter Zeit sind Schmiede die stärksten Männer, so Siegfried und Wieland.« Als der Helfer gegangen war, lachte der Bub, weil des Schmieds Frau Isolde hieß. Anscheinend las er derzeit Heldensagen. Am liebsten half Alois seiner Frau, und wie seit jeher half ihr auch der alte Vater. Er übernahm die Betreuung aller Feuerstellen: den Kohleofen und Holzherd in der Küche, den Badeofen oben sowie den Wachkessel unten. Er schleppte also Brennmaterial und Asche, spaltete und schichtete Holz. Dazu, sagte er, wolle er für die Sauberkeit der Gasse und aller Treppen zuständig sein. Im Garten konnte er nichts ausrichten, da mochte er sich nicht aufhalten, denn im Herbst fehlten ihm die gelben Quitten an einem Busch, im Winter der verschneite Tannenbaum, im Frühling der blühende Kirschbaum. Nahm er nur eine Hacke in die Hand, kamen ihm die Tränen. Sein Schwiegersohn sah es und sagte: »Großvater, geh ins Haus und hilf Isolde.«

Von Anfang an waren sie in diesem Haus ohne Schulden. Für das Töchterchen, das dasselbe reizende Puppengesicht wie seine Mutter hatte, schafften sie einen prächtigen Kinderwagen und dann später einen Sportwagen an. Isoldes größtes Vergnügen war es, gut gekleidet an der Uferstraße und in der Stadt zu promenieren. Ihrem Mann war nie etwas zu teuer. Er freute sich, wenn er sah, wie hübsch die beiden aussahen, wenn sie miteinander davonstolzierten. Wußte er doch, wie sehr Isolde sich solches wünschte. Alois wußte, wie unmöglich diese Hoffart ohne das Geld ihres Vaters wäre. Ihre Männer, auch die Söhne, zog Isolde nicht in die Eleganz mit ein. Ihnen konnte man ansehen, daß sie vom Land kamen. So galt Frau Grün als vornehm zwischen den Frauen der Reihe. Im Laufe der Zeit sah man sie auch als verwöhnt an. Manchmal konnten sie sogar über sie lachen, wenn Isolde auf der Garten- oder Haustreppe stand, den Zeigefinger ausstreckte, auf etwas zeigte und »da!« rief. Alois, der Opa oder einer der Buben lief herbei, um das Papierfetzelchen oder etwa den wüsten Vogeldreck wegzuräumen. Alle vier dienten ihr wie der kleinen Prinzessin. Der Herr des grünen Hauses war einer der ersten, der ein Auto kaufte. Sonntags fuhr er gern mit seiner Familie hinauf ins Dorf, um den Leuten zu zeigen, wie gut es ihnen in der Stadt ging. Der Großvater wollte nie mitkommen.

Er wollte in die Kirche, die jetzt so nahe war. Vordem, als Mesner, ging er in der Frühe die gute halbe Stunde zum täglichen Gottesdienst. Hier in der Stadt fand die Messe an den Werktagen abends statt. Da war der Opa zu müde. Am Sonntagmorgen mußte er aber in der Kirche sein! Er suchte vorne den Mesner auszumachen. Mehrere Männer amtierten dort herum. Sie teilten sogar Hostien aus, was früher undenkbar gewesen wäre. Was der Priester sprach, verstand er nicht. Daheim hatte er im voraus gewußt, was der Pfarrer sagen würde. Latein war ihm wie Deutsch. Auch was die Kirchenbesucher beteten und sangen, war ihm fremd. Beim Mittagessen klagte er über seine Schwerhörigkeit. Was ihm aber die Alterstränen in die Augen trieb: Nach dem Gottesdienst war kein bekannter Mensch da, mit dem er ein Wörtchen hätte reden können. Seine verschleierten Augen und die tauben Ohren waren schuld! Am Heimweg fuhr ihn ein Auto an. Der alte Mann hatte lange an den Prellungen zu leiden. Danach durfte der Großvater nicht mehr allein zur Kirche gehen, einer der Enkel mußte ihn begleiten. Der Opa gab ihm eine Mark, spürte aber, wie ungern der Bub in die Kirche ging, während sein Bruder sich auf dem Trimm-dich-Pfad vergnügte. Es war erstaunlich, wie leicht der Alte auf weitere Kirchgänge verzichtete. Die Tochter ließ den Vater überhaupt nicht mehr ausgehen. Sein Schwiegersohn meinte, der Opa brauche doch ein bißchen Bewegung in der frischen Luft. »Einen kleinen Auslauf wie die Hühner«, dies sagte der Opa lachend, doch Alois wußte, woran er dachte: an die weiten Wege, die er gegangen war, gekiest, gestreut, von Regenpfützen und Schneewehen befreit hatte. Man sah ihn dann an vielen Tagen auf dem Sträßchen gehen. Er mußte großen Respekt vor dem Eigentum der Mitmenschen haben. Nur wo die Gasse ihm gehörte, ging er. Die

Grenze kannte er genau: vom Schachtdeckel des roten bis zum Riß im Teerbelag beim nächsten Haus. So ging er die paar Meter hin und her, her und hin, der Auto wegen nah am Zaun. Luise vom blauen Haus sah ihm oft zu. »Wie ein alter Bär im Käfig«, sagte sie zu ihrem Mann.

Die freundliche Familie war in der Reihe beliebt. Beide Söhne schlugen dem fleißigen Vater nach. Sie kehrten draußen auch für andere, schippten Schnee von vorne bis hinten, räumten ihn sogar vor den Garagen weg und schleppten leere Mülleimer vor die betreffenden Türen. Der schwere Beruf ihres Vaters schreckte sie allerdings ab. Beide besuchten eine höhere Schule, um einmal auf leichtere Art Geld zu verdienen. Ihre kleine Schwester verhätschelten sie, doch im Schlafzimmer mochten sie das Mädchen nicht mehr haben. Der Opa bot sich an, auf dem Küchensofa zu nächtigen. »Das würde noch fehlen!« sagte Alois. Er ging von Haus zuHaus und entschuldigte sich von vorneherein, weil die Nachbarn in den nächsten Wochen Lärm zu ertragen hätten, dies besonders am Feierabend. Ein ihm befreundeter Schreiner kam vom Dorf, der Alois half, den Dachboden auszubauen. Eine feststehende Treppe führte hinauf, aus der Dachluke entstand ein Fenster. Sie zimmerten und täferten. Manche Nachbarn kamen und wollten den trefflichen Raum sehen, es Herrn Grün vielleicht nachmachen.

Die von der Dachwohnung begeisterten Söhne schliefen noch kein Vierteljahr oben, da starb ihr Großvater plötzlich über Nacht. Zu Isolde hatte er oft gesagt, er wolle einmal droben bei der Kirche neben seiner Frau begraben sein. Das ließ sich aber nicht machen, da die Schwägerin des Alois, die Schmiedin, die bisher das Grab von des Wegwarts Frau gepflegt hatte, das aber bald aufgelöst werden sollte, sich weigerte, wieder von vorne zu beginnen. So bepflanzte und begoß Alois seines Schwiegervaters Reihengräblein auf dem Stadtfriedhof. Er sagte zu seiner Frau: »Durch die Grabpflege habe ich Verbindung mit dem Toten. Ich glaube, ich habe ihn mehr geliebt als du.« Die Söhne zogen bald herunter in Opas Zimmer. Wenn's nämlich regnete, ließ das Trommeln auf dem Dach sie nicht schlafen. Höchstens zum Basteln gingen sie noch hinauf.

Die Zeit mit kleinen Kindern geht rasch vorbei! Bald standen im grünen Haus drei Kammern die meistenNächte leer. Die Buben bereiteten sich auswärts auf ihre Berufe vor. Dieses »Auswärts« war die Stadt im Allgäu, in der Herrn Grüns Brüder gute Geschäfte betrieben. Die Onkel versprachen es nicht nur, sie verhalfen Grüns Söhnen zum erfolgreichen Leben. Die Tochter war ungewöhnlich hoffärtig geworden. Sie trug nur, was allerneueste Mode war. Das Heimatstädtchen war ihr viel zu bieder. Wenn sie, was selten war, aus der Großstadt kam, in der sie mit Kosmetik zu tun hatte, war sie des Anschauens wert. Frau Isolde sagte zu einer Nachbarin, das Mädchen habe die besten Aussichten, Filmschauspielerin zu werden. Darüber lachte man. Die einen dachten, die andern sagten es: »Dazu wird wohl einiges fehlen! Sie ist, wie ihre Mutter, zu klein gewachsen. Um großartig zu sein, entweder als Berühmtheit oder als Stadtfrau, bedarf es einer rechten Länge.«

Ihre besten Helfer im Haus verlor Isolde mit dem Opa und den Söhnen. Ihr Mann schätzte mehr und mehr die Ruhe nach der schweren Arbeit im Betrieb. Alois wußte sich aber, wie immer, zu helfen: Er kaufte für seine Frau Erleichterungen. Für viele Verrichtungen in Küche und Haus kamen immer bessere Maschinen auf den Markt. Mit dem Staubsauger und der Waschmaschine konnte Isolde sich anfreunden, den Wäschetrockner, die Spülmaschine, den Apparat, der mit Wasserdampf säuberte, haßte sie. Lieber ließ sie das Siedfleisch stundenlang kochen, als das Gepuffe wie Pfeifen eines Topfes zu kontrollieren. Ihr Mann belehrte und erklärte. Wie einfach, zeit- und kraftsparend sind die Rührmaschine und der Entsafter! Isolde wollte nicht begreifen – sie nahm die alte Zitronenpresse, wenn sie Orangensaft wollte. Sie hatte einen Schneebesen. Den neuartigen Dosenöffner stöhnte sie an und wartete, bis Alois kam, um damit zu öffnen.

Isolde Grün nahm an Gewicht zu, recht rasch und heftig. Es waren die Wechseljahre! Ihre schönen Kleider wollten nicht mehr passen. Kaufte sie ein neues Kostüm, sah sie, wie wenig elegant es sie kleidete, und probierte es mit einem anderen Modell. Obwohl sie für die Erneuerung ihrer Garderobe viel Geld ausgab, lachte Alois dazu. »Wo bei dir ein Pfund schöner als das andere ist!« »Alter Witz!« fauchte sie. Nun fing sie an zu jammern und zu fasten. Sie esse fast gar nichts mehr, sagte sie zu Nachbarinnen. Hungern und Diäten halfen nicht. Waren mühsam ein paar Kilo weg, nahm sie bald wieder um so schlimmer zu. Allmählich gefielen auch ihrem Mann die Pfunde nicht mehr. Er bedauerte, tröstete und schickte sie zu vier- und sechswöchigen Kuren. Der böse Speck wollte bei Isolde nicht weg. Weil sie klein war, sah sie lächerlich aus. Die Leute auf der Straße drehten sich nach ihr um, manche mitleidig guckend, andere lachend. Mit guter Kleidung konnte sie an ihrem Aussehen nichts ausrichten, für ihre Eitelkeit zum reinen Verzweifeln. Sie ist ihrer Klamotten wegen gleichgültig, dann sogar schlampig geworden. Alois bürstete ihre weite Jacke, wenn sie ausgehen mußte. Das vermied sie, so gut sie konnte. Daheim umhüllte sie ein unförmiger, häßlicher Kittel.

In der Gegend am See wie im nahen Allgäu gab es mehrere weltbekannte Kliniken für Stoffwechselerkankungen. Endlich fand Frau Grün, die immer müder und apathischer wurde, mit Alois den Weg in eine solche. Dort stellte man fest, daß die Frau nicht ihrer Gefräßigkeit wegen zu dick war und absolut nicht abnehmen konnte, sondern weil sie zuckerkrank war. Jetzt mußte Herr Grün in vielen freien Stunden mit seiner Frau zu Ärzten fahren. Er mußte ihr Spritzen verabreichen. Alle die modernen Haushaltsgeräte kamen unter seinen Händen zu vollem Einsatz. Alois zählte die Monate bis zu seinem Ruhestand, in dem er viel Zeit haben würde, seiner armen Frau zu helfen. Isolde weinte oft. Ihre Tränen blieben manchmal auf den dicken Wangen stehen wie kleine Pfützen.

Weiß Neben dem moosgrünen stand das weiße Haus. Der Architekt hatte richtig gewählt. Hier ist die Mitte – markierte es. Hüben wie drüben standen je fünf bunte Gesellen. Das weiße Haus machte nicht nur einen vornehmen Eindruck, es wies auch Besonderheiten auf. In ihm hörte man nämlich Klopfen und Dröhnen aus den Nebenhäusern nur schwach, lautes Reden und Lachen wie in den übrigen gar nicht. Damit bei einem eventuellen Feuer nicht die gesamte Reihe abbrenne, waren die Zwischenwände anders und die Decken unterbrochen.

Das feine Weiß war seinen Bewohnern gemäß. Agnes, die Tochter des Rechsanwalts, war mit Josef eingezogen. Die Nachbarn machten sich ein Bild davon, wie schön es sicher eingerichtet sein würde. Die Frau brachte von der elterlichen Wohnung wohl schöne Möbel mit, und was ihr fehlte, konnte sie von ihrem Vermögen leicht kaufen! In anderer Leuten Häuser zu laufen, um zu schauen, war nicht üblich, schon gar nicht in solch ein vornehmes. Anfangs ging der alte Herr ein paarmal nickend und lobend durch Haus und Garten. Die Tante des Hausherrn, bei der er vordem gelebt hatte, kam, um nachzusehen. Sie rümpfte über alles die Nase. Ein alleinstehendes Haus sei ein Schloß gegen ein solches in der Reihe, sagte sie. Wenn die Nichte sie weiterhin ärgere, könne Josef das ihrige erben. Das Ehepaar lachte mächtig, als die Tante gegangen war. Die Schwester der Hausfrau kam mit ihrem Mann, dem Polizisten, zu Besuch. Er ließ die Bemerkung fallen: »Hier steckt ziemlich viel Geld von meinem drin.« Verärgert stellten die Besitzer danach fest, auf solche Besuche gerne zu verzichten.

Dieses Ehepaar brauchte keine anderen Menschen, so gut gefiel es ihnen hier und so glücklich waren sie. Jetzt erst wußte Agnes, wie sehr sie all die Jahre für andere gelebt hatte. Nun kam es ihr vor, als sei die Hausarbeit nur ein Spiel. Es blitzte bei ihr vor Sauberkeit. Das Essen bereitete sie köstlich zu. Schon im zweiten Sommer blühten bei ihr Blumen, und im Gemüsestreifen gedieh alles prächtig. Ihr vorderer Nachbar Grün wunderte sich: »Ich habe gemeint, Städterinnen verstünden es nicht mit dem Boden.« Agnes erzählte ihm, wie sie einst wie eine Bäuerin Land gerodet habe. Die Nachbarschaft grüßte das Ehepaar Weiß respektvoll. Vom Mann wußten sie nicht genau, was er in einem Büro des Betriebs arbeitete. Es mußte aber Wichtiges sein, denn am Feierabend kam er meist als letzter nach Hause. So konnte Agnes manche Zeit lesend auf der Terrasse sitzen. Sie hatte diesbezüglich nachzuholen. Niemand verübelte ihr's, denn einer gebildeten Frau stehe dies zu, meinte man. Natürlich hätte sie gerne ein Kind bekommen. Dafür hatte sie wohl zu spät geheiratet! Besonders traurig war sie deswegen nicht. Im Grund konnte sie sich's nicht vorstellen, wie ihre und Josefs Liebe eine Teilung hätte erfahren können. Agnes mochte die Kinder der Nachbarn. Ihnen schaute sie zu und wollte ihre Namen wissen. Kam ein Ball in ihren Rasen geflogen, rief sie ihnen zu: »Ihr könnt ruhig über unsern Draht klettern!«

Die Liebe des Ehepaars im weißen Haus war Nebenstehenden spür- und sichtbar. Man sah nicht selten, wie sie sich küßten. Wenn Mittagszeit war oder der Feierabend nahte, schaute Agnes aus der Haustür, ob Josef endlich komme. Gingen sie aus dem Haus, taten sie das Hand in Hand oder Arm in Arm. Eine Frau von weiter hinten sagte zur andern: »Keine Kunst und kein Wunder! Kein Kind und keine Geldsorgen!« An den Wochenenden gingen Agnes und Josef die alten Wege ostwärts dem See entlang. Solange der Rechtsanwalt lebte, schauten sie bei ihm vorbei. Herr Weiß gehörte zu denen, die kein Auto fahren mochten. Den Urlaub verbrachten sie stets in den nahen Bergen. Dabei machten sie keine gewaltigen Bergtouren, wanderten eben durch schöne Gegenden. So lustig sie mit den Rucksäcken auf dem Buckel losmarschiert waren, so fröhlich kamen sie zurück. War das Wetter einigermaßen danach und Josef nicht allzuspät vom Geschäft gekommen, spazierten sie hinunter an den See. Dort hatten sie ihr Bänkchen. Wie ein Liebespaar saßen sie und schauen zu, wie die Sonne unter- und der Mond aufging. Als ein Stern vom Himmel fiel, wünschte sich Agnes, daß ihrer beider Liebe nie vergehe. Josef küßte sie und meinte, was man sicher habe, brauche man nicht zu wünschen.

Frau Blau, die abends auch gerne nach den Sternen schaute, sah vom oberen Fenster überm Gäßchen die beiden heimkommen. Sie hatten es sehr eilig, und Luise mutmaßte, das Paar könne es kaum erwarten für noch viel mehr Liebe. »Wenn da die Götter nur nicht neidisch werden!« sagte sie zu ihrem Mann. Bald danach waren die beiden auf harmloser Bergwanderung. Da schleuderte so ein göttlicher Neidhammel einen Steinbrocken vom Berg herunter – genau in Josefs Genick. Es war ihm gebrochen, und er starb unter freiem Himmel.

Einst, nach dem Einzug, hatte man beschlossen, zu Anlässen wie Taufen, Kommunionen, Hochzeiten und Todesfällen zu sammeln und zu spenden. So bekam der beliebte Herr Weiß von den Bewohnern einen schönen Kranz ans Grab gelegt. Beim Heimweg von der Beerdigung redeten einige Frauen miteinander. »Die arme Agnes.« »Sie ist wie erstarrt.« »Nicht einmal weinen kann sie!« Niemand vermochte sie zu trösten. Als das Trauerjahr um war, schien es, als folge ein Trauerjahrzehnt oder ein restliches Leben in Trauer. Agnes sprach kaum mehr. Ihre nächste Nachbarin war eine fromme Frau. Sie bemühte sich immer wieder um ein Gespräch mit ihr. »Kommen Sie doch mit in die Kirche! Nur dort kann man Trost finden.« Eines Sonntags hatte sie damit Erfolg. Welchen Trost Agnes beim Gottesdienst gefunden hat, weiß man nicht, aber sie fand eine Aufgabe. Der gute Pfarrer, der um das Leid der Witwe wußte, sprach sie an. Eben war in Afrika ein schreckliches Erdbeben geschehen. Die Kirchengemeinde sammelte für die betroffenen Menschen. Geld- und Sachspenden gingen ein. Alles mußte notiert, sortiert und an die richtigen Stellen gebracht werden. Der Leiter der Hilfsorganisation sah schnell, wie gescheit und geschickt Agnes dabei helfen konnte. Man stellte sie bei der Station an, und bald saß sie im eigenen Büro. Jedermann konnte beobachten, wie sie nun auflebte. Die Möglichkeiten, den Mitmenschen zu helfen, nahmen nicht ab, eher zu. Nicht nur bei Katastrophen und gräßlicher Armut in fremden Ländern, auch hier in der Stadt war Hilfe angebracht, gab's genug zu organisieren. Immer mehr Gastarbeiter kamen, die nicht auf Anhieb eine Wohnung fanden. Trotz des Wirtschaftswunders gab es welche, die dieses nicht zu nutzen verstanden, die arm blieben oder es wurden. Aussteiger und Gammler hockten, auf Unterstützung hoffend, auf der Kirchentreppe. Agnes war ein gutes Gefühl für Gerechtigkeit eigen, wohl ein Erbe ihres Vaters, so war sie in ihrem Wirkungskreis eine wichtige, angesehene Person. Jetzt hatte sie nur wenig Zeit, ihr weißes Häuschen auf Hochglanz zu halten. Sie saß aber an der Quelle, an der Frauen und bärtige Burschen auf einen kleinen Verdienst lauerten.

Sie war schon eine gehörige Zeitlang Witwe. Ihr Arbeitsplatz war in einem großen Haus, in dessen Büros viele Menschen walteten. In einem saß ein Mann, der es mit den Finanzen der Stadt zu tun hatte. Zu ihm konnte sie mit manchen Problemen kommen. Am Mittagstisch saßen sie nebeneinander. Er war ein gutaussehender Mann ihres Alters. Vor Jahren hatte ihn das Unglück ereilt: Seine Frau hatte die Scheidung verlangt. Seitdem zahlte er für sie und die Tochter ein schönes Geld vom mäßigen Gehalt. Er lebte mit einer älteren Verwandten, die als Haushälterin bezahlt werden mußte, in bescheidener Mietwohnung. Diesen Bürofreund lud Agnes zum Sonntagsnachmittagskaffee ein. Ihm gefiel das weiße Haus, und er hegte die größten Hoffnungen, die er freilich vorerst taktvoll zu verbergen verstand. Ein paar Frauen der Reihe beobachteten die Besuche. Auch sie hofften. Sie wollten Agnes so glücklich sehen wie einst, nicht einsam das Leben verbringend.

Im Herbst eines Jahres nahmen die beiden zur selben Zeit, als die Schüler wieder zur Schule gingen, ihren dreiwöchigen Urlaub. Er hielt sich die ersten beiden Wochen, wie seit Jahren, in einem Kurort auf. Agnes' Nachbarinnen sahen beim weißen Haus Fahrzeuge von Handwerkern stehen. »Aha!« sagten sie, »zur Hochzeit will sie alles tipptopp haben.« »Jetzt bin ich wieder da!« rief der Freund an. Sie hatten ausgemacht, in der letzten Urlaubswoche durch die Gegend zu wandern. »Ich schlage vor, gleich morgen gehen wir den Schilfweg, von dem du geschwärmt hast.« Agnes war seltsam erregt, als sie losmarschierten. Seit Josefs Tod war sie diesen Weg nicht mehr gegangen, sie hatte gefürchtet, das Herz täte ihr zu weh. Die frühe Vormittagsstunde versprach einen schönen Herbsttag. Zu Anfang war der Pfad sehr schmal, eigentlich nur von einer Person zu begehen. Josef war ein paar Schritte vorausgegangen, jeder konnte seinen Gedanken nachhängen und sich auf das weitere freuen. Der jetzige Begleiter drängte sich neben sie. Wollte sie vorausgehen, beschleunigte er seinen Schritt, verzögerte sie, blieb er wartend stehen. Er mußte von seinen Kurerlebnissen erzählen. Als ein Schuh ins Nasse trat, sagte er: »Dein Schilfweg ist verdammt schmal.« Nach der Brücke werde er breiter, tröstete sie. Es war ein gewölbtes Holzbrücklein über dem Bach, der aussah, als könne er nicht fließen, nur stehen mit seinem dunklen Wasser. Jetzt war der Weg so, daß sie leicht nebeneinander gehen konnten. Bald merkte Agnes, sie hatten nicht den gleichen Schritt. Ach, dachte sie, er hat wesentlich längere Beine als ich. Der Weg führte durch den landschaftlich schönsten Teil der Wanderung. Agnes wies über die weiten Sumpfwiesen: »Hier blühen Ende Mai Tausende von Irisblumen, blaue und weiße.« Er überhörte das, war auch noch nicht fertig mit dem Bericht von der Kur. Die Streuwiesen blieben zurück. Es ging nun einem Rain entlang. Sie wollte das Wanderglück erzwingen: »Wie schön! Unser Weg ist eingerahmt von Herbstzeitlosen.« Diese Blumen habe er nie gemocht, übrigens seien sie giftig. Der Mann erörterte Finanzprobleme, die im Geschäft anstanden. Dann flatterte ein Raubvogel über ihnen. Agnes blieb fasziniert stehen. Der Vogel schoß nur ein paar Meter von ihr entfernt auf die Erde – die

Maus quietschte. Der Freund war weitergegangen. Sie holte ihn ein, und er sagte: »Demnächst werde ich mir einen dunkelblauen Anzug kaufen.« Agnes wußte genau zu welchem Anlaß, und sie spürte seine Enttäuschung deutlich, als sie nicht darauf einging. Sie dachte an die arme Maus. Je weiter sie gingen, desto stiller und trauriger ist Agnes geworden. Nun war es ihr, als müsse hinter jeder Wegbiegung Josef wartend stehen. Am Zielort, dem schönen Bodenseedorf, wollten sie den Nachmittag verbringen und am Abend mit dem Schiff zurückfahren. Während der Mittagsmahlzeit im Lokal fand auch der Mann keinen Gesprächsstoff mehr, gerade, als sei bereits alles gesagt. Sie bestiegen das nächste Schiff, das westwärts fuhr. Auf ihm war nicht nur ihnen selber, sondern auch den Leuten, die in ihrer Nähe saßen, solche Schweigsamkeit peinlich. Wie die Sonne auf den glitzernden See schien, tat Agnes fast körperlich weh. Als sie aus dem Schiff stiegen, sagte er: »Morgen fahre ich für den Rest des Urlaubs zu meiner Tochter. Sie lebt jetzt ohne ihre Mutter in Rüdesheim.« Agnes nickte nur. Wieder zu Hause, war es ihr, als hätte sie sich verirrt und wäre wieder heimgekommen. Im Geschäft war es dann zwischen dem Mann und Agnes wie anfangs. Probleme gab's weiterhin, die sie freundschaftlich miteinander besprachen. Nur das Mittagessen nahmen sie an verschiedenen Tischen ein.

Agnes lebte also die weiteren Jahre allein im weißen Häuschen. Zu allen Nachbarn war sie freundlich, nahm Anteil an den Geschehnissen, die ihre Mitbewohner, freudige und traurige, betraf. Inzwischen hatte sie gelernt, andere zu trösten, auch ihre Freuden mitzuempfinden. So sagte sie zu Herrn Grau vom ersten Haus, wie viele verwirrte Menschen heutzutage viel schlimmer dran seien, als seine schöne Frau, wie viele Aussteiger, wie sein jüngerer Sohn, wieder den rechten Weg fänden. Ihre fromme Nachbarin lobte sie gehörig, die ja ihre Enkel so großartig betreue. Jeden Samstag kehrte ein zerlumpter Kerl ihre und auch ein Stück des Nachbars Gasse. Wenn diesem ein paar Groschen gegeben wurden, lachte er freundlich. In Agnes' Haus sah man des öfteren magere, ärmlich aussehende Frauen gehen, die wohl putzten und den Garten in Ordnung hielten. Sie selber ging ins Büro und half, wo Not am Mann war. Das weiße Haus inmitten der bunten Reihe strahlte nicht nur Vornehmheit, sondern auch Menschenfreundlichkeit aus. Die Bewohner der Häuser konnten es so empfinden, als wäre es ihre weiße Weste. Manchmal war's Agnes ein bißchen bange davor, wie es sein würde, wenn sie bald in den Ruhestand käme.

Violett Für die hinteren fünf Häuser wählte der Architekt nicht solch klare Farben wie blau und rot, eher etwas ausgefallenere. Der Besitzer nächst dem weißen war anfangs ungehalten. In der ersten Begeisterung darüber, überhaupt ein eigenes Haus zu bekommen, habe er zu wenig darauf geachtet, welches es denn sei. »Die Zahl sieben ist verflixt! Die Farbe lila sündig!« lärmte er. Der Architekt versuchte, ihn zu beruhigen: Sein Haus sei nicht lila, sondern violett, und das sei eine schöne Farbe, zudem die einzige, die zu jeder anderen passe. Erst als jemand zu ihm sagte, seine Hausfarbe sei die der katholischen Kirche, der Kappen und Gewänder von Kardinälen, beruhigte sich Karl über das schummrige Violett seiner Hauswände. Da Herr und Frau Violett fromme Leute waren, freuten sie sich darüber, nun so nah der Kirche zu leben, kaum zehn Minuten dorthin. Maja war im bunten Eigenheim sehr glücklich, zumal sie bisher nur gastweise gehaust hatte, bei der Zöllnerin, dann ungern geduldet im Elternhaus. Rasen wie Garten gaben ihr neuen Lebensmut. Nur etwas dämpfte ihre Freude. Der Sohn ist nicht mit eingezogen. Über die bunte Reihe wußte er nur Spott. Kaum über zwanzig, heiratete er eine hübsche Kollegin von der Bank, in der er angestellt war. Sein Ziel war ein rechtes Haus, wie solche im Geldinstitut als Immobilien angeboten wurden. Dafür wollte er mit seinem Mädchen Geld verdienen. Das Dumme war, schon vor der Hochzeit war es schwanger. Sie lebten in einer kleinen Mietwohnung. So brachte die junge Mutter das Neugeborene jeden Morgen der Großmutter ins violette Haus. Sie schob es im Kinderwagen an. Maja meinte, das Kind könne nicht den ganzen Tag darin verbringen. Sie kaufte ein schönes Bettchen, später einen Laufstall. Am Abend holte das junge Ehepaar den Kleinen ab. Aber so bald es nur ging, kam bei ihnen das zweite Kind, das ebenfalls der Oma gebracht werden mußte. Maja sagte zur Schwiegertochter: »Du hast neben dem Beruf mit der Kleinen genug zu tun, laß den Bebe ganz bei mir.« So hatten Herr und Frau Violett ein Kind, das sie sehr liebten. Der ›Bebe‹, diesen Namen hatte sein Großvater für ihn aufgebracht, entwickelte sich zu einem prächtigen Kerl. Kaum war er drei Jahre alt, zog er die Kinder der Umgebung, die etwa in seinem Alter waren, an. Das waren seine Schwester, die tagsüber hier war, die beiden vom blauen Haus, das Puppenmädchen vom grünen, Fridas schmächtiges Büblein und von weiter hinten ein Zwillingspärchen. Auch größere, die bereits zur Schule gingen, spielten gern mit dem Tausendsassa. Er fegte mit seiner Schar über die gespannten Drähte und zog Isoldes dickliches Mädchen untendurch. Sie spielten gerne Verstecken in einem Garten, in dem viel zu viel Büsche standen. Im Garten des grünen Hauses stand der Prinzessin wegen nicht nur eine Schaukel, sondern auch eine Rutschbahn. An der Wand des blauen war statt der Terrasse ein großer Sandkasten. Wenn die Horde auf der Gasse zu sehr lärmte und wenig auf Autos achtete, lockte Bebes Großmutter sie mit gezuckerten Erdbeeren in den Garten zurück.

Ihr Mann Karl hatte den Ruf eines ›Gassenlächlers – Hauskrächlers‹. Mit der Farbe seines Hauses hatte er sich zwar ausgesöhnt, darin oder drumherum aber half er nichts. Er betonte, so oft es ging, nicht mal Wasser könne er warm machen. Traf er mit einer Nachbarin zusammen, wußte er einen Witz. Die Frauen lachten und dachten, den muß ich heute abend meinem Mann erzählen, doch bis dahin hatten sie den Spaß vergessen. Für Frau Weiß und Frau Blau wußte er anständige Witze, bei der Platzanweiserin Regine und der Bedienung Frida gerieten sie des öfteren zu Zoten. Karl spielte, wie in seiner Jugend, gern Ziehharmonika. Zu Grillfestchen lud er Nachbarn ein. Sie kamen aber nur zögernd oder gar nicht, denn sie wußten, wie gefährlich enge Freundschaften sind, wenn man so sah zusammen wohnt. Karl musizierte an schönen Abenden für seinen Enkel. Nahten Fasnachtsveranstaltungen, stand ein Betriebsfestchen seiner Abteilung an oder der Ausflug des Kegelklubs, war Karl Violett ein Dichter von Schnaderhüpferln, die er dann singend mit Mandolinenbegleitung vortrug. Über jeden wußte er etwas, und alles reimte sich: »Der Paule Laub sieht zwar kümmerlich aus – ein gelber Mercedes reißt aber alles heraus.« Großer Beifall! Dabei verschonte er auch höhergestellte Persönlichkeiten nicht. Nie nahm ihm jemand etwas übel. Man war immer froh, wenn's was zu lachen gab, auch wenn die Zeiten nicht schlecht waren. Bei den Gottesdiensten war Herr Violett in der Kirche alleweil der beliebte Vorbeter und Vorsänger. In der Reihe war man sich einig: Ohne die Leute vom siebten Haus wäre es bei ihnen recht langweilig.

Eines Vormittags, Bebe war um die sechs Jahre alt, bekam Maja Besuch. Sie erschrak, denn sie hatte die Zöllnertante lange Zeit nicht gesehen. Diese war klein und mager geworden, mit faltigem, verhärmten Gesicht. Die Zöllnerin weinte. »Ich kann's bei denen nicht aushalten! Diese Frau!« »Und er, dein geliebter Sohn, hilft er dir nicht?« Außer »ach Gott« und »mein Gott« war dem Schluchzen der alten Frau nichts zu entnehmen. Als Karl zum Mittagessen kam, sagte Maja: »Die Tante ist ganz durcheinander, sie soll ein paar Tage bei uns bleiben.« Obwohl er bemerkte, wie übel sie aussah, lachte er sein schallendes Lachen: »Das sind nun Gottes Mühlen!« Natürlich war ihm der Zöllnerin Jammer bald zuviel. Nach drei Tagen beendete er die Störung im fröhlichen

Hauswesen. »Die Alte soll ihren Besitz verkaufen und in ein Altersheim gehen!« Sie muß es gehört haben. »Ach ja«, sagte sie trostlos, »am Montagabend sind sie immer weg.« Karl fuhr die Frauen eilends zum Zöllnerhaus. Dort war's deprimierend. Der großartige Hauseingang, die einst schöne Treppe, auf der dem Zöllner das Schreckliche geschah, sah ungepflegt aus. Löwenzahnpflanzen drängten sich zwischen den Steinen, nichts war gejätet, nichts gekehrt. Drinnen war es noch schlimmer. Stickige Luft und nirgends ein wenig Glanz. Die Tante wollte die Hand der Nichte nicht loslassen. Maja tröstete: »Wenn du's gar nicht mehr aushältst, dann komm wieder zu mir.« Karl war inzwischen ums Haus gegangen. Bei der Heimfahrt sagte er: »Diese Frau muß eine große Schlampe sein!«, und er schilderte den Unrat hinten, wie der stinkende Dreck neben dem Mülleimer faule. Maja warf ein, der Sohn könnte ja den Mist in den Kübel werfen. Karl schaute sie an, als hätte sie Ungeheuerliches gesagt, dergleichen von einem Mann zu verlangen.

Kein Vierteljahr war vergangen, als die Zöllnerin mit dem Taxi am violetten Haus vorfuhr, diesmal mit viel Gepäck. Das längliche Nordzimmer richtete man für sie ein. Die Tante jammerte nicht mehr. Sie verhielt sich still und vorsichtig, um ja den Hausherrn nicht zu stören. Sie bot ihm ihre kleine Rente an, und er nahm vom Geld, obwohl ihn seine Frau böse anschaute. »Dafür fahre ich sie sonntags in die Kirche.« Zum Frühstück kam die Tante erst herunter, wenn Karl weg war. Mittag- und Abendessen bekam sie, bevor er da war. Viel Zeit war sie oben im Zimmer, bei Maja hatte sie ein Eckchen in der Küche, einen Sessel in der Stube, der niemand im Weg war. Bei einigermaßen gutem Wetter saß sie auf der Terrasse und schaute dem Bebe zu. Dieser gefiel ihr, und sie liebte ihn bald, wie sie einst Majas und Karls Sohn gemocht hatte. »Der Stefan soll mein Erbe sein!« sagte sie immer wieder. Maja wußte nicht, ob sie lachen oder weinen sollte. Wie oft hörte sie diesen Satz! »Das ist nicht Stefan, sondern sein Sohn Alexander, mein Enkel.« Die Tante nahm es nicht zur Kenntnis. Sie zeigte auf Bebe. »Stefan ist mein Alleinerbe!« Wenn Karl es hörte, lachte er. Plötzlich, über Nacht, war die Zöllnerin krank. Sie konnte nicht mehr aufstehen, redete verwirrt und kaum verständlich. Der Arzt sprach von einem Schlaganfall. Wochenlang ging's mit ihr weder vor- noch rückwärts, und Maja brauchte viel Zeit für deren Pflege. Der Doktor kam eines Tags von oben und sagte, es könne nicht mehr lange dauern, die Pflege werde nun zu schwierig, man werde sie ins Krankenhaus bringen. Karl ging zur Kranken. Er war nicht brutal, eben ein bißchen direkt. Er brüllte ihr ins Ohr: »Hast du das Testament gemacht?« Nur mühsam brachte sie heraus: »Der Erbe ist Stefan.« »Hast du das Dokument hinterlegt?« schrie er noch lauter. »Ja – hingelegt«, murmelte sie. »Wo?« Darauf fand sie keine Antwort. Als Maja die Tante im Krankenhaus besuchte, war der Sohn mit Frau zur Stelle. Wie eine wildfremde Person wurde sie behandelt, und die Kranke erkannte sie nicht mehr. Nach ihrem Tod war keine Rede und keine Spur von einem Testament. »Das sind nun Gottes Mühlen!« sprach Maja zu Karl. Weil er kleinlaut war, was nicht zu ihm paßte, meinte sie, sie glaube trotzdem an Gottes Gerechtigkeit. »So bleibt mir's erspart, das vergammelte Haus in Ordnung zu bringen. Zudem bleibt Bebe ein Streit mit seinem Vater Stefan um das Erbe erspart.« Die Nachbarschaft wußte nichts von dieser fatalen Erbschaftsgeschichte. Herr Violett ließ sich bewundern und loben, weil er die weitläufig Verwandte für nichts und wieder nichts so selbstlos aufgenommen hatte.

Sein Sohn und dessen Frau erreichten ihr Ziel: ein freistehendes Haus am Stadtrand. Es war groß genug für zwei schöne Kinderzimmer. Nun wollte Bebe, der bereits zur Realschule ging, auch dort leben. Sein Schulweg war weiter, doch der Opa kaufte ihm ein prächtiges Fahrrad. Jetzt hieß er Alexander, und es gefiel ihm im neuen Haus viel besser als bei den alten Großeltern. Hier war was los mit der lustigen Schwester und deren Freundinnen. Vor allem gab's bei den Eltern einen Fernseher. Bebe besuchte die Oma manchmal und half ihr Vorhänge aufhängen. Seine Lehre als Mechaniker war beendet, dann mußte er zum Militär. Seiner Sportlichkeit wegen gefiel ihm der Dienst, und er entschloß sich, bei diesem Verein zu bleiben. Wenn er im Urlaub in seiner prächtigen Uniform die Großeltern besuchte, waren diese sehr stolz auf ihn. Die Enkelin schlug wohl ihrem Vater nach. Noch nicht zwanzig, hatte sie Mann und Kind. Der andauernden Wohnungsnot wegen kam sie bei ihren Eltern unter.

Karl ließ nicht nach, für seine Beliebtheit tätig zu sein, und seine Frau ließ nicht nach, ihn in allem zu bedienen, Haus und Garten in schönster Ordnung zu halten. Im Essen war Karl anspruchsvoll. »Die Zöllnerin hat Dampfnudeln besser gemacht als du«, dies und ähnliches mußte Maja des öfteren hören. Er lud gerne Kumpels zu sich ein. Wagte seine Frau ein Stöhnen, sagte er: »Wir sitzen ja auf der Terrasse!« Sie hatte dann die Teller mit warmem Leberkäse weiter zu tragen, als wenn die Gesellschaft im Wohnzimmer geschmaust hätte. Karl war auch in punkto Sauberkeit heikel. Sah er in einer Ecke ein Spinnwebnetz, lärmte er, als hätte Maja dies selber zu seinem Ärger gesponnen. Und dazuhin war er seit jeher eitel. Eine Hose ohne scharfe Bügelfalte war ihm ein Greuel. Maja hatte viele Hemden zu waschen und zu bügeln: die bunten fürs Geschäft, bessere für seine Vergnügungen, blütenweiße für den Dienst in der Kirche. Er trage nur selbstgestrickte Socken, im Sommer aus dünner, im Winter aus dickerer Wolle. Maja saß abends und strickte. Kam er heim, sagte er: »Du strickst noch.« Kam er spät, und sie war bereits im Bett, sagte er: »Du strickst nicht.« Manchmal fühlte sie sich ausgepumpt. Ein kleiner Haß auf den Mann schwärte in ihr.

Pink

Ins achte Häuschen zog der unverheiratete Felix, der hübscheste der Käufer. Die Außenwände waren pinkfarben gestrichen. Obwohl ihm diese Farbe nicht gefiel, er sie geradezu abscheulich fand, war es ihm doch ganz egal, wie sein Haus angestrichen war. Manche Frauen sagten zueinander, in ein solches Heim gehöre eine Frau, und wünschten eine baldige Hochzeit. Man wußte wenig vom Ingenieur, weder wo er herstammte noch woher er soviel Geld hatte. Jeden Freitag war eine Frau in seinem Haus, die sauber machte, die Wäsche und den notwendigen Einkauf besorgte. Dies war jedoch eine grimmige Person, die man nichts über ihren Arbeitgeber fragen konnte.

Anfangs sah man des öfteren eine schöne Frau bei ihm. Sie half Büsche im Rasen pflanzen und viele Rosenstöcke im Gemüsestreifen. Die Nachbarin Violett, die in der Stadt viele Leute kannte, meinte, das sei die Geschäftsinhaberin der großen Gärtnerei. »Sicher ist sie mit dem Pink verwandt.« An den Wochenenden sah man ihn zum Bahnhof gehen, sobald er ein Auto besaß, damit wegfahren und erst sonntags spät zurückkommen. Es war bereits der dritte Herbst nach Bezug der Häuser, da kam die Gärtnersfrau eines Abends vorgefahren. Das schmale Lieferwägelchen konnte sie nah der Kellertreppe abstellen. Die nächste vordere Hausfrau war nicht neugierig, doch der Abend war warm und schön, ihr Mann eines Vergnügens wegen außer Haus, der Enkel schlief, so saß sie strickend auf der Terrasse und sah Felix Pink und der Gärtnerin zu, wie sie Rosen beschnitten. Es dunkelte schon, da hörte sie von drüben Schwatzen und Lachen. Plötzlich klingelte es an der Haustür – laut – lange – wiederholt. Maja meinte, es sei bei ihr, darum schaute sie aus der Tür. Ein etwa Fünfjähriger stand auf Felix' Haustreppe. Er schrie verzweifelt: »Mama! Mama!« Der Vater des Buben saß am Steuer des Wagens, seine Frau setzte sich hastig, wie verstört, neben ihn, der Bub kletterte auf die Pritsche. Der bleiche Felix reichte ihm noch die Gartenschere, die seine Mutter vergessen hatte. Man sah die Gärtnersfrau nie mehr im Pinkhaus.

Im Laufe des Winters kam ein paarmal ein blondes Mädchen zu Felix. Das ist seine Sekretärin, wußte jemand. Als aber das Frühjahr da war, saß eine Schwarzhaarige bei ihm auf dem Balkon. Er war der einzige, der ihn sinnvoll nutze, dort abends allein oder mit einem Gast ein Gläschen Wein trank. Auf dem des ersten Hauses murmelte die Hausbesitzerin, auf allen übrigen lüfteten die Frauen nur Betten. Auf dem des Herrn Pink lachte man. Das Gelächter der Schwarzen war über die Gärten zu hören. Felix herrschte sie an: »Lach gefälligst leiser bei so naher Nachbarschaft!« Bald kam sie nicht mehr. Danach redete er ab und zu mit der nächst hinteren Nachbarin, dies von Balkon zu Balkon, was recht nahe war. Diese Person war ledig. Ihr gefiel der hübsche Ingenieur, und sie machte sich wieder einmal Hoffnungen. Er bat sie zu einem Gläschen Wein auf seinen Balkon. Sie lud ihn in ihr Wohnzimmer ein, das hinter dem Balkonfenster des Oberstocks war. Die Frauen hüben und drüben hofften auf eine baldige Hochzeit; eine sagte diese als gewiß voraus. Sie prophezeite falsch! Vielleicht dreimal war Felix im Nachbarhaus, dann hatte er genug gesehen.

So fuhr Herr Pink weiterhin am Freitagabend weg und kam sonntags spät zurück. Da, wo es ihn hintrieb, hatte sich einiges geändert. Aus dem kleinen Dorf war ein großes geworden, und man brauchte ein neues Schulhaus. Es stand am Dorfrand. Der Schulvorstand wollte daneben in einem ebenso neuen Haus wohnen. Ein lediger Lehrer zog in die schönen Zimmer, wo Felix' Großeltern ihre letzten Jahre verbrachten. Mit diesem Mann freundete sich Felix an. Entweder saßen sie bei ihm oder in der hübschen Dachwohnung, auch oft bei der alten Wirtin. Felix' Freund war ein begeisterter Liebhaber dieser Gegend. Er wußte viele Wege, die sie zusammen gingen, erkannte Orte, wo seltene Blumen blühten. Wenn Felix zur Stadt zurückfuhr, griff er sich an den Kopf: Warum habe ich das verflixte Haus gekauft? Da bräuchte er eine Frau, und ihm waren alle zuwider, die sich ihm aufdrängen wollten. Viel klüger wäre gewesen, in einem der Hochhäuser, die jetzt gebaut wurden, eine kleine Eigentumswohnung zu erwerben.

Bevor Felix an einem Sonntagabend nach einer schönen Wanderung zurückfahren mußte, ging er ans Grab der Großeltern. Aus einer Gräberreihe kam ein Mädchen, dessen Gesicht verweint aussah. Als sie den Mann sah, wischte sie die Tränen weg. Felix kannte die Frau: Es war Lisbeth vom Kaufladen. »Was ist denn so schlimm?« fragte er. Ach, sie habe nur aus Wut geschluchzt, und sie erzählte ihm, wie sie bei der Schwägerin nie im Laden helfen dürfe, nur schwere Bier- und Saftkisten schleppen müsse. Lisbeth war die einzige Tochter im Geschäftshaus, das seit eh und je das einzige im Ort war, in dem es fast alles zu kaufen gab, was man zum Leben braucht. Von Kind an hatte sie den Eltern geholfen und die Kunden freundlich bedient. Sie war beliebt, gehörte zum Dorf wie die Kirche. Ihr Bruder kam erst spät aus der Gefangenschaft, dann half sie auch ihm, und jetzt hatte er diese sehr tüchtige Frau. Auf dem Weg vom Friedhof sagte Felix zu Lisbeth: »Weiß du noch, wie wir in Ulm nur das Münster gefunden haben?« Sie lachte und meinte, das sei lange her, heute sei dort wieder vieles zu finden. Bei der Fahrt zum See langte sich Felix nicht ans Hirn. In ihm kreisten die Gedanken um Lisbeth: Sie hat sich trotz der Arbeit gut gehalten, sie ist schlank geblieben, das Grübchen hat sie noch am Kinn.

Bald standen anläßlich eines Feiertags mehrere freie Tage an, und Herr Pink fuhr zum Albdorf. Inzwischen fand er den kürzesten Weg dorthin. Die Städte Ravensburg, Biberach, Ulm konnte er links beziehungsweise rechts liegenlassen. Im Kaufladen kaufte er eine Kleinigkeit. »Wo ist denn die Lisbeth?« fragte er die Inhaberin. »Sie wird hinterm Haus sein, irgendwo.« Felix traf sie Sprudelkisten stapelnd an. Als sie ihn sah, wurde sie rot. Er bat sie, nach Feierabend mit ihm ein bißchen spazieren zu gehen. Ihr Gesicht wurde noch eine Spur roter, es strahlte aber, als sie sagte: »Beim Abendläuten bei der Kirche.« So hübsch gekleidet hatte er sie nie gesehen, und er führte sie auf den Hügel, auf dem sein Großvater ihm erstmals zeigte, wie herrlich hier die Gegend sei. Jetzt standen oben Tische und Bänke. Es war im Hochsommer, sie konnten sich hinsetzen. »Hier sah ich zum ersten Mal, wie schön es bei euch ist. Du wirst von hier nicht weggehen wollen?« »Lieber heut als morgen!« Nun machte Felix kurzen Prozeß. Er nahm sie in den Arm und küßte sie auf die Wange. »Ich will dich heiraten.« Und er sah und spürte – auf ein ›Ja‹ war er nicht angewiesen. »Allerdings«, wandte er ein, »mein Haus am See ist häßlich pinkfarben.« Darüber mußte Lisbeth laut und lange lachen. Gleich an diesem Abend machten sie alles aus, den Hochzeitsort und den Termin, wie die Dinge, die zu regeln waren.

In der Reihe ging die Rede, Herr Pink sollte sein Haus verkaufen, er finde doch keine Frau, die hierher passe. Die Büsche waren zu groß, den Nachbarinnen erlaubte er, bei ihm Rosen zu schneiden, so viel sie wollten. Man irrte sich. Auf einmal war die Gemahlin da. Die Frau, die für besondere Anlässe sammelte, kaufte für das Ehepaar Pink eine Vase und zwei Flaschen Wein. Felix wußte, was sich gehörte. Er ging von Haus zu Haus, von hinten bis vorne, um sich zu bedanken und seine Angetraute vorzustellen. Überall wunderte man sich über seine Wahl. Die Frau sei mindestens in seinem Alter, etwas Bäuerisches hafte ihr an, sie müsse schon viel gearbeitet haben. »So schön bin ich längst! Genauso gut hätte er mich nehmen können!« sprach die verschmähte Nachbarin zornig nach der Vorstellung. Felix' Frau beschnitt alsbald die zu großen Büsche. Im Spätherbst deckte sie die vielen Rosenstöcke für den Winter mit Tannenreisig ab. Maja Violett sagte zur ihr: »Bei uns wird es nicht so sehr kalt.« Die neue Nachbarin erzählte, wie bitterkalt die Alb oft sei, deshalb gefalle es ihr hier im Süden so sehr. Wenn ihr Mann nun vom Betrieb nach Hause ging, tat er's mit anderem Schwung als vordem, als er an die selbstgebratenen Spiegeleier denken mußte.

Jetzt erwartete ihn ein gutes Mahl. Lisbeth bekam vom Bruder ein kleines Vermögen, so konnte sie im Haus verbessern und verschönern wie die andern, und wie's nun so schön drinnen und draußen war, blieb Felix gerne daheim. Ein unerwartetes Glück wurde Lisbeth zuteil: Sie war schwanger. Auch ihr Mann freute sich sehr auf ein Kind. Doch leider verlor sie's im sechsten Monat. Als sie bald wieder schwanger war, mußte man eher von einem Abgang denn einer Frühgeburt reden. Der Arzt wußte, aus diesem oder jenem Grund könne sie kein lebendiges Kind zur Welt bringen. Lisbeth nahm es tapfer hin, doch Felix fing wieder an, die Wochenenden regelmäßig im Albdorf zu verbringen.

Jahrelang war Lisbeth nicht mehr in der Heimat gewesen. Sie sehnte sich nicht nach ihr. Es war mitten im Sommer. Felix richtete seinen Urlaub nach den Schulferien des Lehrers, seines Freundes wegen. Er überredete Lisbeth mitzukommen. Gleich am ersten Abend saßen sie bei ihm. Dessen Wohnung im Schulhaus war kostbar eingerichtet. Die belegten Brote und der Wein waren vom Besten. Dazu war er ein lustiger, trefflicher Unterhalter. Zu seines Freundes Frau verhielt er sich liebenswürdig, und sie erkannte, welch gescheiter, gebildeter Mann er war. In der Nacht schlief sie schlecht. Felix' Bett war zwar breit, für zwei Personen aber doch zu schmal. Er wurde ungeduldig wegen ihrer Unruhe. »Was treibt dich denn um?« »Er gibt mir verächtliche Blicke«, murmelte sie. Morgens brachen sie zu einer kleineren Wanderung auf. Weder Wiesen noch Wälder wollten Lisbeth gefallen, sie kannte ja alles. Am Abend war sie so müde, daß sie sich weigerte, die geplante größere Tour am nächsten Tag mitzumachen.

Sie wollte im Dorf Bekannte und Verwandte aufsuchen. »Ei, ei!, eine Dame!« war der Gruß der Schwägerin. Lisbeth hatte sich verändert, und sie verstand es, sich nett und vorteilhaft zu kleiden. Ihre andere Haarfrisur stand ihr. Der Bruder wunderte sich, wie schlank sie sei. Nach belanglosem Gerede sagte er lachend:

»Den Felix kannst du uns anscheinend nicht ausspannen!« Er lachte mächtig, und seine Schwester mochte darauf nicht antworten. Bei den Bekannten erging es ihr ähnlich. Nirgends fehlte der Hinweis, wie treu ihr Mann doch dem Dorf bleibe. Der Tag war für Lisbeth unendlich lang geworden. Mehrere Stunden saß sie am schönen Hang unterm Felsen, der in der Sonne so weiß schien, unter dem man weit übers Land sah. Hierher war Lisbeth einst gerne mit ihrem Verlobten gekommen, dem Sohn aus der Metzgerei, der gefallen war. An ihn dachte sie, und wie ihr Leben so anders wäre, ja wenn …! Die Wanderer kamen spät zurück. Beim Abendessen saßen sie bei der guten alten Wirtin. Diese schaute Lisbeth an, als ob sie ein Störenfried sei. Dabei hatten sie früher einander gemocht, geschäftlich manches miteinander zu tun gehabt. Felix' Frau war traurig und still geworden, während die Männer den nächsten Tag besprachen. Der Lehrer mußte an einer Tagung teilnehmen, Felix wolle seiner Frau das neue Stuttgart zeigen. In dieser Nacht lag sie ruhig an der Wand, damit sie den müden Wanderer ja nicht störe. Erst als es dämmerte, schlief sie ein. Felix machte frohgemut Kaffee. »Auf, wir wollen früh wegfahren!« Sie setzte sich auf die Bettkante. »Ich will Stuttgart nicht sehen! Eure Wanderwege sind mir langweilig, zu steinig und zu steil. Das Dorf mit den Leuten stößt mich ab.« Das verstehe er nicht, meinte er, das sei doch ihre Heimat. »Heimat ist mir, wo es mir gefällt, hier schon längst nicht mehr. Fahr mich zurück! Am Sonntag ist das große Fest. Ich will dabei sein.« Als Felix darüber lachte, denn dieses Fest hielt er für ausgemachten Blödsinn, schrie sie ihn an: »Du kannst ja sofort wieder hierherfahren!«

Danach änderte sich für Lisbeth das Leben mehr und mehr. Natürlich sorgte sie werktags immerzu für des Mannes Wohl, doch war ihr sein Wegfahren gleichgültig geworden. Ihre Freude am Pinkhaus wuchs. Wenn sie oft durch die Stadt ging, sah sie gerne, wieviel gebaut wurde. Gelang ein Gebäude oder eine Anlage gut, konnte sie sich darüber freuen. »Was am Ufer geändert wird, solltest du anschauen«, riet sie Felix, doch er zuckte dazu lachend die Achseln. In der Stadt gab's Messen und Veranstaltungen. Die Einwohner feierten zu gerne Feste. Lisbeth war dabei! Bei Theatervorstellungen und Konzerten konnte man sie sehen. An einem Abend der Woche ging sie zur Gymnastik, dadurch gewann sie Bekannte, aber enge Freunde wollte sie nicht. Den See genoß sie am liebsten allein. Ihn fand sie so schön, nie bekam sie genug von ihm.

Ihr Mann war froh darüber, daß sie, ob er wegfuhr oder zurückkam, ausgeglichen zufrieden war. Nichts war Felix nämlich so zuwider wie eine mißmutige Frau. »Was hast du dieses Wochenende gemacht?« fragte er freundlich. Mit dem Zug sei sie nach Überlingen gefahren, den Untersee zu genießen. Ein andermal berichtete sie von der Omnibusfahrt nach Bregenz oder einer Schiffahrt nach Konstanz. »Weißt du was? Wir kaufen für dich ein Auto!« Lisbeth war früher eine gute Fahrerin gewesen. Sogar den Lieferwagen ihres Vaters hatte sie gefahren. Lachend erzählte sie, die einzige Frau im Dorf gewesen zu sein, die ein Auto lenken konnte. Später gehörten die Fahrzeuge Bruder und Schwägerin. Jetzt ließ es sich gut an! Die Garage, die zum roten Haus gehörte, war zu mieten. An vielen Wochenendtagen fuhr Frau Pink durch die Bodenseelandschaft. Geriet sie zu weit nördlich, sobald die Gegend nach Schwäbischer Alb aussah, drehte sie schnell nach Süden ab.

An einem Fasnachtssonntag ging Lisbeth, den Umzug der Narren anzuschauen. Am Straßenrand stellte sie sich zu Maja, der Nachbarin. Beide Frauen konnten freilich dem Spektakel wenig abgewinnen. Sie klatschten und grölten nicht mit den Zuschauern. Frau Pink blieb die Narretei fremd, weil sie im evangelischen Dorf ohne solche aufgewachsen war. Allein weil sie in der Stadt überall dabei sein mußte, war sie hier. Frau Violett stand auf Befehl ihres Mannes, der beim Umzug dabei war, am Straßenrand. Da kam schon der Wagen seines Narrenvereins! Karl stand obenauf und schrie aus Leibeskräften: »Kikeriki! Kikeriki!«, als er die beiden Frauen erkannte, noch viel lauter: »Kikeriki!« »Alter Simpel«, murmelte Maja. Lisbeth schaute sie erstaunt an und sah, wie verhärmt, ja krank sie aussah. »Wir bekommen kalte Füße«, sagte sie darum zu ihr, »gehen wir hinüber ins Café.« Der Umzug war noch längst nicht vorbei; so fanden sie dort eine gemütliche Ecke. Maja fing an zu reden, denn vom gesehenen Unsinn war sie aufgewühlt. »Arbeit ist das einzige, wofür sich zu leben lohnt. Meine beste Zeit war, als ich die Enkel und die alte Tante versorgte.« Lisbeth beteuerte ihr, sie schaffe zuviel, und wie sie Herrn Violett kenne, werde er dafür sorgen, daß ihr die Arbeit nie ausgehe. Nun kämpfte Maja mit den Tränen. »Ach Gott! Wie graut mir davor, wenn er bald im Ruhestand ist! Dann nehmen seine Liebhabereien ganz überhand. Alles und jedes, auch Gott, muß für sein Vergnügen herhalten.« Als sie gar sagte, manchmal verachte sie ihn, liefen ihr die Tränen doch über die Wangen. Lisbeth wollte ihr etwas Tröstliches sagen: »Ich fürchte mich ebenfalls vor dem Ruhestand meines Mannes. Er wird dann noch viel öfters nach der Alb fahren, und dies nicht nur wegen eines alten Schulhauses.« Frau Violett schaute erschrocken. »So hat er dort eine andere?« »Es ist viel schlimmer.« »Was kann denn schlimmer sein?« Frau Pink war der heiklen Antwort gottlob enthoben. Der Umzug war vorbei, die Gaudi ging im Lokal mit Geschrei weiter. Sie konnten nicht weitersprechen.

Danach achteten die beiden Nachbarinnen darauf, sich aus dem Weg zu gehen. Im Garten stießen sie doch zusammen. Die Narren hatten den Winter vertrieben. Frühlingsblumen drangen aus der Erde. Beide schauten nach, was bereits sprießte. Übereinstimmend stellten sie fest: Am meisten Freude bereiten winterharte Pflanzen, die jedes Jahr aufs neue kommen, wie Goldlack, Tränende Herzen und Pfingstrosen. In ihren Gärten wuchsen genug von diesen Arten. Jede wünschte, den Fasnachtssonntag hätte es nicht gegeben.

Braun

Das neunte Haus gehörte zwei Besitzern: Schwester und Bruder. An- wie Abzahlung teilten sie genau. Das Häuschen hatte die Farbe braun, ein warmes Rehbraun. Den Geschwistern sprach man es gerne zu, sie hießen nämlich tatsächlich Braun. Die oberen beiden südlichen Zimmer gehörten der ledigen Blanka. Das schöne mit der Fenstertür zum Balkon, bei anderen als Elternschlafzimmer benutzt, war ihr Wohnzimmer. Das kleine daneben, sonst für Kinder gedacht, war ihre Schlafkammer. Dazu besaß sie das Vorrecht oben auf Bad und Toilette. Dem Bruder stand das längliche Nordzimmer zu. An der Außenwand konnten, wie bekannt, die Ehebetten hintereinander aufgestellt werden. Die Wandnische bot Platz für Wäsche und Kleider. Die Kinderbettchen der Zwillinge standen an der Innenwand des Nordzimmers. Die Mutter der Kinder hatte protestiert, ob das nun eine Verbesserung sei? In der vorigen Wohnung hätten die Kleinen einen eigenen Raum zum Schlafen gehabt! Das große Wohnzimmer mit der alsbald angelegten Terrasse gehörte Theo Braun. Garten, Küche, Bühne, Kellerräume, alles was Arbeit verursachte, war Lore Braun zu eigen. Sie besorgte natürlich den gesamten Haushalt. So änderte sich für sie, wie gewußt und befürchtet, nach dem Einzug rein gar nichts.

Man wunderte sich über das Geschwisterpaar. Stets gingen sie, Theo, ein anerkannter Meister, Blanka, eine tüchtige Bürokraft, gemeinsam ins Geschäft, morgens hin, zum Essen zurück, nachmittags dasselbe. Fuhr Herr Braun an den Wochenenden aus, saß seine Schwester auf dem Sozius seines Motorrads. Mit diesem hatte er nach dem Einzug Ärger. Wo er vorher in Miete gewohnt hatte, war für die Maschine ein abzuschließender Raum vorhanden gewesen. Hier mußte er sie am Geländer des Kellerabgangs abstellen. Er deckte zwar eine Plane darüber, doch so oft er in der Nacht aufwachte, schaute er nach, ob sie noch da sei. Bald wuchtete er das Fahrzeug lieber die drei Stufen der Haustreppe hinauf, schob's durchs Wohnzimmer auf die Terrasse, wo es in Sicherheit war und er auch leicht daran herumbasteln konnte. Als die Garagen standen, trennte er sich vom geliebten Stück. Wenn er jetzt mit dem Auto ausfuhr, saß Blanka auf dem Beifahrersitz und, was selten vorkam, Lore hinten, die Kinder im Arm.

Sie lebten noch nicht lange hier, da beschwerte sich Fräulein Braun beim nächst hinteren Nachbarn wegen des ständigen Lärms, dem Klavierspiel seiner Tochter. Er habe die Innenwände der Wohnung extra isolieren lassen, so laut könne es nicht sein, meinte der Mann. »Als wär's bei mir!« sagte sie etwas zu laut. Das sei doch ein schöner Lärm, wollte Lore die Schwägerin beschwichtigen. Aber sie ließ keine Ruhe, es kam zum Streit, und sie drohte mit dem Rechtsanwalt. Der Nachbar ging selbst zu einem und konnte Blanka Braun schriftlich vorlegen, zu welchen Zeiten das Kind spielen dürfe. »Meine Tochter will Pianistin werden. So müssen Sie es hinnehmen!« Sie tobte: »Sogar an den Wochenenden, wenn ich zu Hause sein kann!« Der Nachbar lachte und sagte, samstags könne sie ja für die Schwägerin einkaufen und am Sonntag in die Kirche gehen. Jahrelang schimpfte Blanka darüber, daß der Mann ihr vorschreibe, was sie zu tun habe. Sie und auch ihr Bruder grüßten die Nachbarsfamilie lange Zeit nicht.

Auf den vorderen Nachbarn dagegen warf Fräulein Braun ihren Blick: Ingenieur, ledig, und ein schöner Mann! Selbst als Blonde und Schwarze bei ihm auf dem Balkon saßen, gab sie die Hoffnung nicht auf. Als sie gar diese ersetzen durfte und er sie besuchte, war auch das Glück Lores groß. Ein erträgliches Hausfrauendasein war's, was sie für sich erhoffte. Ihr Mann war zwar abgeneigt. Ein gestandener Meister hat solch ein Ingenieurlein zu verachten. Er wußte, daß dieser seine Schwester bald betrügen werde. In Wirklichkeit fürchtete er, ihr die Anzahlung zurückgeben und die Abzahlung des Hauses allein leisten zu müssen. Felix zeigte bald deutlich, er wollte Blanka nicht zur Frau, und Lore weinte. Daß nichts daraus wurde, war nicht ihre

Schuld. Sie konnte herrliche Kuchen backen und reichte Herrn Pink manches Stück über den Draht. Als er ein paarmal ins Haus kam, hatte sie die schönsten Wurstplatten bereit, sie rannte auch in den Keller nach dem besten Wein. Später, als sie sah, wie tüchtig Frau Pink arbeitete, war sie froh, denn sie wußte, im andern Fall hätte sie zwei Häuser betreuen müssen. Blanka wollte mit der von ihr gehaßten Pinkfrau gerne Streit anfangen. »Die Büsche stehen viel zu nah an der Grenze! Dauernd liegen Blätter von drüben auf unserem Rasen. Ein Meter Abstand ist Vorschrift! Theo, unternimm etwas!« Er dachte nicht daran, doch Lore schlich in aller Frühe, wenn die Schwägerin noch schlief, in den Garten, um die herübergewehten Rosenblätter aufzulesen. Sie fand Lisbeth Pink eine nette Person, endlich konnte sie mit jemandem reden. Ihre Gespräche drehten sich freilich nur um ein- und zweijährig blühende Pflanzen.

Die Zwillinge waren fünf Jahre alt, als ins braune Haus Besuch kam. Es war Lores Zwillingsschwester. Ihre Dienstbotenzeit lag längst hinter ihr, sie hatte einen ziemlich vermögenden Franzosen geheiratet, mit dem sie im Elsaß, nah der deutschen Grenze, lebte. Früher hatten sich die beiden Schwestern geglichen wie jetzt die kleinen Mädchen. Lore sah nun abgehärmt aus, während die andere eine gepflegte, geschminkte Frau war. Im braunen Haus gab's für sie keinen Schlafplatz, doch bei Frida Rot war gerade ein Bett frei. Die Besucherin betrachtete entzückt die Zwillingsmädchen, denn diese erinnerten sie an ihre Kindheit. Mit Tränen in den Augen sprach sie davon, wie gerne sie ein Kind hätten, wie gut es diesem bei ihnen erginge. Am dritten Besuchstag schrie sie ihre Schwester an: »Du bist wohl nicht bei Trost! Die Mädchen schlafen in einemNordzimmer bei Erwachsenen, und dies in zu kleinen Betten. Jetzt basteln sie wieder am Küchentisch, als gäbe es hier kein Wohnzimmer. Deine Schwägerin belegt oben die schönsten sonnigen Zimmer und hockt doch nur unten. Wart nur! Heute abend werde ich deinem Feigling und der Drohne etwas sagen!« Lore weinte und bat, nicht zuviel zu sagen, sonst hätten sie und die Kinder das Leben nicht mehr. Ihre Schwester begann die Unterhaltung ungeschickt. Zuerst hieß sie Lore eine dumme Kuh, die sich schlimmer ausnützen lasse als eine Dienstmagd. Theo schaute böse, Blanka lachte. »Wie ich höre, heißen die Kinder hier »Kegel«, die stehen müssen oder umgestoßen werden können.« Die Tante lachte lauthals über diesen Vergleich. Das verächtliche Gelächter steigerte der Besucherin Wut. »Ich bin die Patentante!« schrie sie, »ich dulde nicht, daß die Kinder in ihren Betten die Beine nicht ausstrecken können. Ich sehe sie nur in der finsteren Küchenecke spielen, als ob es hier kein Wohnzimmer oder keine Terrasse gebe.« Der Hausherr sagte: »Wenn Blanka und ich von der schweren Arbeit heimkommen, brauchen wir Ordnung und Ruhe.« »Schließlich sind wir es, die das Geld verdienen«, fügte seine Schwester dazu. Der Erfolg des Streites war: Die Patin kaufte für die Zwillinge große Betten und richtete ihnen das sonnige Zimmerchen ein. Jeden Abend maulte Blanka, und dies jahrelang: »Im eigenen Haus muß ich im Wohnzimmer schlafen.« Sonst blieb alles wie vorher.

Als die Mädchen zur Schule gingen, hatten sie Freundinnen, bei denen sie lernen und Musik hören konnten. Sie trieben sich gern mit Gleichaltrigen in den Anlagen herum, damit sie nicht allzuviel Zeit daheim sein mußten. Ihr Vater sprach nur selten mit ihnen. »In der Schule hören wir zur Zeit vom Zweiten Weltkrieg«, sagte eines der Mädchen nach dem Abendessen. »Wir sollen unsere Väter, die Soldat waren, fragen, was sie erlebt haben, hat der Lehrer gesagt.« »Nur verdammte Scheiße!« bekamen sie zur Antwort. Ihre Mutter meinte, da diese Soldaten dem verbrecherischen Staat gedient hätten, wolle keiner davon sprechen. »Mein Vater erzählte oft von seinen Kriegserlebnissen, doch er kämpfte für einen Kaiser.« »Verschwindet!« rief die Tante, sie wolle jetzt den guten Schauspieler auf der Flucht sehen. Die größte Freude während ihrer Schulzeit war, daß sie alle Ferien im Elsaß bei der Patentante verbringen durften. Als ob sie deren leibhaftige Mutter sei, sorgte sie für Lehrstellen in einer Stadt nah der Grenze und kümmerte sich dann all die Jahre um Lores Töchter. Ins Reihenhaus kamen sie bald nur noch zu ihrer Mutter Geburtstag.

Der Besitzer des letzten Hauses der Reihe war mit einer kranken Frau eingezogen. Man wußte, welche Krankheit sie hatte, und man rechnete damit, daß er bald Witwer werde. Er war ein attraktiver Mann. Wie liebevoll er mit der Kranken umging, ließ darauf schließen, er werde auch ein braver sein. Fräulein Braun verhielt sich zu keinem Menschen der Nachbarschaft so freundlich wie zu ihm. Nur eben, allenthalben wunderte man sich, wie viele Jahre seine Frau lebte. Eines Tages fragte Blanka den Mann besorgt, wie's der Frau gehe. Er suche zur Zeit eine Hilfe, die ihr täglich zwei, drei Stunden schwerere Arbeiten abnehme, er werde diese recht gut entlohnen. »Das ist etwas für dich! Endlich selbst was verdienen«, sagte Blanka zur Schwägerin. Lore meinte, sie habe genug zu tun. »Die Mädchen sind aus dem Haus«, bruttelte Theo. »Bei mir im Büro arbeiten Frauen, die kleine Kinder haben«, sprach seine Schwester. Über Nacht hatte Lore sich's überlegt: »Wenn ich den Lohn für die Mädchen behalten kann, mache ich die Arbeit im letzten Haus.« »Sagen wir die Hälfte, wie auch bei mir alles halbiert wird.« Lore war nicht im Bild darüber, wie die Schwägerin die Finanzen der Familie verwaltete, sie wußte nur, daß für die Kinder stets zu wenig da war.

Das letzte Ehepaar war sehr erfreut, als die Hilfe aus der Nachbarschaft kam, von einer Frau, die sie achteten. Lore, die gute Hausfrau, sah sofort, wie und wo zu helfen war. Die drei, manchmal vier Stunden konnte sie geschickt im eigenen Haushalt entbehren. Je mehr Zeit sie hinten half, desto mehr Freude machte es ihr. Das Beste war, die beiden Frauen wurden Freundinnen. Sie fanden viel miteinander zu reden. Seit Lore half, hatte die Kranke Zeit zu lesen, so erwähnte sie, was aus den Romanen alles zu erfahren war. Neben dem Bügeln erzählte Lore von ihren Töchtern oder wie das gewesen sei, als ihre Eltern erschossen wurden, als sie mit der Schwester im Heuhaufen steckte. Wollte sie bei den Ihren nur das geringste aus ihrer Jugend sagen, schnitt ihr die Schwägerin das Wort ab: »Wissen wir bereits!« Die kranke Frau bat, Lore soll auch abends manchmal zu ihr kommen. »Ohne Bezahlung gern.« »Mein Mann läßt mich bei Dunkelheit nicht allein. Er muß viel zuviel bei mir sitzen. So könnte er, wie andere Männer, irgendwo einkehren.« Jedesmal, wenn Lore des Feierabends kam, fuhr er gutgelaunt weg. Einmal sagte Lores Freundin: »Er hat meinetwegen nichts vom Leben gehabt. Ich wünschte, er heiratet bald wieder, wenn ich tot bin.« »Bloß nicht die Blanka«, dachte Lore.

Der Zustand der Schwindsüchtigen ist laufend schlechter geworden. Meist war sie jetzt bettlägerig. Eine Krankenschwester kam stundenweise ins Haus. Lore Brauns Lohn erhöhte sich. Mann und Schwägerin meinten, die Hälfte davon sei zuviel für ihren Eigenverbrauch. Eines späten Abends, die Geschwister sahen noch fern, klingelte es an der Haustür. Theo sah nach. »Es geht ihr nicht gut, sie verlangt nach Ihrer Frau.« Lore war bereits im Bett, Theo ging hinauf. Der Mann wollte warten. Obwohl gerade das spannende Ende eines Krimis lief, knipste Blanka aus. Sie gebärdete sich sehr mitfühlend, doch ihrem hintersten Nachbarn kam's vor, als sei sie wie erlöst über den Lauf der Dinge. Lore war bald angekleidet. Als sie hinüber kamen, war die Frau tot. Ihre Wangen schimmerten rötlich, und sie sah schön und friedlich, wie schlafend aus. »Wie Schneewittchen«, sagte Lore. »In der anderen Welt wird einer sie wachküssen.« Darauf war er verlegen über seinen kitschigen Ausspruch.

Der Witwer bat Lore, weiterhin in seinem Haushalt einige Stunden in der Woche nach dem Rechten zu sehen, was sie gerne tat. Einige Monate waren vergangen, als der Hausherr, hübsch gekleidet, zu Lore, die eben am Gehen war, sagte: »Ich fahre nach Tettnang zu meiner Braut. Sie und ich sind froh, wenn Sie anfangs, bis sie sich hier eingelebt hat, ein bißchen helfen.« Lore erklärte daheim sofort die neue Situation. Blanka wurde bleich wie noch nie. Mitten im spannenden Krimi schaltete sie den Fernseher aus. »Dann hat er also eine Braut«, murmelte sie. »Ich glaube, schon vor dem Tod seiner Frau hatte er sie«, sagte Lore leichthin. Blanka rannte hinauf, dann hörten sie zwei Türen krachend zufallen. Theo lachte. Lore sagte: »Du freust dich wohl, daß ihr das letzte Fell davongeschwommen ist.« Weil er nichts dazu sagte, meinte sie: »Immerhin, ich bin froh, da ich den Haushalt des letzten Bewohners nicht ganz und gar allein, wie's mit ihr wäre, besorgen muß.« Ihr Mann schaute belustigt. Am andern Morgen schrie Blanka zornig: »Jetzt ist Schluß mit der Putzfrauenarbeit! Das haben wir nicht nötig!«

Rosa

Das zweitletzte Haus war rosarot gestrichen. Weil dessen Besitzer sich fast zu spät für den Kauf entschied und alle andern Häuschen vergeben waren, konnte er nur noch dieses haben. Anton fand die Farbe weibisch, gar kitschig, doch seiner Frau und Tochter gefiel sie. »Vornehm« sagte das Mädchen, »städtisch« die Mutter. Obwohl Frau Huberta vom Land, von einem Bauernhof stammte, war ihr nun das Städtische angenehm. Sie war eine der hübschen Frauen der Reihe, fein und blond. Ihr und ihrer Tochter gefiel es, wenn sie von den Reihenhausmännern freundlichst gegrüßt wurden. Herr Rosa genoß nämlich Ansehen in der Reihe, auch von der Betriebsleitung. Vielleicht hatte er doch Aufseherblut, vom Vater geerbt, in den Adern! Das mit dem Garagen brachte er zuwege. Kam von jemand eine Beschwerde, regelte er die Sache, auch gegen die Interessen des Betriebs. Allerdings, mit den nächsten Nachbarn, hüben wie drüben, war es nicht so, wie die menschenfreundliche Huberta es erhofft hatte. Mit der hälftigen Besitzerin vom Vorhaus war der Streit wegen des Klavierspielens der Tochter gewesen. Der Mann des letzten Hauses war wohl im Geschäft Antons guter Freund; in der Freizeit kamen sie kaum dazu, miteinander zu reden. Huberta Rosa wußte um die Gefährlichkeit der Krankheit von des Nachbars Frau. Im vorigen weiten Umfeld hatte sie erlebt, wie in den Dörfern junge und alte Menschen, mal rasch, mal schleichend langsam, an der Schwindsucht starben, wie Geschwister einander ansteckten. So sah sie's nicht gern, wenn ihr Mann mit diesen Nachbarsleuten redete. Ihren Kinder verbot sie, in deren Nähe zu kommen. Immerhin, die Frau des hintersten Hauses war überaus freundlich. Über den Draht rief sie, daß das tägliche Klavierspiel der Kleinen ihr Freude mache. Huberta, die gefürchtet hatte, in der Stadt keinen Menschen zu finden, an dessen Leben sie Anteil nehmen könnte, erfuhr es doch besser. Zehnfach konnte sie beobachten und mitfühlen, wie sie hier lebten. Mit den meisten Frauen redete sie gerne, egal ob vom Einkauf kommend, beim Gang zur Kirche oder bei der Teilnahme an einer Beerdigung. Sie war es, die anläßlich freudiger oder trauriger Anlässe in den Familien Geld sammelte, den Kranz bestellte, Blumen und eine Flasche Wein kaufte.

Hubertas Abgang von der Heimat war alles andere als harmonisch gewesen, trotzdem kamen ihre Gedanken von dort nicht los. Als Anton das Auto hatte, ließ sie ihm sonntags kaum einmal Ruhe, so dringend wollte sie ›hinauf‹, wie sie sagte. Fuhren sie zu Antons Elternhaus, waren die noblen Städter willkommen. Ida rief sie nach oben, und der Pfleger schenkte von seinen besten Schnäpschen ein. Unterm Dach wohnte seit Jahren schon ein anderes Ehepaar. Die Freundschaft mit dem vorigen war wohl zu groß gewesen. Inzwischen hatte Antons Bruder dank seiner guten Ausbildung in der Anstalt einen Posten. Auch eine hübsche Frau und dank ihr ein schönes Haus. Wenn sie ihn besuchten, wollte Antons Sohn, ein blonder schlanker Kerl, der sich bereits Gedanken über seine Berufswahl machte, mitkommen. Antons Bruder sagte zum Neffen: »Studier Volkswirtschaft! Wenn du in den Finanzen fit bist, kannst du es hier zu etwas bringen.« »Was haben denn die Ver…«, sie verbesserte sich, »die Behinderten mit Volkswirtschaft zu tun?« fragte Huberta lachend. Statt einer Antwort belehrte sie der Schwager: »Der Bub kann auch Bauingenieur oder Architekt werden. Bei unseren Bauvorhaben für die nächsten dreißig Jahre hätte er als solcher hier die besten Aussichten.« Am allerliebsten ging Huberta natürlich heim auf den Hof. Die Eltern wie der Bruder und seine Frau freuten sich über jeden Besuch aus der Stadt. Die Schwägerin konnte herrliches Weihnachtsgebäck machen, zur Fasnacht feine Berliner, an Ostern Biskuittorten, im Sommer köstliche Beerenkuchen und im Herbst den leckeren Zwiebelkuchen. Jedesmal bekam Familie Rosa ein Kuchenpaket mit. Weil beide Bauern auch Jäger waren, gab man Reh- und Hasenfleisch, mehr als die Städter gleich aufessen konnten. »Habt ihr denn immer noch keine Gefriertruhe?« Hubertas Schwägerin führte ihr modernes Gefriergerät vor, und weil sie schon dabei war, zeigte sie die vollautomatische Waschmaschine. Wenn Anton und Huberta heimwärts fuhren, lachten sie miteinander. Sie wußten, welche neuen Geräte anzuschaffen waren: Mixer, Entsafter und ein Dampfbügeleisen. »Wie rückständig wären wir, wenn uns auf dem Land nicht gesagt würde, was Fortschritt ist«, meinte Anton. Manchmal, bevor sie zurückfuhren, wollte Anton im Gasthaus den Onkel treffen. Er mußte hören, was der alte Bruttler zur politischen Lage sagte. Aber nichts mehr hatte er zu kritisieren! Früher habe er gemeint, er müsse ›dagegen‹ reden, heute wisse er, wie unnütz das sei. »Die Welt dreht sich ohne uns weiter«, meinte er. »Wir sind wohl zufrieden«, war auch des Schneiders Meinung, und Anton bestellte den beiden ein gutes Viertele. Obwohl ihm bei der Verwandtschaft schon einiges angeboten worden war, trank er mit ihnen. »Huberta fährt.«

Mit der Zeit kam bei den Besuchern Betrübliches dazu. Huberta fuhr meist werktags und allein in die Heimat. Ihre Mutter litt an Krebs. Sie sagte zur weinenden Tochter: »In deinem

Alter muß man damit rechnen, die Eltern zu verlieren. Ich bin's zufrieden. Dir geht es gut, Sohn und Schwiegertochter sind bei mir, ich sterbe gerne.« Sie starb überraschend, ohne daß Huberta bei ihr war, was ihr sehr weh tat. Wenn der Tod in einer Familie gewesen war, mochte er gern dort wieder einkehren. Der Vater, der lebenslustige Jäger, tat sich schwerer mit dem Sterben. Er wollte die Wiesen und Wälder nicht gern verlassen. Seine Krankheit war schmerzhaft. Huberta saß manche Stunde bei ihm und sprach von Besserung. Und doch, fuhr sie heim, hoffte sie, er werde bald erlöst. Bei seiner Beerdigung war die ganze Umgebung auf den Beinen. Antons Onkel war bettlägerig geworden. Der Schneider pflegte ihn. Beide Männer waren froh, wenn Huberta kam, und es gab für sie im Schneiderhäuschen manche Stunden zu tun. Nicht wegen der Arbeit betete Huberta bei der Rückfahrt, daß der Onkel doch sterben könne, denn es erschütterte sie, wie er jedesmal mehr dem Tod glich. Dann, wenn sie wiederkam, lebte er immer noch, und darum war sie froh, als er endlich starb. Beim Schneider war das Ende einfacher. Er war ja nicht verwandt, er starb in einem Heim. Dem Ehepaar Rosa stand noch Schlimmes bevor. Antons Vater kam plötzlich durch einen Herzinfarkt ums Leben. »Das ist ein schöner Tod«, wollten sie sich trösten. Die Vorwürfe aber, die sie sich machen mußten, weil sie ihn nie verstanden, sich nicht um ihn gekümmert, ihn gar nicht geliebt hatten, waren groß, Sohn wie Schwiegertochter fiel sein plötzliches Ableben darum schwer aufs Herz. Danach begann bald das Drama um die Frau des Aufsehers. Als ihr unheilbares Leiden im Endstadium war, operierte man sie. Sie wollte den Eingriff, und sie lag im Krankenhaus der Stadt. Huberta ging jeden Tag zur ihr, vor und nach der Operation. Verzweifelt versuchte sie, von den Ärzten zu erfahren – dies freilich vergeblich –, wie es um die Mutter stehe. Wenn sie aus der Intensivstation kam, weinte und betete Huberta, die Kranke möchte doch bald sterben können, so erbärmlich war deren Zustand. Nachher schämte sie sich, denn die Schwiegermutter erholte sich. Man entließ sie sogar aus dem Krankenhaus. Noch nicht lange zu Hause, fiel sie und brach den Oberschenkel nah der Hüfte. Wieder ging's um die Operation. Ohne eine solche käme sie nie mehr zum Gehen, und das wollte die alte Oma bestimmt wieder. Auch die Tochter Ida stimmte zu, denn eine derart behinderte Person zu pflegen, sei für sie zu schwer. Wieder ging Huberta also zur Intensivstation, sah den schrecklichen Jammer und litt mit wegen der Schmerzen. Diesmal ging's über der Mutter Kraft – ihr Todeskampf dauerte. Alle, die damit zu tun hatten, waren hinterher erschöpft. Anton sagte: »Ein alter Körper sucht beharrlich danach, das Ende herbeizuführen. Man sollte sich nicht so zäh dagegen wehren.« »Leichter gesagt als getan«, meinte Huberta.

Sein Aufseheramt nahm Herr Rosa immer weniger wahr. Er gedachte seines Onkels, der früher gemeint hatte, gegen die Gleichgültigkeit der Menschheit ankämpfen zu müssen, und mehr und mehr einsah, wie die meisten Dinge sich von selbst erledigten. Klagte jemand bei ihm über Löcher im Teerbelag des Gäßchens oder über des Nachbarn wochenlang ungemähten Rasen, ließ er's zum einen Ohr hinein und zum andern wieder hinaus, ohne etwas zu unternehmen. Frau Rosa meinte freilich, dies und das in den Häusern sei ungebührlich, mindestens erbärmlich. »Du müßtest eingreifen, ich vielleicht helfen.« Anton streichelte seiner Frau die Wange. »Laß nur, das ist jedermanns eigenes Haus und Leben. So lange keiner den andern umbringt, kümmere ich mich nicht mehr drum.« Einige Bewohner tadelten die Gleichgültigkeit des Herrn vom rosaroten Haus. Anderen war die Anteilnahme seiner Frau zuviel. Das sei pure Neugier!

Anton war mit Huberta sehr zufrieden. Sie blieb fein und hübsch. Ihre Haare waren so hell, daß sie für blond galten, obwohl sie inzwischen grau waren. In ihrem Gesicht war kein Fältchen zu sehen. Darüber war ihr Mann froh. Falten im Gesicht der Frauen gefielen ihm nämlich gar nicht. Das Allerbeste war, Huberta blieb eine gute Autofahrerin. So konnten sie weiterhin zur geliebten Verwandtschaft nach droben fahren. Dort war das besondere Glück: Der Sohn befolgte den Rat seines Onkels. Er war noch recht jung, als er im Anstaltsbetrieb die Stellung erreichte, die er sich vorgestellt hatte. Zur Freude seiner Eltern kam er dann im Dorf zu Haus, Frau und Kindern. Wenn Anton bei den Verwandten ein drittes Viertel Wein eingeschenkt bekam, wehrte er nicht ab. »Huberta fährt«, sagte er.

Die Tochter mußte früh aus dem Haus, nach Köln, Graz und sogar nach Wien. Ihre Ausbildung zu einer Pianistin war lang, mühsam und teuer. Kam sie manchmal heim, mochte sie ihre Kunst auf dem alten Klavier nicht beweisen. Dazu bräuchte sie einen Flügel! Ihr Vater wehrte sich gegen einen solchen. Er wolle sich in seinem Haus noch umdrehen können! Das Mädchen war zwar eine gute, aber keine berühmte Pianistin geworden. Manche Preise hatte sie erspielt und war bei Konzerten als Solistin aufgetreten. War sie zu Hause, jammerte sie, wie schwer dieser Beruf doch sei bei dieser großen Konkurrenz. Sie war um Mitte zwanzig, als sie etwas anderes zu bejammern hatte: Von einem verheirateten Musiker war sie schwanger, mußte also für gewisse Zeit im Rosahäuschen sein. Ihre Mutter gebärdete sich wild und untröstlich wegen der Schande, tägliche Tränen und nicht endenwollende Vorwürfe dem Mädchen gegenüber. Als Hubertas Verzweiflung ausartete, gebot Anton dem ein Ende: »Du bist recht vergeßlich«, sagte er zu ihr, »soviel ich mich erinnere, taten wir zwei ebenfalls das Hintere vor dem Vorderen. Mir ist jedenfalls ein Kinderbett in der Stube lieber als ein Flügel.« Die Bewohner der Reihe schauten zwar ein bißchen erstaunt auf das, was im zweitletzten Haus vor sich ging. So besonders interessant fand es aber niemand. Nur Fräulein Braun lachte sich deswegen krumm. »Das hätte sie billiger haben können!« lärmte sie, man hätte es drüben hören können. Es kam ein reizendes Kind zur Welt. Drei Jahre lang durften seine Großeltern das Büblein bewundern und lieben. Die Musikerin fand aber ihren Weg erfolgreich weiter. Sie gründete eine Familie, und als sie den Sohn zu sich holte, tat dies Huberta gebührend leid. Keines der fünf Enkelkinder liebte sie je so sehr wie dieses. Zu ihrem Leidwesen lebte es weit von ihr entfernt. Jetzt konnte Huberta ihr mitfühlendes Herz wieder vermehrt den Nachbarn zuwenden.

Anthrazit

Das erste und das letzte Haus der Reihe waren grau. Während das vorderste diese Farbe einigermaßen freundlich zeigte, war das letzte dunkel, düster, eben anthrazitfarben gestrichen. Ein alleinstehendes Haus hätte man niemals derart dunkel anstreichen dürfen. In der gescheckten lustigen Reihe bildete diese Farbe jedoch einen gelungenen Schlußpunkt. Punkte sind nun einmal schwarz. Das Gute war, drinnen in diesem Haus war es so hell wie in keinem. Durch die drei Giebelfenster, die hier südwestwärts, nicht nordostwärts wie im ersten Haus lagen, schien die Nachmittags- und Abendsonne. So waren das Treppenhaus, das Wohn- und Kinderzimmer freundlicher als in anderen Häusern. Die Frau des Käufers, die krank war, wollte das sonnige Kinderzimmer als Schlafgemach. Sie sagte, sie huste viel und wolle den Mann nicht im Schlaf stören. Was sie nicht sagte: Den Ehemann fürchtete sie bei zu großer Nähe anzustecken. Hier lebte also Helmut Anthrazit mit seiner Frau Eva. Diese sah man nicht sehr oft. So weit hinten hatten die vorderen nichts verloren! Wenn die Frau, selten in Begleitung ihres Mannes, die Reihe entlang ging, sagten manche, sie sei die schönste der Frauen: weiß wie Schnee ihre Haut, rot wie Blut ihre Wangen, schwarz wie Ebenholz die Haare – eben wie Schneewittchen. Eva war umsorgt. Helmuts Eltern lebten in der Nähe. Seine Mutter half im Haushalt, sein Vater versorgte Garten und Gasse. Von ihrer Verwandschaftsseite bekam Eva keine Hilfe. Die Geschwister lebten fern mit ihren Familien, und die Eltern waren froh, die kränkliche Tochter so gut versorgt zu wissen.

Als die Garagen gebaut waren, war's mit der schönen Ruhe vorbei. Die Autobesitzer, darunter ein paar Garagenmieter, holten ihre Fahrzeuge. Die Anlaßgeräusche waren laut, die Deckel der Kofferräume schepperten, ohne Krach ließ sich keine Autotür zumachen. Kamen die Fahrer zurück, wiederholte es sich, und die Tore knallten zu. Herr Anthrazit und sein Vater pflanzten am hinteren Rand des Rasens eine dichte Thujahecke. Sie hielt den Lärm nur schwach ab. Die gute Luft, die sie suchten, war zweifelhaft geworden. Gingen die Leute vorbei, schauten sie sich um, ob die Kranke zu sehen sei. Eva war eine geduldige Person, die kaum klagte, sondern beteuerte, wie sehr es ihr auf der Terrasse gefalle. Nur wenn sie meinte, niemand sehe es, weinte sie, und wenn sie wähnte, niemand höre sie, sang sie, was sie sehr schön konnte: Kinder-, Frühlings- und Adventslieder, wie einst mit den Kleinen im Kindergarten.

Wie es im Leben ist: Fangen schlechte Zeiten an, folgt eine Unbill der anderen. Evas gute Schwiegermutter war krank geworden. Ihr Mann pflegte sie bis zum Tode, um bald selber zu sterben. Der Zustand der jungen Frau hatte sich zu dieser Zeit verschlechtert. Sie war meist todmüde, und ihre Temperatur war zu hoch. An der Beerdigung ihres Schwiegervaters konnte sie nicht teilnehmen. Vor dem Leichenhaus standen nur wenig Trauergäste. Der Verstorbene war ein stiller, wenig bekannter Mann gewesen. Helmut sah Monika, seine frühere Freundin, stehen. Er ging zu ihr, um zu sagen, wie sehr er sich freue, sie bei diesem Anlaß zu sehen. »Dein Vater! Ihn mochte ich besonders gern.« Helmut war nun verlegen geworden. Er stotterte, als er fragte, wie es ihr gehe. »Gut«, sagte sie, »wir haben drei Kinder.« Das war eine müßige Frage gewesen. Sah er doch, wie gesund, gepflegt und hübsch Monika aussah! Während der Trauerfeier mußte sich Herr Anthrazit anstrengen, den Gebeten und Worten des Priesters zu folgen, so sehr beschäftigte ihn die Begegnung mit ihr.

Er wollte sie bei seiner Frau nicht erwähnen, konnte es aber doch nicht lassen. »Monika war da«, sagte er und bereute es sofort. Aus Evas Augen liefen Tränen, und ihr Schluchzen war bitter: »Ich und du, wir waren damals grausam herzlos mit ihr. Dabei wäre es für dich besser, du hättest Monika statt meiner genommen.« »Ich wollte aber dich!«, und er erschrak, wie heiß ihr Gesicht war, als er's zwischen seine Hände nahm.

Nach schlechten Zeiten folgten bessere. Bisweilen konnte Eva den Haushalt ohne Hilfe besorgen, als ob die bösen Bazillen dieses Menschenkind so lange wie möglich schonen wollten. Nun sang Eva, auch wenn man es hören konnte. Über den Draht rief sie, wo denn das schöne Klavierspiel sei. »Die Spielerin ist in Wien«, gab Anton Rosa Auskunft. Bei seiner Frau lachte er: »Wenn das ihr größter Kummer ist, können sie hinten zufrieden sein.« »Wartet nur!« Frau Rosa kannte das heimtückische Auf und Ab der Krankheit. Allenthalben wunderte man sich über die schöne Eva. Ihr Mann griff nach jedem Hoffnungsschimmer. Wußte er doch aus eigener Erfahrung, daß vollständige Heilung möglich war. So oft wie möglich fuhr er mit Eva in die Berge, in die gute Luft. Seinen Urlaub verbrachte er nur an Orten, in denen seine Frau im Kuraufenthalt war. Da kam's ihnen vor, als seien sie verliebt wie damals, als sie sich kennenlernten. Verbotener- und heimlicherweise liebten sie sich in fremden Zimmern viel inniger als daheim. Sie gingen fröhlich die gepflegten Wege, lachten und küßten sich hinter Parkbüschen. Im dunkelfarbenen Haus ereignete sich wenig, besser gesagt, gar nichts, und dies erstaunlich lange.

Mit Frau Anthrazit ist es doch wieder schlimmer geworden. Nachts schreckte sie auf, wenn die Garagentore zuschlugen. In der Gasse sah man sie nicht mehr, hörte sie auch nicht singen. Leute, die zu ihren Autos gingen, schauten neugierig ins letzte Küchenfenster. Sie wollten sehen, wie weit es mit der Verschlechterung stehe. Eine Frau, die sie im Garten sah, meinte bei der Nachbarin: »Sie sieht ihrem Erlöser immer ähnlicher.«

»Meinen Sie dem Tod?« Dieser mangelte es an Phantasie. Nun war es Zeit, daß Herr Anthrazit sich nach einer Hilfe für seine Frau umschaute, und zum Glück war die gute Frau Braun dazu bereit. Mit ihr konnte die Kranke über vieles reden, ihr auch sagen, wie sehr sie ihrem Mann ein schöneres Leben wünsche, eines ohne sie. Wenn Helmut Eva nicht allein wußte, also Lore Braun bei ihr saß, fuhr er nun abends und sonntags fort. Seine Nachbarin Huberta hätte gern gewußt wohin. Lore Braun wurde von ihrer Schwägerin des öfteren angeschrien: »Wohin fährt er denn? Du mußt es doch wissen!« »Ich glaube, er kegelt gern«, und dazu lachte Lore.

Alle in der Reihe hatten Helmut Anthrazit bewundert und deswegen geachtet, wie er all die Jahre so gut zu seiner kranken Frau gewesen war. Darum staunte man, als er nach ihrem Tod so bald eine andere hatte. Im November war Eva gestorben, schon an Ostern machte der Witwer Hochzeit. Die neue Frau war das Gegenteil von Schneewittchen. Sie war wesentlich jünger als er, eher sportlich grobschlächtig, auch im Gesicht etwas behaart, blond, groß und kräftig. Auch im Wesen hätte sie von der Vorgängerin nicht abweichender sein können. Sie sprach laut und gerne mit den Nachbarn. Ihre Stimme hörte man bis weit nach vorn, wenn sie mit Handwerkern Meinungsverschiedenheiten hatte. Das schwarze Haus wollte sie nämlich innen ganz anders haben. Der Baulärm tönte bis vor zum weißen Haus, und dies wochenlang. Die meisten Hausbesitzer zeigten dafür Verständnis. Wegen der Kranken war hinten alles beim alten geblieben. Nur Fräulein Braun drohte mit einer Anzeige wegen des Höllenlärms. Im nächsten Rosahaus, wo der Krach wirklich unerträglich zu hören war, nahm man ihn geduldig hin. Frau Huberta ereiferte sich: Der Krankheitskeime wegen müssen Kloschüsseln, Bad, Böden und Tapeten herausgerissen werden. »Die Neue ist hygienebewußt«, lobte sie. Es sprach sich herum, sie sei wohlhabend. Warum und woher wußte man nicht, eine reiche Witwe vermutete jemand. Dies bestätigte sie nicht, doch tat sie lauthals kund, in den Schweizer Bergen habe sie eine Hütte. »Dort werden Helmut und ich oft Urlaub machen.« Frau Rosa mutmaßte, dort werde Anthrazits neue Frau wohl eher ein Haus als eine Hütte haben.

Nestflüchter – Nesthocker

Keines der Kinder, die hier aufwuchsen, hielt es in der bunten Reihe. Es war gerade, als ob sie sich der Farben schämten. Etliche sind für immer ausgeflogen, andere kamen nur noch zu besonderen Anlässen für ein paar Stunden zurück. Auch von den Besitzern und deren Frauen sind manche geflüchtet oder waren gezwungen, das gewohnte Nest zu verlassen. Das Alter nahte, so war's natürlich, daß der Tod nach den Bewohnern schielte. Es sind gefährliche Jahre für die Frauen im Wechsel und für die Männer in der Ruhe, mit der mancher nichts anzufangen weiß. Wer diese Zeit gesund übersteht, kann auf ein rechtes Alter hoffen. Der Tod hat auch anderweitig und überall herum zu tun. So vertrieb er die Leute in der Reihe in Abständen und nicht der Reihe nach. Die Lücken, die er hinterließ, schlossen sich zum Teil wieder. Fremde Menschen nisteten in den Häusern.

Die zweite Frau im letzten Haus sagte zu Lore Braun: »Behalten Sie unseren Hausschlüssel! Da wir oft weg sind, bin ich froh, wenn bei uns jemand nach dem Rechten sieht.« Der zweite Sommer nach dem Tod der ersten Frau war heiß und trocken. Das Ehepaar wollte ihn in den kühlen Schweizer Bergen verbringen. Die Nachbarin bekam den Auftrag, die Räume zu lüften und die Zimmerpflanzen zu gießen. »Für die Sorge um den Garten bezahle ich einen mir bekannten Rentner«, sprach Frau Anthrazit. Wie froh war Lore, abends in das ihr bekannte Haus zu schlüpfen! Dort saß sie bis spät auf der Terrasse und schaute dem Rentner zu, wie er jätete und goß. Das war ein netter Mann! Nach zwei

Abenden setzte er sich zu ihr. Und oh Wunder! Sie stammten aus derselben Gegend im Osten. Er kannte ihren Heimatort, sie den seinen. Als er aus dem Krieg gekommen war, hatte er weder Angehörige noch Heimat mehr. Hier in Süddeutschland fand er Arbeit und eine Frau. »Sie konnte kein Kind bekommen, und sie ist leider viel zu früh gestorben.« Lore erzählte von der schrecklichen Flucht. Da legte er seine Hand auf die ihre. Am nächsten Abend brachte er ein Fläschchen Wein und sie Johannisbeerkuchen. Sie saßen, bis es ganz dunkel war. Lore sprach über ihre Ehe, und es war klar, sie berieten, wie ihr Leben noch zu ändern wäre. Blanka, die mit dem Bruder einen späten Krimi anschaute, schrie die Schwägerin an: »Was machst du denn so lange da hinten?« Im Haus seien viele Bücher, darin lese sie, log Lore. Huberta Rosa, zwischen den beiden Häusern, wußte: »Hier hinten gibt es eine weitere Veränderung.« Ihr Mann lachte darüber, was sie im voraus bereits sehe. Helmuts Frau kündigte die baldige Rückkehr an. Der Rentner drängte. Eines Abends ging er mit ins braune Haus. Zu den Geschwistern sagte er: »Lore hat die Scheidung eingereicht.« Die beiden fielen aus allen Wolken auf den Fernsehsessel. »Ich habe einen Rechtsanwalt!« schrie Blanka. »Wir auch«, sagte Lore. »Dann willst du also weggehen?«, und Theo schaute wie ein Kalb. »Ja, zu den Töchtern. Wir haben dort bereits eine Wohnung.« Er wollte protestieren, doch seine Schwester begann ein Gelächter: Wenn sie bald beide gleichzeitig im Ruhestand seien, bräuchten sie Lore nicht mehr. Es ließ sich alles regeln. Lore Braun zog leichten Herzens mit dem neuen Mann in die badische Stadt, in der die Töchter lebten. Von dort war's nur ein Katzensprung ins Elsaß, so hatte sie ein neues Leben. Nachts träumte sie oft denselben üblen Traum: Sie stand vor Bergen von Blankas schmutziger Wäsche und wußte diese nicht zu waschen. Wachte sie neben dem geliebten Mann auf, war sie sehr froh. Sie dachte: Die Eva und ich – wir beide sind den gescheckten Nestern entkommen.

Die überfleißige Hausfrau Maja Violett spürte, daß sie krank war. Nach jeder Arbeit war sie todmüde. Das widerlich Blutende meinte sie hinter sich zu haben, da stellte es sich in unregelmäßigen Abständen wieder ein. Ab und zu hatte sie Schmerzen im Leib. Sie wollte unter allen Umständen gesund sein, darum ging sie nicht zum Arzt. Ein solcher, das wußte sie, würde ihr die Gesundheit absprechen. Wie sollte denn Karl, der kein Wasser warm machen konnte, ohne sie existieren? Maja trieb's viel zu lange. Ihr Mann sah nicht, wie's um sie stand. Er tadelte sie, wenn der Rasen zu hoch stand, und beschwerte sich: »Warum verlierst du denn an Gewicht? Du weißt doch, magere Weiber mag ich nicht!« Erst als sein Frühstück nicht zur rechten Zeit auf dem Tisch stand und es statt eines guten Mittagessens allzuoft Pellkartoffeln gab, schickte er Maja zum Arzt. Dieser schenkte Herrn Violett reinen Wein ein. Seine Frau konnte ihm doch helfen! Eine Verwandte, die bereits ihre Eltern, die Kaufmannsleute, bis zu deren Ende gepflegt hatte, bat sie um Hilfe, und diese Großnichte war bereit, ins violette Haus zu kommen. Die ledige Frau war noch nicht ganz fünfzig. Im Remstal, nah bei Stuttgart, hatte sie ein Haus geerbt. Sie konnte es jederzeit verlassen, denn ihre etwas behinderte Schwester schaute danach, daß mit den beiden Mietparteien alles in Ordnung lief. Majas Großnichte war groß und schlank, mit etwas harten Falten im Gesicht. Solche Frauen gefielen Karl eigentlich nicht, er drehte sich nach den rosigen drallen um. Die neue Hausgenossin trug weite lange Röcke, an deren Saum feine weiße Spitzen des Unterrocks vorblitzten. Die Kranke pflegte sie vorbildlich, den Hausherrn bekochte sie gut. Seine Unfähigkeit, selber etwas zu tun, gefiel ihr. Bebe aus der fernen Stadt, die Nachbarsfrauen besuchten und bedauerten Maja. Arzt und Pfarrer kamen. Sie schämte sich ihrer Hinfälligkeit und Abgezehrtheit, darum war sie am liebsten allein. Kam Karl in ihre Nähe, schüttelte sie den Kopf. Eine große Gleichgültigkeit ihrer Umgebung gegenüber überkam sie. Meist wähnte sie sich im

Garten am See. Der Zöllner war bei ihr. Miteinander sahen sie das Wasser glitzern und hörten das Nebelhorn tuten. Eine Krebskrankheit kann länger dauern, als man meint. Für Karl Violett dauerte die seiner Frau jedenfalls zu lange. Die vorspitzenden Unterröcke gefielen ihm immer besser. Ihre Trägerin wehrte sich eine Weile dagegen, sie vor ihm auszuziehen. Dann stellte sie Bedingungen: Nach Majas Tod müsse er sie heiraten, mit ins Remstal ziehen. Bald nach der Beerdigung, mit vielen Trauergästen und herrlichem Kranz der Reihenhäusler, verließ Karl das violette Häuschen, den Spitzenunterröcken folgend. Sein Haus vermietete er an die Enkelin, die bereits drei Kinder hatte. Dort, wo er nun lebte, gefiel's ihm zunächst. Jetzt waren zwei Frauen da, die ihn bedienten. Er war noch ein hübscher Mann. Kein Härchen fehlte auf seinem Kopf, kaum ein graues war darunter. Seiner Schwägerin gefiel er sehr. Sie war etwas zu klein geblieben, ziemlich mollig, in ihrem Gesicht war eine Spur Einfalt zu entdecken. Als behindert galt sie, weil sie in der Schule weder schreiben noch lesen hatte lernen können. In allen praktischen Arbeiten war sie geschickt, und sie war eine herzensgute Person. Jetzt wollte sie stets in der Nähe des Manns ihrer Schwester sein. Den Zustand des Verliebtseins erlebte sie zum ersten Mal. Karl lachte und schwatzte mit ihr. Manchmal streichelte er ihr Hand und Wange. Sie war zu ungeschickt, ihr Glück zu verbergen. Karls Frau konnte grantig sein. In der Kirchengemeinde hatte sie wichtige Ämter, darum war sie oft außer Haus. Der gesellige Karl suchte Nachbarn und Freunde – die er nicht fand. Kein Mensch wollte seine Witze hören. Die alten Arbeitskameraden, der Kegelklub, der Narrenverein fehlten ihm. Er suchte die Kirche. Sie war so evangelisch wie seine zweite Frau. Statt einer katholischen Kirche gab's nur einen Betsaal. Vorbeter wie Vorsänger waren vorhanden, darum konnte es ihm dort nicht gefallen. Nach etlichen Jahren fing er an zu jammern. Er magerte ab und hatte Nierenschmerzen trotz des vielen heißen Tees, den die Schwägerin ihm kochte. »Das

Heimweh frißt mich auf.« Die Kleine weinte, die Große lachte. »Lächerlich«, sagte sie, »Heimweh ist für Kinder.« Karl mußte zum See fahren, in der Hoffnung, dort, wo er herkam, sich wieder einzunisten. Obwohl er wußte, daß sein Haus nun weiß war, sehnte er sich nach dem violetten. Die weißen Hauswände stießen ihn ab, und drinnen war alles auf Kinder abgestellt bis zur einbetonierten Schaukel im Rasen. »Bleib nur, Mädchen«, sagte er zur Enkelin, die mit dem vierten Kind schwanger war, und fuhr eilends zurück. Danach ging's mit ihm rasch bergab. Der Arzt sprach von Vergiftung. Seine kleine Schwägerin schluchzte: »Haben wir dich vergiftet?« »Du bestimmt nicht. Es war die Fremde.« Die Sitte der Kranzspende war aufgegeben worden, so bekam die Witwe eine Beileidskarte. Karl hatte viel von Gottes Gerechtigkeit geredet, die Zöllnerin geschimpft, da sie kein Testament zustande brachte, jetzt hinterließ er selber keines. Laut Gesetz kam sein Haus zur einen Hälfte an die Witwe, zur anderen an den Sohn des Verstorbenen. Die Erbin sagte lachend zur weinenden Schwester, die Krankenpflege bei Maja habe sich gelohnt. Karls Sohn Stefan, ein ziemlich wohlhabender Mann, fand die Witwe ab. Er kümmerte sich nie um die Eltern, halste ihnen höchstens seine Kinder auf. Diese rief er zu sich und sprach: »Wie eh und je will ich von dem Armenhaus nichts wissen. Es gehört euch. Streitet miteinander darum!« Alexander war in Uniform, ein Kämpfer, doch privat war er für Frieden. Er schaute belustigt seine Schwester an. Diese gab ihrem vierten Kind ungeniert die Brust. Es nuckelte, dann stieß es auf, und Milch lief übers Kleid seiner Mutter. Jetzt mußte Bebe lachen. Er sagte: »Ich habe bei den Großeltern im violetten Häuschen eine sehr schöne Kinderzeit gehabt. Bestimmt wäre es nach Majas Willen und zu deren Freude, wenn es deinen Kindern dort ebenso gut ginge. Sorge dafür! Das Haus soll allein dir gehören.«

Das Grau des ersten Hauses war schäbig geworden. Der Besitzer, Uwe, war als erster der Männer in den Ruhestand gekommen.

Jetzt konnte der Sohn heiraten und mit seiner Frau in der Stadt leben. Seit dieser Veränderung war Wilma aus ihrem stumpfsinnigen Trott gerissen. Sie lief wieder fort, als müsse sie dringend etwas suchen. Uwe, der gemeint hatte, wenn er in Rente sei, könne er seine Frau besser umsorgen, versuchte sie zu begleiten. Jedesmal rannte sie rasch davon. Die Leute der Umgebung kannten die verrückte Frau. Sie lachten dazu, so ließ Uwe sie laufen. Er wußte ja, wohin sie ging und daß sie wiederkam. An einem ganz besonders häßlichen Nachmittag im späten November machte sie sich hastig zum Ausgehen zurecht. Der Mann bat, bei diesem wüsten Wetter doch daheim zu bleiben. Er hätte es wirklich wissen müssen! War sie in Unruhe, war sie keinem logischen Argument zugänglich. Sie ging trotz Regen und kaltem Wind auf die Straße hinaus. Zu dieser Jahreszeit dunkelte es früh. Uwe lief ihr entgegen, doch auch droben beim großen Haus war sie nicht. Er dachte, sie sei auf einem Umweg nach Hause gegangen. Es hatte nun stark zu schneien begonnen und war dunkel geworden. Uwe rief den Sohn an: »Wilma ist noch nicht da! Wir müssen sie suchen!« Mit dem Auto fuhr der Sohn bei dichtem Schneefall langsam die Straße hinauf. Sie war menschenleer, bei den Häusern niemand zu sehen. Sie fuhren ein Stück weiter. »So weit kann sie bei diesem Wetter nicht gegangen sein«, sagte der Sohn und wendete. Nun hatten sie einen anderen Blick. Hinter dem großen Haus war der Kinderspielplatz mit Bänken, für Mütter die den Sprößlingen zuschauen mochten. Auf einer Bank saß jemand, wie ein Schneehaufen sah es im Scheinwerferlicht aus. »Mein Gott! Halt!« schrie Uwe. Noch in der Nacht riefen sie den Arzt. Gegen das hohe Fieber kam er nicht an. Nach einigen Tagen starb Wilma, ohne noch ein Wort gesprochen zu haben. »Unterkühlung oder Lungenentzündung«, sagte man und zuckte die Achsel, als wär's gehupft wie gesprungen. Am Heimweg vom Friedhof sagte eine Frau zur andern: »Jetzt hat Uwe Grau ein einfacheres Leben.« Doch er war bloß einsam. Vor allem bei den Mahlzeiten vermißte er die

Frau. Ihr hatte es immer geschmeckt, auch wenn die Speisen mißlungen waren. Sie aß gerne und viel. War sie satt, lachte sie ihn an, und das war immerhin eine Freude gewesen. Unglücklicherweise ging's Weihnachten zu. »Du kannst die Feiertage bei uns verbringen«, boten die Jungen an. Drei Tage vor dem Fest bekam Uwe den Anruf seiner jüngsten Schwester: Er solle kommen! Sein »Kleiner« habe sich für die Feiertage angesagt. Die Schwiegertochter wollte ihn von der Reise abhalten. Auf unerklärliche Weise freute sich Uwe darauf, diesen Sohn zu sehen. Vielleicht meinte er, durch ihn seiner Frau nahe zu sein. Er war ihr Liebling gewesen, den sie bis an ihr Ende gesucht hatte. Es drängte ihn, ihm vom Tod seiner Mutter zu erzählen. Seine Schwester hatte ein großes Haus und einen großzügigen Mann. Die Hälfte vom Geld, das er dem Schwager für den Hauskauf vorstreckte, wollte er nicht mehr haben. Die Familie mit drei halberwachsenen Kindern wollte ein fröhliches Fest mit köstlichem Essen feiern. Der Gast war angespannt. Er horchte auf Geräusche von draußen und schaute oft nach der Tür. Spät am Heiligabend sagte seine Schwester: »Wir haben drei Feiertage.« Diese gingen vorbei. »Sicher kommt er zu Neujahr«, beschwichtigte sie. Am Abend des Neujahrstags sprach Uwe: »Ich will euch nicht länger lästig sein. Übermorgen fahre ich zurück. Morgen will ich noch die Gräber besuchen.« Die jüngere Nichte bat: »Onkel, bleib noch eine Weile da! Das Warten hat dich krank gemacht.« Uwe sah nicht gesund aus, seine Haut war grau. Der Schwager meinte: »Sei froh, daß du den Halunken nicht sehen mußtest! Bereits als er vor Jahren hier war, bot er keinen schönen Anblick – bärtig und verwahrlost.« Jetzt war Uwe noch bleicher geworden. Er hatte den jungen Burschen erwartet, der so sehr seiner Mutter glich. Auf dem Friedhof ging er ans Grab seiner Eltern, auch eine der Schwestern war inzwischen gestorben. Er suchte das Grab der Schwiegereltern. Dieser Teil des Friedhofs war verändert worden. Das Grabmal des Apothekerpaars stand in unbelegtem Gebiet. Es sah groß und prächtig aus, war auch schön geschmückt. Die beiden hatten wohl ihre Hinterlassenschaft einem Gartenbaubetrieb für die Grabpflege übertragen, ihrer Tochter hatten sie nie zu viel gegönnt. Er erinnerte sich daran, wie Wilma hier einst so sehr die Fassung verloren hatte. Plötzlich bekam er Schmerzen in der Brust. Diese hatte er schon öfters verspürt, aber noch nie so heftig wie jetzt. Es war ihm übel, und er mußte sich auf die nahe Bank setzen. Das Lichtlein der Laterne auf dem Grab fing an zu flackern, dann hüpfte es auf und ab – zu seinem Schrecken immer näher auf ihn zu. Als er zum Mittagessen nicht kam, sagte die Schwester: »Er wollte doch noch die Fahrkarte kaufen! Ich fahre zum Friedhof, ihn holen.« Dort herrschte große Aufregung. Auf einer Bank hatte man einen toten Mann gefunden. Sein großer Sohn kam gleich am anderen Tag. Sie beschlossen, daß Uwe in seiner Heimatstadt begraben wird. Die Kleine des Hauses weinte. »Es ist ganz verkehrt! Dem Onkel hat es im Süden gefallen, Tante Wilma hatte Heimweh nach dem Norden. Nun müssen beide da liegen, wo sie nicht sein wollten.« Ihr Vater wies sie zurecht, es sei ganz und gar egal, wo unsere sterblichen Überreste seien. Seine Frau beteuerte, sie werde Uwes Grab schön pflegen. Ihr Neffe versprach, auch Wilmas Grab werde nicht vergessen. Er verkaufte das graue Haus, sobald es nur ging. Ein tüchtiger junger Mann vom Betrieb, nur an Werksangehörige durfte verkauft werden, konnte sich fürs erste Haus entschließen. Der Kaufpreis war lächerlich gering. Die Reihenhäusler ärgerten sich darüber, daß ihr Eigentum so wenig wert sein solle. Anton Rosa stellte Uwes Sohn deshalb zur Rede. Erstens, sagte dieser, auf Geld sei er nicht angewiesen, zweitens wolle er nicht, daß sein Bruder, der Taugenichts, dem die Hälfte zustehe, allzuviel zum »Verlumpen« bekomme. »Drittens hat der Käufer eine Unmenge Geld ins Haus zu stecken. Beim Zustand meiner Mutter war jede Neuerung unmöglich. Keine Terrasse ist da, Türen, Fenster, Fußböden, Heizung – alles muß er neu machen.« So beruhigte man sich von vorne bis hinten. Das Erbe des »Lumpen« war mit Zinsen angelegt. Beim Notar, dem Bruder und der Tante in Norddeutschland lag der schriftliche Bescheid, daß er über das Geld verfügen könne. Am Karsamstag kam er zur Tante. Sie weinte, als sie ihn sah. »Warum erst an Ostern? In der Weihnacht hat sich dein Vater zu Tode gewartet.« Er zuckte die Achseln – es habe sich nicht ergeben. Dann setzte er sich auf einen Sessel, den Hund am Halsband fassend. Tantes Mann kam dazu. »Hau ab! Wir lassen uns nicht noch ein Fest von dir verderben!« Der Hund knurrte böse. »Den frühen Tod deiner Eltern hast du auf dem Gewissen, und ...« Er wollte viel mehr sagen, der Hund bellte aber so laut, daß nichts mehr zu verstehen war. Die Tante brachte das Kuvert. Er riß es auf und lachte widerlich laut, als er las. Ohne Gruß verließ er das Haus. Frau Huberta Rosa ging abends zur Maiandacht. Als sie um die graue Hausecke zur Straße kam, stand da ein Mann. Sie erschrak, denn sie erkannte ihn trotz seiner Verwahrlosung, wohl an der immer noch vorhandenen Ähnlichkeit mit seiner Mutter. Der Mann grüßte nicht, er schaute die graue Hauswand hinauf. Zu seinen Füßen schlief ein Hund. Huberta ging nicht zur Kirche, sondern bald wieder heim. Diesem Kerl wollte sie bei Dunkelheit nicht begegnen. Sie sah ihn nicht mehr. Auch sonst, außer einem Mann der Sparkasse, sah ihn niemand mehr in der Stadt, nicht einmal sein Bruder.

Das zweite Haus hatte nicht mehr die Farbe frischer Maiskolben, eher das Fahle der Blätter, die sie umhüllen. Der Besitzer Eduard hatte vorzeitig in den Ruhestand gehen müssen. Seine Krankheit, an der er schon lange litt, von der seine Frau sagte, sie sei eine eingebildete, war zum unabwendbaren Todesurteil geworden. Als sein vorderer neuer Nachbar anfing, das Innere seines Hauses auf den neuesten Stand zu bringen, war es für den Kranken kaum auszuhalten. Die Handwerker kamen frühmorgens. Der Käufer war ein geschickter Mann, er konnte manches selber ausführen. Daher arbeitete er am Feierabend bis spät in die Nächte hinein. Der Höllenlärm, den Preßlufthämmer und Schlagbohrer verursachten, war bis zum sechsten Haus zu hören.

»Es ist, als werde bei mir gebaut«, jammerte Eduard. Zum Glück begann die warme Jahreszeit. Er stellte den Liegestuhl auf die Terrasse und hörte da dem Baulärm zu. Seine nächste Nachbarin hatte nah an der Grenze einen dichten Busch. Sie bot Eduard an, den Stuhl doch auf ihre Seite zu stellen. Das Gebüsch halte den Krach etwas ab, dazu gebe es mehr Schatten als Regines Sonnenschirme. Danach war für den kranken Mann weniger zu klagen. Er hatte es gerne, wenn die Nachbarsfrau ihm zuhörte. Er redetet von Dingen, die Regine nicht wissen wollte. »Alles ist Zufall«, sprach er. Wenn er nicht in Vorarlberg gearbeitet hätte, sein Freund nicht gefallen wäre, dann wäre Regine nicht seine Frau. So wußte er viele Beispiele für die Allmacht des Zufalls. In einer anderen Woche schaute er sehnlich nach seiner Zuhörerin. Neue, gegensätzliche Gedanken waren ihm durch den Kopf gegangen: Dem Menschen sind die Wege vorbestimmt! »Keiner kann seinem Schicksal entkommen«, sprach er. Wenn Luise von Veranlagung, guten und schlechten Lebensumständen oder Vorbildern redete, ließ er das nicht gelten. Je weiter der Sommer und Eduards Krankheit fortschritten, desto lieber redete er vom nächsten Leben, der Ewigkeit. Er hatte dazu solch bestimmte Vorstellungen, daß Luise nicht wagte, ihre Meinung dazu zu sagen. Sie mochte ihn nicht betrüben. Geduldig hörte sie ihm zu, wie er vom ewigen, stets warmen Licht ›drüben‹ schwärmte. Es war ihm wohl zu kalt im Liegestuhl. Als der Herbst kam, war er bettlägerig. Luise besuchte ihn. Jetzt verhielt er sich wie ein Sterbenskranker, teilnahmslos, ohne Worte. Bevor der Winter begann, zog die neue Familie im ersten Haus ein. Nur ab und zu surrte noch ein Bohrer in der Wand. Als der Frühling nahte, starb Eduard. Bei der Spende für den Kranz wollte der ›Neue‹ nicht mitmachen. Er hatte sich bald als Sprecher für alle erwiesen: »Das ist ein alter Zopf! Bei den vielen alten Leuten der Reihe eine zu häufige Ausgabe! Für alle, die neu zuziehen, eine Zumutung!« Die meisten sahen es gerne ein. Dafür bekam Eduard von einem Herrn der Betriebsleitung einen besonders prächtigen Kranz aufs Grab gelegt. Den Heimweg von Begräbnissen war Huberta Rosa vordem mit Maja Violett gegangen. Da diese nicht mehr war, redete sie mit Frau Pink: »Eduard hätte ein besseres Leben verdient!« »Wenn wir schon auf Erden das bekämen, was wir verdient haben, bräuchte man weder Himmel noch Hölle.« Daheim bruttelte Huberta: »Mit Felix' Frau ist nicht zu reden.« Ihr Anton lachte. Beim Totenmahl, als die Männer des guten Verstorbenen gedachten, hatte er ein paar Viertele getrunken, daher die freche Antwort: »Sie wollte wohl nicht mit dir über die Witwe lästern.« Das kommende Frühjahr war schön, der Sommer heiß. Auf der Terrasse des zweiten Hauses ging es wieder lebhaft zu. Im vorigen Jahr war dort wegen des Baulärms und wegen des Patienten nicht viel los gewesen. Jetzt tranken die Freundinnen wieder den guten Kaffee, lachten und schwatzten. Regine mußte im Kino keine Plätze mehr anweisen, die Rente ihres Mannes war befriedigend. Sie brauchte einen weiteren Sonnenschirm, einen teuren großen. Über dessen ungewohntes Fußgestell stolperte sie. Dabei fiel sie derart unglücklich, daß ein Oberschenkel samt Hüftgelenk gebrochen war. Wochenlang lag sie im Krankenhaus, danach konnte sie nur mit Krücken gehen. So ein Reihenhaus ist denkbar ungünstig für eine behinderte Person: Treppe ins Haus, Treppe zur Terrasse, eine hohe in den oberen Stock, eine gefährliche in den Keller. Regines Bett kam ins Wohnzimmer. Nachbarinnen halfen ihr. Vor allem die junge Frau nebenan war hilfsbereit. Sie kaufte für Regine ein und besorgte ihren Garten. Wollte Regine ein Bad nehmen, half deren Mann sie die Treppe hinaufschleppen, sie in die Badewanne hinein- und herauslupfen. Das Traurige war, keine der Freundinnen konnte mehr kommen. Als die Häuser wegen der weißen Farbe und des neuen Dachs eingerüstet waren, geriet Regine zwischen offener Gartentür und Tisch ungeschickt in die Enge. Sie fiel zwischen die Tischbeine, und obwohl sie sich verzweifelt anstrengte, waren alle Befreiungsversuche vergeblich. Die Dachdecker und Gipser lärmten, niemand hörte ihre Hilferufe.

Erst als die Nachbarin gegen Abend kam, um zu fragen, was sie anderntags brauche, fand man die Arme. Wie lange sie so liege? »Seit dem Mittag.« Kein Glied konnte sie mehr rühren, man legte sie ins Bett. »Ich werde den Sohn verständigen«, sagte der Nachbar. »Nein! Nicht! Der will mich holen! Niemals gehe ich nach Vorarlberg!« schrie Regine zornig. Trotzdem rief er den Sohn an, und dieser erschien am andern Tag mit der Tante. Ihm kam die neue mißliche Lage seiner Mutter nicht ungelegen. Bereits als sein Vater so hoffnungslos krank gewesen war, hatte er sich mit dem Gedanken getragen, das Häuschen »drüben« zu verkaufen. Seine Firma kaufte das mickerige Ding nebenan, doch reichte es gerade für einen Bauplatz. An einem sonnigen Hang des Ortes war ein Neubaugebiet, hier machte der Sohn mit. Als der Vater tot war, bat er die Mutter mündlich und schriftlich um die Einwilligung zum Verkauf, doch stieß er auf harte Ablehnung. Nach ihrem Unfall schöpfte er neue Hoffnung. In seinem schönen Neubau ließ er das Erdgeschoß für eine schwer gehbehinderte Person ausbauen, was seine Schulden vergrößerte. Mit seiner Mutter Starrsinn hatte er zu wenig gerechnet, denn außer »hier bleibe ich« sagte oder schrieb sie nichts. Jetzt standen also Sohn und Schwester an ihrem Lager. »Um keinen Preis ziehe ich nach Österreich!« hatte sie die Kraft zu lärmen. Sie könne nicht anderen Leuten länger zur Last fallen, so die Schwester. »Du hast eine liebe Schwiegertochter. Sie und ich werden dich betreuen.« Regine spürte, daß sie auf der Verliererstraße war. Darum wollte sie zeigen, wir rüstig sie sei, sie fuchtelte wild und vergaß dabei die Krücken. Nach dem neuerlichen Sturz war sie unbeweglicher geworden, und die Schwester blieb bei ihr. Hinter der Mutter Rücken fand der Sohn einen Käufer fürs Reihenhaus. Dieser hatte weit mehr zu bezahlen als der des ersten Häuschens.

Nach geraumer Zeit bat die Hilfsbereite ihren Mann, mit ihr über die Grenze zu fahren, sie wolle sehen, ob sich Regine habe einleben können. Man zeigte ihnen eines der schönsten Häuser, die am Hang standen. Die Tante führte den Besuch in die Wohnung. Keine Treppe! Keine Schwelle! Regine saß auf der Terrasse, die Krücken an den Tisch gelehnt. Wie es ihr gehe? Statt eine Antwort zu geben, schaute sie unwirsch nach Westen. Weit unten sah man den See. Die Aussicht in die nahen Berge war herrlich. Der Besucher sagte: »Das ist etwas anderes als bei uns im Reihenhaus!« »Dort gehöre ich hin«, murrte Regine weinerlich und wandte den Blick nicht von der westlichen Richtung. Ihre Schwester forderte zum Sitzen auf. Sie sagte lachend: »Es gefällt ihr hier gut, sie will es aber um alle Welt nicht zugeben. Ich mache Kaffee.« Es war Sonntagnachmittag. Der Sohn kam dazu. Die Besucher lobten das großartige Haus. »Ich habe hier keine Gelegenheit, einen Hut zu tragen«, jammerte Regine dazwischen. »Das Dorf müßte lachen, wenn du mit einem auf dem Kopf dahergehumpelt kämst.« Der Sohn fand seine Rede selber herzlos, darum versprach er: »Nächsten Sonntag nehmen wir dich mit nach Bregenz, da kannst du ein Stück mit Hut spazieren.« Dabei streichelte er Mutters Arm, doch sie stieß seine Hand weg. Die Tante brachte den Kaffee, seine Frau den Kuchen. Regines Schwiegertochter war ein hübsches, freundliches Mädchen. Es verkündete: »Regine wird Großmutter werden!« Alle lachten – nur sie nicht. Am meisten Freude zeigte ihre Schwester, sie klatschte sogar. Unwillig fauchte Regine: »Sei dann nur du die Oma des Kindes, ich kann ihm ja nicht nachrennen.« Als sie über der Grenze waren, sagte die erste Reihenhausfrau zu ihrem Mann: »Dort droben ist es schön! So viel Glück hat die Regine nicht verdient.« Nach einer Weile meinte der Mann: »Eduard ist über seinen Tod hinaus zu bewundern.«

Felix fuhr eines Sonntagabends von der Alb heimwärts. Er griff sich an den Kopf. Das hatte er schon früher getan, als er nicht begriff, warum er das Reihenhaus kaufte, in dem er eine Hausfrau brauchte. Jetzt tippte er sich an die Stirn, wiederholt, weil er Lisbeth zur Frau genommen hatte. Zwar mochte er sie. Sie hatte ihn wie das Haus vorbildlich all die Jahre versorgt. Doch jetzt, wo er bald in den Ruhestand kam, brauchte er nicht mehr dringend eine Frau. Ohne sie hätte er das Häuschen kurzerhand verkauft. Es hatte ihm darin, genau wie in dieser Stadt, nie gefallen. Als er heimkam, war Lisbeth nicht da. Das war für ihn ungewohnt, sonst war das Abendessen immer bereit. Er wußte, sie hatte Sulzen vorbereitet, die er gerne aß. Er deckte den Tisch und stellte einen guten Wein bereit. Endlich kam sie. »Oh, du hast bereits gedeckt! Ich bin in einen Stau geraten, die Fahrt durchs Hegau war aber sehr schön.« Gut gelaunt setzte sie sich an den fein gedeckten Tisch, und darum fiel es Felix schwer, das zu sagen, was er vorhatte: »Das alte Schulhaus wird abgerissen.« »Und dein Freund, der Junggeselle, was macht er nun?« »Er baut ein Haus am Hang bei den weißen Felsen.« Immer noch fröhlich erzählte sie, wie sie dort mit ihrem Freund gerne saß, man könne weit ins Tal sehen. Felix schwärmte, wie das der schönste Fleck beim Ort sei, zwei Stuttgarter hätten bereits ihre Häuser dort stehen. »Ich will dir nun sagen, was ich im Sinn habe! Bis zu meiner Pensionierung will ich am Hang auch ein Haus haben – die Hütte hier werde ich verkaufen.« Lisbeth wurde sofort rot, dann bleich. An ihrer abwehrenden Geste erkannte er, wie gewußt und befürchtet, daß sie das niemals wollte. Er redete lauter: »Ich werde mein restliches Leben nicht in dieser Reihe neben den stumpfsinnigen Weibern verbringen. Schon gar nicht in dieser Stadt!« »So blöd sind die Frauen nicht, denk nur an Agnes Weiß. Und was hast du denn gegen die Stadt? Sie wird größer und schöner, immer mehr wird geboten.« »Was hast du gegen das Dorf auf der Alb? Ruhe und frische Luft!« »Ich mag die Misthaufen an der Straße nicht sehen, auch nicht den Superladen der besessenen Schwägerin. Wenn ich an die schwarzgekleideten Frauen denke, die sonntags in die muffige Kirche gehen, wird mir schlecht. Vor allem fürchte ich die spöttischen, verächtlichen Blicke der Dörfler, den bösen deiner Freundin, der alten Wirtin. Ich kenne den Grund!« Felix schwieg, und Lisbeth redete weiter: »Ich weiß es, du hast in deiner Umgebung lieber Männer als Frauen. Wenn du bald keine Geschäftskollegen mehr hast, wirst du nur noch die Gesellschaft des Lehrers suchen. In seiner Nähe will ich nicht sein!« Felix war nun ebenfalls bleich geworden. Er zündete eine Zigarette an der vorigen an. Als er die Gläser wieder vollschenkte, zitterte seine Hand. Als er weiterhin schwieg, kam ihre Rede ins Sprudeln: »Das Reihenhaus ist deines, ich kann seinen Verkauf nicht verhindern, du hast ein schönes Geld auf dem Konto, vielleicht bräuchtest du unser Haus nicht zu verkaufen, ich kann sparen, manchmal käme ich in dein neues Haus, um zu putzen, für eine Gefriertruhe könnte ich vorkochen. Auch Marmorkuchen, den du so gerne magst, kann man einfrieren.« Jetzt fing Felix laut an zu lachen. Es war spät geworden. »Heute muß noch nichts entschieden sein. Gehen wir schlafen«, sagte Felix.

Nach einiger Zeit kam er frohgemut von der Alb. Lisbeths gutes Essen stand bereit. »Alles hat sich zum Guten gelöst«, sprach Felix, »der Freund hat sich für ein größeres Haus mit einer Einliegerwohnung für mich entschieden. Ich kann sie leicht bezahlen, ohne diese Pinkwände zu verkaufen. Du kannst also hier bleiben, deine geliebte Reihe wie die vergötterte Stadt genießen.« Sie lachte nicht, wie er erwartet hatte, sondern kämpfte gegen die Tränen. »Seine Schwester ist Witwe geworden. Sie ist kinderlos und freut sich darauf, dem Bruder den Haushalt zu führen. Auch für mich wird sie kochen, sogar Marmorkuchen bekomme ich bei ihr.« Erst jetzt bemerkte er ihre Tränen und sah ein, wie herzlos er dahergeredet hatte. Daher streichelte er ihre Hand und war froh, daß sie zu weinen aufhörte. »Du wirst es ohne mich schön haben.« »So willst du dich also scheiden lassen?« »Von mir aus nicht, ab und zu kann ich ja kommen. An Geld wird es dir nie fehlen.« Nun wischte sich Lisbeth alle Tränen weg und sagte: »Es gibt für uns zwei keine andere Lösung! Wenn du an den Festtagen hier bist, sehen die Leute, daß wir ein

Ehepaar sind.« Felix versprach's. Als es an der Zeit war, er im Ruhestand, das Albhaus bereit, zog er frohen Herzens davon. Nun hatte er das Leben, wie's ihm gefiel! Mit dem Freund wanderte er in die Ferne und in der Nähe. Seine verdreckten Stiefel putzte er selber. Die Witwe war eine fast vollkommene Köchin und Haushälterin. An Regentagen und an den Abenden spielten die Freunde Schach, lasen oder sahen fern. Dies unten bei Felix, damit die Schwester des Pensionärs ihr eigenes Programm wählen konnte. Es gab kaum einen Tag, an dem die beiden Männer einander nicht beteuerten, wie gut es sich lebe. Auch Lisbeth war glücklich in ihrem Nest. Sie machte die Festlichkeiten der Stadt mit. Eine Bekannte bat sie, mit ihr nach dem Bussen zu fahren, diesen habe sie noch nie bestiegen. Es war ein herrlicher Tag mit guter Fernsicht. Von oben schauten sie nach Süden und stießen Bewunderungsschreie aus. Oberschwaben lag weit und prächtig vor ihnen. Zwischen den Äckern, Wiesen, Obstgärten sahen sie viele Dörfchen mit ihren Kirchen. Der Federsee glitzerte zwischen den Mooren, und ganz in der Ferne standen die hohen Berge. Dann drehten sie sich, um nach Norden zu schauen. Lisbeth schauderte. »Das ist die Alb!« flüsterte sie. Finstere Wälder, tiefe Täler, drinnen dunkle Gebäude. Etwas Weißes sah sie vor den hohen Hängen. Das seien Felsen, sagte sie zur Begleiterin, als wären diese der Eingang zur Hölle.

Frau Isolde, im fünften Haus, ist also viel zu früh krank geworden. Ihr Mann Alois mußte nicht mehr zur schweren Arbeit in den Betrieb, er schaffte den Haushalt und fuhr seine Frau zu Ärzten. Gegen ihre Krankheit kam man nicht mehr an, und Isolde mußte leiden. Vor allem in ihren offenen Beingeschwüren wüteten die Schmerzen. Ihre drei Kinder besuchten sie manchmal, doch standen sie nur ratlos um sie. Das Mitleid aller in der Umgebung war groß. Immer wieder hörte man das Jammern der Kranken bis auf die Gasse. So war man erleichtert, als sie sterben durfte. Die Kranzspende war abgeschafft, die Nachbarinnen warfen Frühlingsblumen ins offene Grab. Alois konnte sich in allem selber behelfen. Meist war es ihm nicht wert, für sich allein die Haushaltmaschinen in Bewegung zu setzen, so ersparte er sich auch deren Reinigung. Er fühlte sich schrecklich einsam im Haus mit den ungebrauchten Zimmern. Gleich im Frühsommer fuhr er hinauf in seinen Heimatort, als könnte er dort eine Spur von Isolde finden. Jedesmal wunderte er sich, wie rasch er droben war. Keine scharfen Kurven, keine Schlaglöcher mehr wie einst, als er die Strecke tausende Mal mit Fahrrad und Motorrad gefahren war. Die Straße war neu. Alois ging zu seinem ältesten Bruder, dem Schmied. Dessen Sohn besaß eine neue Werkstatt samt prächtigem Wohnhaus. So saß Alois mit dem Bruder im alten Schmiedhäuschen. Die Schwägerin war eine Schwätzerin. Von allen Leuten des Dorfs und der Umgebung wußte sie etwas. Wenn die Brüder genug vom Tratsch hatten, gingen sie nebenan in die Gaststätte. Das war das neueste für Alois im Heimatdorf: Der Städter, der seines Schwiegervaters Häuschen kaufte, um hier einen schönen Lebensabend zu verbringen, starb an einem Infarkt, als es so war, wie er wollte. Seiner Frau gefiel's hier nicht allein, sie verkaufte an einen Wirt und zog in die Stadt. Der Wirt hatte den rechten Riecher. Aus Stube und Opas Kammer entstand unter dem Vorgänger ein großes Wohnzimmer, nun der treffliche Gastraum. Die Wand zwischen Küche und Schuppen, in dem einst des Wegwarts Schubkarren und seines Schwiegersohns Motorrad stand, riß man aus, es ergab eine moderne Küche. Das Grundstückchen war durch den ersten Käufer bereits verändert worden. Weder Gemüsegarten noch Beerenhecken und Quittenbäume gab's, nur Rasen und eine Terrasse am Haus, für eine Gartenwirtschaft wie geschaffen. Der Wirt verpachtete an seinen besten Koch, einen Italiener. Dieser und seine Frau verstanden ihr Fach. Sie boten Pizzen, gegrillte Hähnchen und Bratwürste, auch Bauernvesper mit Holzofenbrot an. Sie zapften ein gutes Bier, hatten auch Beziehungen zu Weingütern in Italien. In der warmen Jahreszeit zog die Gartenwirtschaft Wanderer an. Ihre Kinder bekamen Eis und konnten herumtollen. Alois kam es vor, als hätte er Anteil an allem, als sei er hier halbwegs beteiligt. Am Tisch beim Ofen dachte er daran, wie er mit Isolde geschmust oder mit dem Opa Most getrunken hatte. Kein Wunder also, daß er jedesmal, wenn er hinaufkam, dort einkehren wollte. Eines Nachmittags saß eine Gruppe Männer am Ofentisch, alle in schwarzen Anzügen und Krawatten. Am Vormittag hatten sie im großen Dorf an einer Beerdigung teilgenommen und fanden noch nicht heim. Alois und der Schmied hörten, wie sie vom Begrabenen sprachen. Alle waren sich einig darüber: Seine Witwe müsse heilfroh sein, diesen Grobian los zu sein. Der Schmied mußte lachen. Dieses Ehepaar hatte die kleine Dachwohnung im Haus seines Sohnes gemietet, er wußte, wie es dort zuging. Als Alois bereits in der nächsten Woche kam, erschrak er heftig. Diese Witwe stand bei der Schmiedin vor dem Haus. Der Schrecken rührte daher, daß diese Frau Isolde glich. Größe, vielmehr Kleinheit und Statur waren ähnlich. Zwar war sie etwas weniger dick als Isolde in ihren letzten Jahren, doch ihr Umfang war ansehnlich. Meist, wenn Alois kam, saß die Witwe bei der Schwägerin oder erschien, sobald sie sein Auto sah. Auch Gesicht, Gesten und Redeweise erinnerte ihn an die Verstorbene. Ja, von Mal zu Mal sah sie Isolde ähnlicher! Im Frühjahr war Alois' Frau gestorben, im Herbst machte er Hochzeit. Der Italiener bot das Beste. Alle Gäste waren lustig. Die Söhne von Alois waren mit ihren Frauen und Kindern anwesend, auch die hochelegante Tochter war da. Sie waren von weit hergefahren, mußten also früh aufbrechen. Draußen, bei den Autos, lachten und redeten die Geschwister miteinander. Der Jüngere sagte: »Der Vater hat am Telefon davon geschwärmt, wie sehr seine neue Frau unserer Mutter gleiche. Das finde ich nicht!« »Freilich«, protestierte die Schwester, »Haare, Hals, Busen, Beine – wie bei ihr!« »Du siehst sowieso nur das Äußere. Sie hat einen groben Gesichtsausdruck, nichts Liebes darin wie bei unserer Mama.« »Wir werden Vaters neues Glück nicht stören«, sprach der ältere Sohn. Die Leute aus der Reihe waren verwundert und erheitert. »Als hätte er Isolde zurückgeholt«, sagte man. Alois' neue Frau stand wie ihre Vorgängerin auf der vorderen wie hinteren Haustreppe, um ihm bei der Arbeit zuzuschauen. Den ausgestreckten Zeigefinger sah man nicht, doch auch nicht, daß sie sich bückte. »So ist er's gewohnt, so will er es haben«, sagten die Nachbarn. Alle Haushaltgeräte mußte Alois weiterhin selber bedienen, denn seine zweite Frau stellte sich im Technischen noch dümmer an als die erste. Mit den Nachbarn redete sie kaum, daher galt sie bald als eingebildet. Saß sie neben ihrem Mann im Auto, schaute sie weder rechts noch links, erwiderte einen Gruß nur gnädig, stolz wie eine First Lady. Konnte sie es nicht vermeiden, mit einer Nachbarin ein paar Worte zu wechseln, hörte diese nur das Lob des Gatten: »Ich hatte keine Ahnung davon, daß Männer so brav wie Alois sein können.« Je länger ihre Ehe dauerte, desto überzeugter war jeder, dem es die Beobachtung wert war, das Glück müsse groß sein. Auf der Terrasse saßen die beiden, auch bei großer Hitze, eng aneinandergeschmiegt. Gingen sie aus, dann nur Arm in Arm oder händchenhaltend. Wie einst Agnes und Josef! Luise vom dritten Haus sagte zu ihrem Mann: »Wenn da die Götter nur nicht wieder neidisch werden.« Das war nicht der Fall, denn sie, die alles wußten, gönnten ihr das Glück. Sie wußten von den Prügeln, die Alois' Frau von ihrem Vorigen bekommen hatte. So währte es fort und fort, alle die Jahre. Alois war ein braver Mann, das war jedem bekannt. Sein Leben war nicht ohne Mühe. Früher war er zäh und stark gewesen. Allmählich, deutlich sichtbar und ein bißchen zu früh, ist er ein alter Mann geworden. Seine Haare waren grau und nur noch spärlich. Er ging gebückt, und wenn er die Gasse kehrte oder im Garten arbeitete, sah man, wie ihm dies Mühe machte. Seine zweite Frau dagegen blieb rosig und drall. Sie machte den Eindruck einer glücklichen Nesthockerin.

Die Witwe Agnes lebte all die Jahre, beruflich sehr beschäftigt, in ihrem Haus. Als sie in den Ruhestand kam, fehlte ihr der Einsatz für die Armen der Welt und die Gammler der Stadt. Sie bot sich an, ehrenamtlich dies oder das zu tun. Es waren aber junge Leute auf der Station, man brauchte sie nicht mehr. Dazu kam, alle Häuser der Reihe waren jetzt weiß gestrichen. Überheblich war Agnes nicht, doch es hatte ihr gefallen, ein weißer Mittelpunkt zu sein. »Nun sind wir alle gleich!« hörte sie einmal eine der Nachbarinnen sagen. Weil diese dabei hämisch auf ihr Haus blickte, fühlte sie sich betroffen. Sie entschloß sich zu verreisen. Zuerst flog sie dahin, wohin es viele zog, auf eine sonnige Insel. Leider konnte ihr dort nichts gefallen. Vor allem gab's ihr zu viele Menschen, Vergnügungshungrige, Besoffene und auch zuviel Sonne. Schon seit langem hatte sie sich gewünscht, jene Länder und Städte zu sehen, wohin Hilfsgüter kamen, die sie organisieren half. Sie schloß sich einer Gruppe an, die nach Afrika reiste. Frauen wollte sie sehen, die nicht zerlumpt umhergingen oder halbverhungert vor Hütten hockten. Bald erkannte sie, daß sie sich einer falschen Gesellschaft angeschlossen hatte. Die Teilnehmer wurden an sehenswürdige Paläste, die von altem und neuem Reichtum strotzten, geführt. In den Straßen gingen schöne Frauen, die auf langen Hälsen schwarze Köpfe hoch trugen, so prächtig gekleidet, wie sie's nie gesehen hatte. Die nächste Reise machte Agnes darum in ein Land, dessen Armut bekannt war, wohin noch mehr Spenden flossen. Dort wollte sie sehen, wie Kinder in Schulen gingen. Auf Schritt und Tritt bettelten aber Kleine und Halbwüchsige die Reisenden an. Sie sah Arme, deren Anblick schlimmer war als vom Fernsehen gewohnt. »Ich verstehe es nicht, mir die Welt anzuschauen. Reisen muß gelernt sein! Man darf nicht mit Vorstellungen behaftet sein. Gute Vorbereitung gehört dazu, um genau das zu sehen, was einem gefällt, oder eben gleichgültig fremde Landschaften zu genießen.« Dies klagte Agnes bei ihrer Schwester Grete. In der Jugendzeit war sie mit ihr nicht zurechtgekommen. Erst als sie älter waren, kamen sie sich näher. Für die Kinder der Schwester hatte Agnes großes Interesse. Sie freute sich über deren Erfolge in Schule und Beruf. Vom ehemaligen Polizisten sagte sie: »Er ist ein ganz anderer Mensch geworden.« »Warum? Er war doch immer ein guter Mensch«, sagte Grete. Seine Villa war trefflich umgebaut und das Ufergrundstück schöner denn je hergerichtet. Kein Weglein lief dort am Ufer mehr vorbei. Nur von der Straße aus konnte man das Anwesen betrachten. Zwei Männer, die in der Stadt jene Zeit mitmachten, in der sich Menschen vor Mitbewohnern fürchten mußten, blieben stehen. Ärgerlich sagte der eine: »Schau dir diese Herrschaftlichkeit an!« Zwei junge Leute waren auf dem Rasen beim Ballspiel. Der andere Mann meinte, als sie weitergingen: »Immerhin! Es sind die Enkel des Rechtsanwalts.« Der pensionierte Polizist war ein angesehener Mann in der Stadt. Zu Bauleuten und Architekten hatte er Beziehungen. Auf Agnes redete der Schwager ein, wie ungeschickt es von ihr sei, in ihrem aufwendigen Haus zu bleiben. Eines Tages kam er: »Ich habe das Richtige für dich gefunden!« Was er für das Richtige für Agnes hielt, war eine Eigentumswohnung in einem hohen Haus, das keine hundert Meter von ihrem Elternhaus entfernt gebaut wurde. Jeden Tag ging ihr Schwager zur Baustelle, wo er dies und das bemängelte. Mancher Bauarbeiter meinte, der Mann sei der Bauherr des Ganzen. Alle finanziellen Dinge regelte er für Agnes. Nur bei der Auswahl des Käufers fürs Reihenhaus wollte sie mitreden. Einem ihr bekannten Ehepaar mit Kindern wollte sie es zukommen lassen. Gretes Mann schimpfte, weil er einen weit besseren Kaufpreis erzielt hätte. In der neuen Behausung gefiel es Agnes alsbald. Von Mitbewohnern bekam sie kaum etwas zu sehen. Der Fahrstuhl fuhr sie ab und auf in den vierten Stock. Selten war darin jemand, mit dem ein Gruß gewechselt werden konnte. Draußen auf der Straße erkannte sie die Nachbarn nicht. Ein Hausmeister besorgte alles, was einer älteren Frau hätte Mühe machen können. Vom Wohn- wie vom Schlafzimmer aus sah Agnes weit über den See. Morgens sah sie die Sonne bei den Bergen drüben aufsteigen, abends im Westen versinken. Sie konnte den Schiffen zusehen, die hin- und herfuhren, die Boote beobachten, manchmal auch eine Segelregatta. Bisweilen blinkten Sturmwarnlichter an den Ufern, auch drüben in der Schweiz. Regen- wie Nebeltage fand sie schön. Endlich hörte sie die Nebelhörner wieder tuten. Jetzt erinnerte sie sich stark ihrer Kinderzeit. Vor allem der Vater, dem es hier am Ufer zu leben so sehr gefallen hatte, kam ihr nah. Es kam ihr vor, als sei ein Kreis in ihrem Leben nun geschlossen. Wenn die Witterung und ihr körperliches Befinden es zuließen, wählte sie den Schilfweg ostwärts, den sie einst viele Male glücklich, einmal frustriert gegangen war. Nach einer kleinen Strecke über der Straße begann er. Manchmal ging sie bis zur nächsten Ortschaft, dann wieder nur bis zum Brücklein. Jedesmal war sie Josef nahe und meinte vom Glück zu spüren, das sie mit ihm hier erlebt hatte. Etwas über vier Jahre lang verbrachte Agnes in dieser vertrauten Welt und in der schönen Wohnung. Eines Sonntags im Hochsommer war's eigenartig schwül. Des Himmel war hell, wie gelbsilbern, die Sonne über dem See nicht zu sehen. An Sonntagen ging Agnes der vielen Spaziergänger wegen den Weg nicht gerne. Wer überholen wollte, mußte ins Feuchte treten, wer entgegenkam, schaute unwillig und zwang sie, beiseite zu gehen. So legte sie sich zum Mittagsschlaf. Es träumte ihr von Josef – so deutlich wie schon lange nicht mehr. Obwohl sie wie benommen aufwachte, machte sie sich zum Spaziergang auf. Aus dem Traum heraus schien es ihr, als warte Josef auf dem Schilfweg auf sie. Kein Mensch ging dort. Das hohe Gewächs verwehrte ihr die Sicht. Erst als sie auf der etwas erhöhten Brücke stand, sah sie den schwarzgelben Himmel. Plötzlich peitschte der Wind die Schilfhalme hin und her. Nun wollte Agnes rasch nach Hause kommen. So schnell konnte sie aber nicht mehr laufen. Auch die Büsche zwischen dem Strandgewächs bogen sich wie rasend auf und ab. Als Agnes dort ankam, wo der Weg zu Ende war und sie nur noch eine kurze Strecke nach Hause hatte, erschrak sie am großen Erlenbaum. Ihn kannte sie seit ihrer Kinderzeit. Seine dicksten Äste waren inzwischen dürr geworden. Im Sturm beugte er sich tief und schnellte wieder hoch. Dann traf sie der Schlag im Rücken. Als Agnes aus der Bewußtlosigkeit zu sich kam, war das Gewitter vorbei, und es dämmerte bereits. Sie wollte sich vom schweren Geäst, unter dem sie lag, befreien. Obwohl sie keinerlei Schmerzen verspürte, war es ihr unmöglich, sich zu bewegen. Sie sah ihre linke Hand zwischen Eiskörner liegen. »Es ist doch Sommer«, murmelte sie. Auch an der Hand konnte sie keinen Finger rühren, spürte aber keine Kälte, so blieb sie im Eis liegen. Unterhalb ihres Kopfes schien nichts mehr da zu sein. Sie konnte aber denken: Wie böse ist doch die Natur! Hagel, Stürme, Hochwasser, Feuer, Lawinen, Erdbeben, Seuchen … Als sie wiederum zu sich kam, konnte sie auch weinen: Josef und ich – wie liebten wir die Natur! Ihn hat ein Steinbrocken erschlagen, mich drückt ein dürrer Ast auf den Weg. Zwei Feuerwehrleute, die weiter draußen einen Keller ausgepumpt hatten und nun den Weg abkürzten, fanden Agnes. Es war fast dunkel. Wer sie sei? »Josef«, murmelte sie. Im Krankenhaus konnte sie noch einiges sagen von dem, was sie gedacht hatte, als sie in der Nässe liegend zur Besinnung kam. Josef wäre am ganzen Körper gelähmt gewesen, das sei nun wohl ihr Schicksal. Dieses meinte es mit ihr so gut wie mit ihm. Gegen Morgen starb sie. Die Umstände ihres Todes kamen groß in der Zeitung, denn sie war eine bekannte, beliebte Person gewesen. Ihr Schwager gab eine prächtige Todesanzeige auf. Die alten Bewohner der Reihe merkten sich Tag und Stunde der Beerdigung. Der Mann, der Agnes' Haus gekauft hatte, sagte zu seiner Frau: »Da müssen wir beide teilnehmen.« Die übrigen, die neu Zugezogenen, lasen über die Anzeige hinweg.

Die Geschwister Braun vom drittletzten Haus gingen nach dem Weggang der Frau noch längere Zeit ins Geschäft. Für die Schwester war die Zeit der Pensionierung zwar gekommen, doch sie konnte es durchsetzen, da sie so lange im Büro unersetzlich war, bis der Bruder im Ruhestand war. Außer dem Frühstück konnten sie vorzügliche preiswerte Beköstigung in der Kantine des Betriebs in Anspruch nehmen. Danach wurde Fräulein Braun geselliger. Sogar mit Huberta, mit der sie jahrelang wegen des Klavierspiels der Tochter nicht geredet hatte, fing sie Gespräche an: »Die Kocherei, überhaupt die ganze Hausarbeit, ist mir zuwider. Ich mußte das nie tun! Meine Mutter machte es und dann Lore. Aber ich werde mir zu helfen wissen!« Dazu lachte sie gehörig. Mit der zweiten Frau des letzten Nachbarn redete sie trotz der vorangegangenen Enttäuschung: »Ich und Theo genießen nun das Leben. Unsere Renten sind gut. Für wen sollen wir denn sparen?« Lisbeth schüttelte nach Blankas Reden den Kopf und dachte, der Braun hat doch zwei Töchter. Mit der Frau weiter vorne, Alois' Zweiter, sprach Blanka bisweilen gern, obwohl dessen Gattin kein bißchen redselig war. Diese pries zwar bloß die große Bravheit ihres Alois, und Fräulein Braun lobte Theos Gutmütigkeit. »Wir beide haben die besten Männer der ganzen Reihe«, beschloß die eine oder andere jedesmal das Gespräch. Man sah das Geschwisterpaar oft mittags und abends wegfahren, um in Gasthäusern zu speisen. Kauften sie ein, schleppte Theo die Plastiktüten, Blanka sah man nur mit Umhängetäschchen. Neu Zugezogene, vor allem ihre Kinder, hielten sie für ein Ehepaar. Und weil die beiden ja nicht wußten, für wen sie sparen sollten, überkam sie die Reiselust. Allein Blanka wählte die Reisen aus, Theo ging eben mit. Wenn ein Reiseleiter die Teilnehmer aufrief: »Die Herrschaften Braun«, war das in Blankas Sinn. In den Bussen, den Flugzeugen und auf den Schiffen galt sie als die reiche Frau des stillen Mannes. Er, der einmal zu seiner Frau gesagt hatte, die Schwester kenne er schon viel länger als sie, war damit restlos einverstanden, und Blanka wähnte sich am Ziel. Die Reisezeit der Geschwister dauerte lange. Sie waren in Norwegen, an der Chinesischen Mauer, in Israel, auf Korsika, doch niemand erfuhr durch sie von der Herrlichkeit der Welt. Ihrem

Häuschen war anzusehen, daß dessen Bewohner oft fort waren. Auf den äußeren Fenstersimsen aus schwarzem Schiefer lag der Staub fingerdick. Die Scheiben waren trüb, die Gardinen grau. Das Laub vom letzten Sturm lag wochenlang auf der Kellertreppe. Den Gartenstreifen, auf dem zwar niemand mehr Gemüse zog, die Frauen aber um die schönste Blumenpracht wetteiferten, grub Theo wie einen Acker um. So lag er öde, vertrocknet oder vermatscht – je nachdem. Der Rasen wurde auf Beschluß pauschal gemäht, doch der Schnitt lag bei ihnen lange auf der Terrasse, meist bis er faulte und stank. Von einer Reise kamen sie verfrüht und aufgeregt zurück. In einem fernen Land waren sie tagsüber unter Palmen gelegen, nachts schliefen sie schlecht, wie immer im Doppelzimmer. Der schlechte Schlaf war wohl ihr Glück. Theo hörte Rufe – er schaute aus der Tür. »Es brennt! Schnell, Blanka! Nur hinaus!« Er wollte im Schlafanzug fliehen, die Schwester mußte sich aber ankleiden und den Koffer vollstopfen. Theo half ihr. Als sie auf den Flur kamen, rannten Leute hin und her. Es war ein langer Gang im zweiten Stockwerk. Zum einen Ende liefen die meisten, dort war der Lift und dort sah man keinen Qualm. Dorthin wollte auch Blanka, und dabei gebärdete sie sich eigensinnig. Diesmal, wie sonst nie, setzte sich der Bruder durch. »Am andern Ende ist das Treppenhaus!« schrie er, und riß die Schwester grob mit. Dieses war voller Rauch, doch noch nicht von Menschen verstopft. Sie kamen die Treppe hinunter ins Freie. Aus der richtigen Entfernung sahen sie dem Hotelbrand und den Rettungsarbeiten zu. Es mußte einige Tote und mehrere Rauchvergiftete gegeben haben. Daheim dramatisierte Blanka bei den Nachbarn das Unglück gehörig. Sie tat, als hätte sie nicht nur das Gepäck, sondern ihrer beider Leben gerettet. Theo sagte nichts, als sie derart prahlte, höchstens wenn sie es nicht hörte: »Verfluchte Scheiße«. Ihm saß der Schrecken ärger in den Knochen, so setzte er sich ein zweites Mal durch, indem er sich weigerte, je wieder eine Reise anzutreten. »Also mache ich zu Hause Urlaub«, war Blankas unwillige Widerrede. Seit der üblen Brandreise war Theos Verhalten zur Schwester verändert, er mochte ihren Dauerurlaub nicht mitmachen. Sie besaß eine Unmasse Kleider, alle aus Versandhäusern bezogen. Jedesmal, wenn sie von einer Reise zurückgekommen waren, hatte dieser oder jener der Nachbarn ein Paket für sie bereit, auch eventuelles Porto dafür ausgelegt. Jetzt wollte sie alle ihre Neuheiten zeigen. Sie trug Schuhe mit hohen Absätzen. Dadurch war sie noch größer als ihr von Natur aus kleinerer Bruder. Er ging aber nur noch selten neben ihr durch die Gasse. Theo fing an, sein Auto zu pflegen. Dazu stellte er's vor seine Haustür. Er trug den Staubsauger und kübelweise Wasser hinaus. Dann saugte er, wusch, polierte und schmierte. Andere Autos kamen kaum an dem seinen vorbei, die dicken gar nicht. So mußte Theo oft zurück- und mißmutig wieder vorrangieren. War er fertig, stand jedesmal das Gäßchen hinten voller Wasserpfützen, auch Dreckhäufchen lagen herum. Was aber schlimmer war, im schönen Pflaster blieben häßliche Ölspuren. Die Reihenhäusler schimpften und fluchten untereinander: »Er hat Geld genug, in eine Waschanlage oder Werkstatt zu fahren, so wie wir es machen.« Der Ordnungshüter sprach die Brauns deswegen an. Theo schwieg. Seine Schwester reagierte böse: »Mir ist keine Verordnung bekannt, die eine Autowäsche vor dem eigenen Haus verbietet! Von der Scheidung her haben wir einen guten Rechtsanwalt.« »Mit Rechtsanwälten wollen wir in der Reihe nichts zu tun haben, schließlich ist das verschmierte Pflaster das eure.« Als er nach vorne ging, kam ein später eingezogener Mann aus der Haustür. Bei ihm lud er seinen Zorn ab. Dieser sagte: »Lassen wir die doch in ihrem verwahrlosten Nest hocken!« »Ja, das Beste wird sein, wir kümmern uns nicht um die Geschwistereheleute«, und beide lachten herzlich. So war es dann, niemand schenkte den Brauns besondere Beachtung. Der Postbote klingelte an ihrer Haustür: »Ich habe ein Päckchen für Fräulein Blanka Braun.« »Für Frau Braun – wenn ich bitten darf!« schrie sie den respektlosen Kerl an, sagte nicht danke und gab keinen Pfennig Trinkgeld.

Luise, die Hausfrau des dritten Hauses, holte hinten im Garten Petersilie, die sie für die Zubereitung eines Hackbratens brauchte. Petersilie gedeiht den braven Weibern, sagt man, so konnte sie für die Nachbarin auch ein Büschel erübrigen. Frida kletterte eben mühsam eine Bockleiter herunter. Ein wuchernder Busch war zu beschneiden. Die beiden Frauen kannten sich so gut, daß die eine wußte, was die andere dachte. Darum verteidigte Frida sofort ihren Mann: »Hannes braucht seinen Sport! Er macht eine zweitägige Segelpartie mit.« In dem Moment kam ihre Schwiegertochter in den Garten. Sie besaß einen Hausschlüssel, denn sie mußte oft zu Frida um Hilfe kommen. Die junge Gastwirtin war eine nur mittelgroße, fast magere, bescheiden aussehende Person. Wenn sie nicht bescheiden gewesen wäre, hätte sie nicht als einziges Kind aus dem bekannten Gasthaus den Koch, Fridas Sohn, geheiratet. Der Gastbetrieb, der etwa acht Kilometer von der Stadt entfernt lag, lief mit ihm noch besser. Die junge Frau sagte: »Oma, wir haben heute Hochbetrieb! Der Kleine ist ein bißchen krank. Könntest du mitkommen? Zum Abend bringen wir dich wieder her.« Frida lachte, denn es passe gut, Hannes komme erst anderntags zurück, so könne sie über Nacht bleiben. Bald sah Luise die beiden wegfahren. Frida, die viele Jahre bedient und Geld verdient hat, vermißte dies nicht, ebensowenig wie die Hausgäste; jetzt wurde sie beim Sohn gebraucht, und das zu ihrer Freude. Zum dreijährigen Buben war im Gasthaus ein Mädchen gekommen. Sie versuchten es mit Kindermädchen, hatten damit aber Ärger, zumal der Kleine nach der Oma schrie. Im späten Herbst kam der Gastwirt selber an einem frühen Vormittag ins Reihenhaus. »Mutter«, sagte er, »wir haben zwei Omnibusse zu verpflegen, wir brauchen dich.« Frida wußte gut, wie's für Kinder ist, wenn die Eltern keine Zeit für sie haben. Sie nickte also eifrig. Eben richtete sie Vesperbrote für ihren Mann. Er stopfte sie in den prall gefüllten Rucksack, denn er war zu einer zweiwöchigen Bergwanderung bereit. »Ich brauche das Weib zwei Wochen lang nicht«, bruttelte Hannes, schaute den Sohn, den er nie gemocht hatte, böse an und stapfte aus dem Haus. Die Mutter packte keinen Rucksack, nur eine Tasche mit dem, was man so für vierzehn Tage braucht. Frida und ihr Enkel waren rein verliebt ineinander. Wenn sie das Kleine wickelte und fütterte, lachte es sie an. Nachmittags schob sie den Kinderwagen den schönen Weg am See entlang. Der Bub sprang lustig um sie. Der alte Wirt, der Großvater der Kinder, der Schwiegervater ihres Sohnes, gesellte sich gerne dazu. Er war Witwer und lebte nah am Uferweg. Er war ein lustiger Mann, der verstand, Frauen Komplimente zu machen. Über diese lachte Frida zwar, und doch gefielen sie ihr gut. Von den Spaziergängen kam sie fröhlich zurück. Sie wachte über der Kinder Mahlzeiten und ihren Schlaf. Schliefen die Kleinen des Abends, ging sie hinunter in den Gastraum. Dort half sie ein bißchen an der Theke. War den Bedienungsmädchen der Betrieb gar zu viel, brachte sie hier und dort dem Gast das Glas Wein an den Tisch. Für Frida war's stets eine Freude, wenn Gäste zur Tür hereinkamen, bestellten und bezahlten. Das war's, was sie von jung an, als sie beim buckligen Wirt angefangen hatte, als das rechte Leben betrachtete. Jetzt überkam der Wunsch, ganz hierzubleiben, sie immer stärker. Am Donnerstag, in der zweiten Woche von Hannes Bergwanderung, saß er wie ein gewöhnlicher Gast an einem Tisch. Seine Schwiegertochter brachte ihm Essen und Trinken. Sie bemerkte seinen Zorn, weil seine Frau nicht da war, als er heimgekommen war. »Wir meinten, du kämst am Sonntag zurück.« Ein Wintereinbruch habe die Wanderung gestoppt, entgegnete er wütend und blieb hartnäckig sitzen. Die junge Frau brachte ein Glas Weißwein. Dies schob er weg. »Ich mag nur Roten – das könntest du wissen!« »Die Mutter bringt die Kinder zum Mittagsschlaf«, sagte sie, als sie den »Roten« servierte. Endlich kam Frida. »Du bist schon da.« »Und du nicht!« schrie er seine Frau an. »Hier braucht man mich«, und weil keine Gäste da waren, fing sie an zu weinen. Nun kam der Sohn dazu. Er sprach klaren Text: »Meine Mutter wird hier bleiben. Du kommst allein zurecht!«

Hannes rotbraune Haut war heller geworden. »Sie hat lang genug Geld verdient und für dein Vergnügen geschuftet. Damit ist Schluß!« brüllte der Wirt. Das Glas mit dem Rotwein fiel um. »Dann will sie sich also scheiden lassen?« Dies fragte Hannes mit krächzender Stimme. Frida schüttelte den Kopf. »Nur hier bei den Kindern bleiben«, und weil sein Gesicht wieder rot war, er gar die Fäuste ballte, lief sie weinend zur Küche, der Sohn ihr nach. Die Junge wischte den Tisch. Nach einer Weile brachte sie dem Schwiegervater ein Päckchen, schön in Folie eingewickelt. »Dein Abendvesper, du kannst jeden Tag hier zu Mittag essen.« Als Hannes heimwärts radelte, verflog seine Wut. Die neue Freiheit kam ihm sogar verlockend vor. Den ganzen Winter fuhr er täglich ins Gasthaus zum Mittagsmahl und nahm das Vesperpäckchen mit, Fridas wohlverdienter Lohn, seiner Meinung nach. Im Frühjahr und Sommer kam er nicht regelmäßig. Vor seinem Haus klingelte oft eine ziemlich junge Frau mit der Fahrradglocke. Die nächsten Nachbarn sahen, wie er nach den Radtouren auch deren Fahrrad in den Keller trug. Vom Spätherbst an, als Radeln nicht mehr solchen Spaß machte, nahm Hannes wieder täglich das Mittagessen bei der Schwiegertochter ein. Nur sie fragte, wie es ihm gehe und was in seinem Haus oder an seiner Wäsche zu ordnen sei. Frida sagte zwar nie ein ungutes Wort über ihn, aber auch keines zu ihm. Sie wollte ihn nicht sehen. Seine Enkel fürchteten ihn. Im erneuten Frühjahr brachte Hannes eine Frau in sein Haus, beim Skifahren hatte er sie kennengelernt. Es war eine große hübsche Person. Ihre schwarzen Kraushaare steckte sie hoch zu einem Knoten. Sie jätete im verwilderten Garten und setzte Primeln in allen Farben. Man sah sie Wäsche auf- und abhängen. Zu den Nachbarn war sie sehr freundlich, gar redselig: Ihr Name sei Rust, sie sei Witwe, sie habe in dem und dem Ort eine schöne Wohnung, die sie niemals aufgebe. »Weiß ich denn, ob es mir beim Hannes lange gefallen wird?« Danach sah es aus, vielmehr so hörte sich's an. Der Nachbarin Mann war ein gewaltiger Schnarcher. Sie mußte ihn bitten, das Ehebett zu verlassen, um im Kinderzimmer zu schlafen. Als seine Tochter klein gewesen war, war diese des öfteren von dort geflohen, weil sie von nebenan den Streit um Sonntags- und Werktagsfrau nicht hören mochte. Ihr Vater hörte jetzt anderes: Schätzle, tolle Hexe, Satansbraten, Lachen, Girren, Stöhnen, Lichtschalter an und aus (es mußte ein Zugschalter sein, der solchen Krach machte). Nicht gerade in jeder Nacht ging's so zu, doch Luise mußte den Schnarcher wegen des Liebeslärms von nebenan oft neben sich dulden. Nach geraumer Zeit fing Frau Rust zwar nicht über Hannes, sondern übers Haus an zu lästern. »Nie ist man darin fertig mit der Arbeit. Es ist ein Sch...haus!« Luise lachte, als sie dies zu hören bekam, denn solche Rede war ihr aus Vorzeiten bekannt. Bald verkündete Frau Rust, sie ziehe in ihre aufgesparte Wohnung zurück. Sie besaß ein Auto, also zog Hannes mit ihr. Verlassene Häuser sehen rasch vergammelt aus. Nach einem bösen Herbststurm, bei dem Wasser in die Keller gelaufen war, drang muffiger Geruch beim Hanneshaus durchs vergitterte Kellerfenster nach oben. Zum Glück sah man dann ihn und Frau Rust mit einem Paar ihres Alters ins Haus gehen und im Garten herumstehen. »Unsere Mieter!« rief Hannes' Verhältnis den Nachbarn zu. Was dann kam, war bekannt: Handwerker machten monatelang drinnen Lärm. Draußen kam das Dächlein über die Haustür, und endlich eine Terrasse. Mitten im Rasen wurde eine Wäschespinne einbetoniert. Der Nachbar rätselte, wer wohl die Tausender auf sich nehme: Hannes oder der Sohn, der Wirt? Als die Markisen über den Fenstern waren, die Sonne brannte schon warm, zogen die Mieter ein. Eines Sonntagvormittags gingen Hannes und Frau Rust mit ihnen von Haus zu Haus, um die neuen Nachbarn vorzustellen. Es war ein passables Ehepaar, jugendliche Rentner ohne Kinder. Beide waren etwas zu beleibt, aber sehr gut gekleidet, richtig bayrisch. Der Mann war in schönem Trachtenanzug, den Tirolerhut in Händen, sie in sichtlich teurem grünem Kostüm. Dabei redeten sie, wie man etwa in der Gegend um Mannheim spricht. In jedem Haus ließen sie sich darüber aus, wie unverständlich es ihnen sei, wie Frau Frida ein solch schönes Nest habe verlassen können. Jedesmal lachte Hannes mit seiner Freundin dazu. Von hinten bis vorne waren die Leute entzückt über dermaßen reizende Mitbewohner. Niemand wußte, wer's aufgebracht hatte, sie bekamen den Namen »Tiroler«.

Luises Liebe zu den Nachbarn und ihre Begeisterung für das schöne Wohnen im Reihenhaus hat nach den vielen Jahren eine Trübung erlitten. Bis dahin war es bei ihr so ruhig, daß man weiter hinten meinte, ihre Familie sei eine langweilige. Auch als ihr Mann im Ruhestand war, tat sich nichts Besonderes. Er kaufte gerne ein, half ein bißchen im Haushalt, las gern Fontane und schaute im Fernsehen Krimis, Politik- und Sportsendungen an. Luise hatte genug Zeit, für die Enkel Socken zu stricken. Leider lebten diese weit entfernt von ihr. Als Frida, die Nachbarin, für ganz wegging, war es ihr, als hätte sie eine Schwester verloren. Wenn sie der längst verstorbenen Schwiegermutter Grab goß, suchte sie danach Grabstätten abgeschiedener Reihenhausbewohner auf. Agnes mit Mann ruhten unter einem prächtigen Grabmal – der Schwager hatte sich nicht lumpen lassen. Eduards Grabstätte deckte eine Steinplatte, weil seine Angehörigen im Ausland lebten. Die Enkelin der Maja versäumte nicht, aus dem Garten Blumen auf ihr Grab zu legen. Alois' zweite Frau ging nie zur Ruhestätte Isoldes, und je zittriger Alois war, desto kümmerlicher sah diese aus. Ganz anders war's mit Evas Grab. Ihm war anzusehen, daß ihre Nachfolgerin wohlhabend war. Mit den neu zugezogenen jungen Leuten freute sich Luise, daß ihre Kinder sich in der Reihe wohlfühlten, denn diese galt als günstig für Kinderreiche. Nur mit den tirolerischen Nachbarn wollte das Verhältnis nicht harmonisch werden. »Hallo! Wie geht's?« sagte der Mann zwar freundlich. »Guten Morgen«, erwiderte Arthur und ging rasch vom Garten ins Haus. Drinnen schimpfte er: »Erstens heiße ich nicht Hallo, zweitens will ich nicht jeden Tag gefragt sein, wie es mir geht.« Luise machte ähnliche Erfahrungen. Kam sie aus dem Haus, war die neue Nachbarin meist um den Weg, die freundlichst mit »Hallo« grüßte. Luise sagte: »Grüß Gott«. Eigentlich hätte dieser Gruß zum weitausgeschnittenen Dirndl der Frau gepaßt, doch sie lachte, je öfters solches geschah, um so lauter und verächtlicher. Nun, schlimm war das nicht, an Hallo kann man sich gewöhnen. Luise sagte es jetzt sogar selber, um mit der Nachbarin freundlich reden zu können. Den ganzen Sommer über bekamen die drüben viele Besuche. Auf der Terrasse lärmten sie. »Als wär's vor meinem Haus!« fluchte Arthur wegen des Krachs. Wollte er Radio hören, mußte er Tür und Fenster dicht machen. Seine Frau tröstete: »Sie wollen ihren Bekannten zeigen, wie schön sie jetzt wohnen. Es wird ruhiger werden.« Weil bis weit in den Herbst hinein der fast tägliche Terrassenlärm herrschte, jammerte sogar Luise bei einer hinteren Frau: »Ich kann nicht mehr auf der Gartentreppe sitzen, um dem Abschiedsgeschwätz der Schwalben zuzuhören.« »Was habt ihr denn? Die Tiroler sind sehr nette Leute.« Im Winter war's ruhiger, wenn des Mannes Stimme, sobald sie Besuch hatten, auch laut durch die Wand zu hören war. Luise sprach hoffnungsvoll freundlich belanglose Dinge mit denen von nebenan. Als die Sonne wieder warm schien, war es drüben so laut wie im Vorjahr. Arthur sprach mit dem Ordnungshüter. Dieser mußte mit den Tirolern wegen des Lärms geredet haben, denn bald darauf hörten sie die Frau zu Besuchern sagen: »Wenn wir uns unterhalten wollen, müssen wir dazu in den Keller gehen.« Sie sprach draußen alles, was sie dachte, laut hörbar. »Jetzt glotzt sie wieder.« Luise hatte es nicht lassen können, hinzuschauen, als die Frau in kurzen Lederhöschen Unkraut jätete. Mehr und mehr waren die Bewohner der Reihe Hallofreunde der Tiroler. Über vier Gärten hinweg schrien sie Blanka Braun ihr »Hallo« zu. Alle Kinder lockten sie an, besonders die vier Töchter von Luises vorderem Nachbarn. Sie rannten des Tages viele Male über Arthurs Rasen hinüber zu den Freunden, wo es Spaß und Eis gab. Er verbot es den Mädchen schließlich, sie sollten auf der Gasse hinübergehen, an der Tür läuten. Danach grüßten weder die Kinder noch ihre Eltern mehr, die Tiroler sowieso nicht. Es war für die im dritten Haus häßlich geworden, so nah zwischen Menschen zu leben, die man nicht grüßen konnte. Arthur mied den Garten ganz. Luise ging nur hinaus, wenn sie gewiß war, daß niemand draußen war. Zu ihrem Entsetzen spürte sie, wie alle Reihenleute sich von ihnen abwandten. Darum machte sie verzweifelte, oft lächerliche Versuche, deren Gunst zu erhalten. Ihr Mann schimpfte: »Sei doch nicht so liebedienerisch!« Im dritten Tirolersommer fingen sie an, die Nachbarn zu hassen. Das führte zu Fehlreaktionen. Luise schlug die Gartentür zu laut vor ihren Nasen zu. Arthur sagte für sie hörbar einen Schimpfnamen. Der Tiroler drohte mit einer Anzeige. Wie zur Liebe gehört auch zum Haß die Eifersucht. Luise sah Lisbeth, die sie gerne mochte, mit einem Blumenstrauß ins Nebenhaus gehen. Obwohl sie sich nie mehr wegen des Lärms beklagten, sprach der Ordnungshüter Luise an: »Wir verstehen euch nicht! Was ihr nur gegen die sehr freundlichen Leute habt? Alois neben ihnen klagt nie.« »Im siebten Himmel hört man nicht, was nebenan vorgeht«, meinte sie. Des ersten Frau, bei allen geachtet, sagte zu Luise: »Keine von uns Frauen schmückt Garten und Gasse so schön wie die Tirolerin, keine hat jede Woche zweimal derart weiße Wäsche hängen, niemand einen solch sauberen Mülleimer.« Alles traf zu! Die Tirolerin putzte, allen sichtbar auf dem Sträßchen, den Dreckeimer mit viel Schaum und Essig, als ob's um ihre Suppenschüssel ginge. So kam sich Luise immer jämmerlicher vor. Sie klagte bei Arthur: »Warum steigern wir uns wegen diesen Nachbarn in solch ein Unglück hinein?« »Ich könnte sie umbringen!« Ende des Sommers, im fünften Tirolerjahr, hörten sie von der Terrasse her den Mieter verkünden: »Wir kaufen dem Hannes das Häuschen ab. Alles ist bereits im Gang.« Arthur war bleich geworden, seine Frau wie gelähmt. »Wir ziehen uns ganz und gar zurück«, sagte sie. »Nein! Wir ziehen aus!« rief er. Nun las er Immobilienangebote in der Zeitung. Eine Eigentumswohnung hatte er im Sinn, in einem großen Haus, wo keiner sich um den andern zu kümmern hat, am besten niemand grüßen muß. »Möchtest du in Kreßbronn oder Langenargen leben?« fragte er seine Frau. Wenn sie je von hier wegziehen müsse, dann nach Überlingen. Er kaufte den Südkurier und ging auf Banken. Sie fragten ihre Kinder um Rat, und die rieten zum Verkauf. Ihr Vater holte die alte Mappe, mit der er einst zu Luise ins Dorf marschiert gekommen war. Wieder kamen Finanzierungs- und Baupläne hinein, auch im Maßstab ausgeschnittene Pappkartönchen der vorhandenen Möbel. Luise hätte gerne gelacht, doch der Ernst der Lage ließ dies nicht zu. Sie weinte sogar des öfteren, besonders wenn der Mann sagte, er müsse sich um einen Käufer umtun fürs Reihenhaus. Sie wolle nicht in der kalten Jahreszeit, erst im Frühjahr umziehen, bat sie. Im Winter, es war an einem eiskalten Sonntag, ging's drüben laut zu. Hannes und Frau Rust brüllten, die Tiroler noch lauter. Arthur und Luise konnten nicht verstehen, um was es ging, der Streit war unerträglich anzuhören. Luise ging hinaus ans Futterhäuschen, den Vögeln Körner zu streuen. Die beiden größeren Töchter des Nachbarn, die sonst hineinrannten, wenn sie hinauskam, grüßten und kamen zu ihr. Die eine sagte: »Bei ihnen fressen viele Vögel«, die andere, »gestern war sogar ein Buntspecht da.« Luise wunderte sich nicht zu sehr über die Kinder. Seit der Adventszeit waren die Leute der Reihe merklich freundlicher. Nun, das Fest der Liebe und des Friedens! dachte sie. Jetzt kam aber die Mutter der Mädchen. »Drüben geht es ja heiter zu! Wir hören den Streit bis zu uns herüber!« »Es wird um den Kaufpreis gehen.« »Ja wissen sie's denn nicht? Sie prozessieren mit dem Hannes. Sie wollen das Haus fast geschenkt haben, nach allem, was sie hineingesteckt hätten. Sie haben verloren und müssen ausziehen.« Luise wurde bleich. Die Frau lachte und meinte, ihr könne das doch recht sein. Noch am selben Abend räumte Arthur die Mappe, in der Angebote, Pläne und genau vermessene Möbelkartönchen waren, mit einer dicken Schnur umwickelt, weit hinten in einen Schrank. Kaum war die Erde aufgetaut, fingen sie drüben an, Rosen- und andere Büsche auszugraben. Die Frau riß Pflanzen heraus, die sich bereits anschickten zu blühen. Die langen weißen Wurzeln an den Zwiebeln sahen jämmerlich aus. Luise, die der Tirolerin zuschaute, spürte Mitleid mit ihnen. Plötzlich bedauerte sie aber die Frau viel mehr als die Blumen. Ein unerträgliches Schuldgefühl überkam sie. Auf einmal wußte sie, wie sie selber die Zwistigkeit nährte. Kaum an anderes konnte sie mehr denken als an das, was sie im Umgang mit den Leuten falsch machte. Wegen dieser Vorwürfe und aus der bösen Stimmung heraus sagte sie zu ihrem Mann: »Die Reihenhäusler haben uns nicht zu Unrecht getadelt. Sie spürten unsere Überheblichkeit.« »Es fehlt nur noch, daß du dich entschuldigst. Untersteh dich!« Das Frühjahr war verregnet. Luise sah durch die Fenster, wie die tropfnassen Tiroler die Wäschespinne aus dem Rasen buddelten, die Terrassenplatten aushoben, die Markisen aus der Wand rissen. Alles hinterließ häßliche Löcher. Vor dem Haus kam das Dächlein über der Tür weg, und der Mann stemmte die einbetonierte Blumenschale aus dem schönen Pflaster. Als sie den Briefkasten mit ihrem wohlklingenden Namen entfernten, war's Luise zum Weinen. Jeder Ausbau war lauter als vordem der Einbau, und Arthur fluchte. »Was ihnen gehört, werden sie mitnehmen dürfen, auch die Badewanne!« rief Luise giftig. Dann verdunkelte ein riesiger Möbelwagen Luises Küche. Sie brauchte lange, bis sie die Fassung wiederfand. Erst als Fridas Sohn bei ihr klingelte, konnte sie wieder lachen. Er kündigte an, in der nächsten Zeit werde es drüben laut zugehen. Jetzt lachte auch Luises Mann, das seien sie inzwischen gewohnt. Der junge Wirt war gesprächig. Auf Drängen der Frau Rust habe Hannes ihm das Häuschen für billiges Geld verkauft. »Meiner Mutter gefällt's bei uns, da will sie bleiben.« Danach lobte er Frau Rust eine gescheite, passable Person. Er sprach davon, wie gut es seinem Vater bei ihr gehe, wie er nicht genug davon bekomme, an ihrer Seite mit dem Auto auszufahren. »Hannes! Der fanatische lebenslängliche Radfahrer!« sagte Arthur, und alle drei lachten herzlich. Die erneute Renovierung seines Elternhauses verursache viel Kosten und eine Menge Arbeit. Wenn Garten und Haus wieder in Ordnung seien, vermiete er an seinen besten Koch. »Das ist ein ruhiges Ehepaar«, versicherte Fridas Sohn. Als dieses einzog, sah Luise, daß die junge Frau schwanger war, und sie freute sich auf ein Kindergeschrei von nebenan.

»Was warst du doch für ein liebes Mädchen!« sagte der Herr des zweitletzten Hauses zu seiner Frau, »jetzt plagt dich nur noch die Neugier.« Immer schon, auch als sie älter wurde, hatte sie Anteilnahme für die Mitmenschen gespürt, entgegnete Huberta in beleidigtem Ton. Von denen, die mit ihnen hier eingezogen waren, wußte sie, wie es um sie stand, sah voraus, wie es mit ihnen weiterging. So hatte sie als erste festgestellt, daß es bei Wilma, der Norddeutschen, mit dem Verstand nicht stimmen könne. Woher sie das wisse, wo sie doch so weit auseinander wohnten, hatte Anton kritisiert. »Du hast mich ins Dorf der Verrückten gebracht, darum kenne ich mich aus bei abwesenden stieren Blicken.« Auch Eduards zu frühen Tod ahnte sie voraus. Der Bauer Bentele daheim neben ihnen habe ebenfalls Magenschleimhautentzündung gehabt und sei mit sechzig am Krebs gestorben. Als Agnes das große Unglück traf, meinte Huberta: »Hab ich's nicht gesagt? So viel Liebe und Glück kann nicht von Dauer sein.« Maja lebte noch, da sah Huberta kommen, daß ihr Mann mit der Pflegerin wegziehen werde. Und bevor Lore Braun es selber wußte, sagte sie deren Scheidung voraus. »Ich habe Augen im Kopf«, war einer von Hubertas Lieblingsaussprüchen. Bei ihrer eigenen Tochter habe die Vorschau wohl nicht funktioniert? Dann konnte Antons Frau böse werden, genau wie bei anderem Spott über ihre falschen Prophezeiungen. So fand die Hochzeit Felix' mit Fräulein Braun nicht statt, ebensowenig der Hauskauf der Tiroler, den sie bereits im zweiten Jahr ihrer

Reihenhauskarriere voraussah. Zu lange konnte Anton seine Huberta nicht verstimmt sehen. Er tätschelte sie wieder. Aber als sie behauptete, Felix sei homosexuell, Lisbeth müsse einem leid tun und Blanka schlafe mit ihrem Bruder, schimpfte er sie ein übles Lästermaul. Um die jungen Bewohner, die erst später eingezogen waren, kümmerte sie sich nicht. Allein vom vordersten, der ihres Mannes Ordnungsamt übernahm, wußte sie den Namen. Wenn die ›Neuen‹, wie sie sagte, nach hinten zu den Garagen oder nach vorn gingen, schenkte Huberta diesen Leuten keinen Blick und gönnte ihnen keinen Gedanken. An einem schönen Junitag trafen sich die beiden Ehepaare, das des dritten und das des zehnten Hauses, in der Stadt. Stießen sie im Gäßchen zusammen, grüßten sie eben kurz. Hier, so weit von dort, war's was anderes! Sie reichten einander die Hände und fingen an zu reden. »Dort ist eine freie Bank! Setzen wir uns doch eine Weile«, sagte Huberta, und man sah, wie erfreut sie über die Begegnung war. Eifrig redete sie: »Nächste Woche jährt es sich wieder, daß wir ins Reihenhaus einzogen sind.« Die Männer schwiegen, Luise meinte, »wie rasch doch die Zeit vergeht«. Huberta ließ nicht locker. »Das ist ein Grund zu feiern!« Anton sprach: »Warten wir damit die paar Jahre, bis das halbe Jahrhundert voll ist.« »Wer weiß, wer dann noch lebt!« rief seine Frau ungeduldig. Sie beteuerte, wie gerne sie auf die nächste Woche, vielleicht mittwochs, zum Feiern einladen möchte. Anton fragte, wie viele es von den Alten noch seien, die damals eingezogen waren. Jeder wollte für sich zählen, doch Huberta kam allen zuvor: »Wir sind die einzigen Ehepaare, dazu das Geschwisterpaar Braun, Helmut und Alois – also acht Personen.« Luise verbesserte: »Lisbeth«. Die sei erst vier Jahre später dazu gekommen. Anton tadelte seine Frau, man könne die beiden Männer nicht ohne ihre zweiten Frauen einladen. Für zehn Personen ein Festessen zu kochen, schaffe sie leicht. »Ich habe genug Rehfleisch von meinem Bruder in der Gefriertruhe.« Nun meldete sich Arthur zu Wort: »So lang ich hier wohne, hab ich noch nie ein anderes Haus als das meine betreten. Dabei bleibe ich!« Huberta gab ihm einen bösen Blick. Er schlug vor, in einem Gasthaus zu feiern, dann hätte Huberta nicht solche Arbeit und Kosten. »Jeder kann seine Zeche selber bezahlen«, meinte er, und Anton stimmte ihm zu. Seine Frau zog eine unwillige Schnute, half aber die Gaststätte aussuchen, eine neu errichtete großartige nah dem Ufer. Einmütig legten sie Tag und Stunde fest. Huberta erbot sich, den Tisch zu bestellen und die anderen Teilnehmer einzuladen. Damit hatte sie nicht das erhoffte Glück. Zwar sah sie am selben Nachmittag Alois mit Gattin zu den Garagen gehen. Sie sprach sie an, und diese sagten zu. Ihre hinteren Nachbarn waren dabei, in die Schweiz aufzubrechen. Dort, in ihrer Hütte, werde renoviert, Handwerker könne man nicht unbeaufsichtigt lassen. Helmuts zweite Frau bedauerte aufrichtig, am Fest nicht teilnehmen zu können, und er lachte dazu. Dieses Lachen ärgerte Huberta. Die Nachbarin mochte sie nämlich. Zu gerne hätte sie mit ihr gefeiert, um ihren Mann tat's ihr nicht leid. Helmut und sie waren nie gut Freund gewesen. Wahrscheinlich nahm er es ihr übel, daß sie wegen Evas Krankheit ihn wie sein Haus gemieden hatte. Jetzt fehlte noch eine Einladung: Morgens und abends klingelte sie bei Brauns. Sie öffneten nicht. »Sicher sind sie verreist«, sagte Anton. »Sie machen doch keine Reisen mehr!« Am nächsten Tag hörten sie von drüben ein deutliches Geräusch, und Huberta rannte zum erneuten Versuch. Als wieder nicht geöffnet wurde, war sie zornig. »Sie wollen nicht mitmachen! Jetzt fällt mir ein, ich habe Blanka vor zwei Tagen bei Alois' Frau stehen sehen.« »Mir gerade recht!«, und Anton lachte dazu, obwohl er sah, wie seine Frau den Tränen nahe war. »Wir sind leider nicht zehn, sondern nur sechs Personen«, rief sie fast weinend im Gasthaus an. Der Tisch war schön gedeckt mit Blumen, brennender Kerze, hochaufgestellten Servietten. Bis das Essen kam, stießen sie wiederholt auf ihre Gesundheit und ihr schönes Wohnen an. Wer mit Alois anstieß, erschrak, wie sehr dessen Hand dabei zitterte. Man müsse sich seiner viel später eingezogenen Frau annehmen. Anton frage sie recht freundlich, wie es ihr im Reihenhaus gefalle? »Mit einem solchen Ehemann! Mit einem derart guten Gatten!« sprach sie. Anton wollte wissen, wo sie vorher gelebt habe, und man hörte heraus, daß er hören wollte ›wie‹. Die Antwort darauf gab Alois: »In meiner Heimat droben, vorher in Wangen«. In der Nähe, bei Licht besehen, stellte jeder für sich fest: Seine Frau glich gar nicht Isolde, wie sie meinten. Statt dem Lieben in deren Puppengesicht waren in dem ihren grobe Züge. Das Essen war gut. Jeder hatte bestellt, wonach ihn gelüstete, und es dauerte ziemlich lange. Danach bestellten Anton und Arthur besseren Wein für sich und ihre Frauen. Alois dagegen bestellte die Rechnung. Am Getuschel der Seinen war zu bemerken, er tat's auf ihr Drängen. »Wir gehen jeden Abend sehr früh schlafen«, war die zweite Rede, die man an diesem Festabend von ihr zu hören bekam. Kaum waren die beiden aus der Tür, lachte Arthur lauthals: »Kein Wunder! Bei solch bravem Ehemann!« Die Männer fingen an zu politisieren. Huberta holte aus ihrer Handtasche einen Stapel Fotos. »Meine fünf Enkel.« Luise hatte keine Bilder dabei, denn sie fand, Enkel seien nur als kleine Kinder des Anschauens wert. Huberta erklärte, welches die Kinder des Sohnes, welches die der Tochter seien. Es waren erwachsene Leute, die in ihr Geschlecht wie in das ihres Mannes schlugen, feingliedrig und hellblond. Dann zeigte sie das schönste: Einen schwarzgelockten Jüngling auf fünf Aufnahmen, einmal mit Taktstock abgelichtet. »Das ist der Erstgeborene meiner Tochter! Er ist sehr musikalisch und wird berühmt werden.« Luise bewunderte gebührend. Als sie mit dem Lob zu Ende war, während Huberta die ›Enkel‹ in die Tasche schob, sagte diese: »Vergangenes Osterfest ist Felix nicht gekommen.« »Doch, doch, ich sah sie beisammen auf der Terrasse sitzen, am Ostermontag miteinander ausgehen!« »Hat sich Frida endlich scheiden lassen? Grund genug hätte sie dazu.« Luise mußte zugeben, daß sie's nicht wisse, meinte aber: »In unserem Alter spielt die Liebe, Treue oder Untreue keine Rolle mehr.

Hauptsache, ihr und Hannes gefällt das jetzige Leben.« Huberta war mit dieser Auskunft ebenfalls nicht zufrieden. »Sie mutmaßen doch auch, daß Blanka Braun mit ihrem Bruder …« Jetzt fuhr Anton in die Unterhaltung der Frauen. Mit einem Ohr hatte er gehört, wohin die Reden seiner Frau führten. »Huberta«, sagte er, »du weißt doch alles! Wie heißt der CDU-ler mit den großen Ohren?« Verärgert gab sie keine Antwort. Nun fing Arthur an zu schwitzen, so sehr, daß er ständig Schweiß wischen mußte. Das geschah ihm, wenn er gut gegessen und besseren Wein getrunken hatte. »Hier drinnen ist es schrecklich schwül«, stöhnte er. Die anderen gaben ihm recht, es war wirklich drükkend warm im Raum. »Bezahlen wir, gehen wir an die frische Luft«, schlug Anton vor. Sie hatten gehofft, in die Kühle der Nachtluft zu kommen, doch die Junischwüle herrschte draußen schlimmer als drinnen. Überm See hing der schwarze Himmel tief. Die Sturmwarnlichter blinkten an vielen Orten dem Ufer entlang wie irr. In der Schweiz drüben zuckten Blitze, und ferner Donner war zu hören. Von der Seegaststätte bis zu ihrem Haus war's ein ziemlich langer Weg. Zudem ging's aufwärts, so fiel ihnen das Atmen schwer, und sie konnten nicht miteinander reden. Die ersten dicken Tropfen fielen. Als sie um die Ecke der Reihe bogen, fing es an zu prasseln. »Kommt zu uns herein!« schrie Luise, die andern rannten aber weiter. Arthur und seine Frau kamen fast trocken ins Haus. Vom dritten bis zum zehnten war bei solchem Wolkenbruch ein weiter Weg. Anton und Huberta waren naß bis auf die Haut. »Meine frischen Dauerwellen«, jammerte sie. Die klatschnasse Festkleidung hängte sie in der Waschküche auf. Endlich lag das Ehepaar trocken und warm, da sagte der Mann: »Das hätten wir uns sparen können.« Die Frau hörte den Vorwurf, der ihr galt, heraus, ging aber nicht darauf ein. Statt dessen schimpfte sie: »Alois' zweite Frau ist eine saudumme Kuh, und er vertrottelt mit ihr.« Anton äußerte sich dazu nicht, so redete sie weiter: »Mit der Luise kann man sich überhaupt nicht unterhalten.« »Sie wollte wohl nicht in deinen

Tratsch miteinstimmen.« »Meine Unterhaltungen derart zu unterbrechen, verbitte ich mir in Zukunft!« Das war für ein Bettgespräch zu laut gesprochen. »Ich wußte warum!« Diese Äußerung des Mannes ärgerte Huberta dermaßen, daß sie sich von ihm weg zur Seite drehte, so weit an die Bettkante, wie es nur ging. Sie steigerte sich in eine Wut auf ihn hinein, in einen Zorn, der sie die Fäuste unter der Bettdecke ballen ließ. Auf einmal haßte sie alle Männer und stellte sich ein Leben ohne sie vor. So frei wie Lisbeth eines führte! Huberta sah sich mit ihr auf der Terrasse sitzen. Helmuts und Arthurs Frauen würde sie einladen, auch Blanka und Isoldes Nachfolgerin zu sich bitten. Immer deutlicher malte sie sich das herrliche Leben der alten Witwen aus. Wenn sie denn welche wären: Bei häufigem Kaffeeklatsch, wo keine einem Mann Rechenschaft schuldig war, weder wegen Geld- noch Zeitverschwendung, schon gar nicht über das, was sie redeten, was die eine von der andern zu erzählen wußte. Draußen blitzte und donnerte es, der Regen hörte auf, um bald um so stärker wieder loszubrausen. Huberta konnte nicht einschlafen, so spann sie das schöne Netz der Witwen weiter. Es schien ihr nicht unmöglich: Helmut war älter als seine Frau, er sah krank aus, und wer weiß, ob er sich nicht doch an seiner ersten Frau angesteckt hatte. Seine zweite wäre mir die liebste Gesellschafterin! Arthur, der wegen dem bißchen Wein schwitzt, kann nicht alt werden. Seine Frau, die ihn fürchtet, wird ohne ihn das sagen, was sie denkt. Blanka überlebt ihren Bruder, und wenn er nicht an ihrem Rockzipfel hängt, kann man mit ihr reden. Der zittrige Alois kann so viel Liebe nicht mehr lange aushalten, vielleicht ist seine Frau danach umgänglicher. Den eigenen gesunden Mann zu beseitigen, fiel ihr ein bißchen schwer. Sie gönnte ihm einen Sekundentod. Anton schnarchte neben ihr. Das Gewitter war weitergezogen. Nur aus der Ferne hörte sie das andauernde Donnergrollen. Ihrer wirren Gedanken wegen konnte sie trotzdem lange nicht einschlafen, es war schon zwei Stunden nach Mitternacht. In der Frühe, als noch nicht ganz Tag war, wachte Huberta an einem Donnerschlag auf. Das Bett neben ihr war leer. »Anton! Anton!« schrie sie. Ihr Schreck war groß, weil sie im Moment meinte, die bösen Hirngespinste der Nacht seien Wirklichkeit. Sie rannte nach unten. Anton stand in Gummistiefeln im Keller, um das eingelaufene Regenwasser abzuschöpfen. »Geh nur wieder ins Bett, bestimmt hast du nicht gut geschlafen!« rief er nach oben. »Wenn ich hier sauber aufgewischt habe, mache ich Kaffee.« Arthur wollte fernsehen. Er zog sich also um, dann setzte er sich nur in Hauskleidern vors Gerät. Luise war müde. Der Abend hatte sie angestrengt, vor allem enttäuscht. Obwohl, traurig hatte sie das Feiern nicht gemacht, eher ein wenig belustigt. Sie gähnte und sagte: »Vielleicht schreibe ich über die Bewohner des Reihenhauses.« Der Mann sprang auf. Er ballte die Faust und brüllte viel zu laut: »Untersteh dich!« Luise murmelte: »Ach ja! So Besonderes ist ja nicht passiert! Aber eigentlich ist jedes Menschenleben des Aufschreibens wert. Nur so weiß man, wie's war, was Männern und Frauen in den Jahren zustößt.« »Hör auf und geh ins Bett!« Des Gewitters wegen, das nicht nachlassen wollte, konnte sie nicht einschlafen. So fing sie an, sich zu überlegen, wie sie die Geschichte der Leute beginnen könnte.

Nachtrag

Nach schwülen gewittrigen Juniabenden folgen die warmen, lang hellbleibenden des Sommers, schöne klare Abende im Herbst, und dann die heimeligen des beginnenden Winters, an denen man sich der spärlich fallenden Schneeflocken wegen auf Weihnachten freuen kann.

Es war der Abend des 23. Dezember. Der Mann des ersten Hauses in der Reihe montierte die Beleuchtung an der großen Tanne in seinem Rasen. Dabei stand er auf der Bockleiter und hatte einige Mühe damit. Ein ziemlich heftiger Wind bewegte die Zweige. Als die Dämmerung begann, hatte er's geschafft, und die Lichter brannten. Drinnen im Haus schmückte seine Frau die drei Giebel wie das Küchenfenster mit bunten Lämpchen. Das Ehepaar stand noch eine Weile auf der Gasse herum, ging sogar zur Straße, um zu sehen, wie sich die Pracht von dort ausmache. Der Hausherr sprach: »Wenn das Wetter auch nicht danach ist, so sieht es bei uns doch weihnachtlich aus.« Eines ihrer Kinder war leider krank. Sie setzten es liebevoll ganz nah ans Wohnzimmerfenster. Es schaute hinaus zum Kerzenbaum. Wie gebannt beobachtete es die Lichter, wie sie hin und her tanzten, auf- und abhüpften.

Aus der Tür des zweiten Hauses liefen die beiden älteren der vier Töchter. Sie waren hübsch zurechtgemacht, denn sie gingen zu einer Party. Ihre Mutter rief ihnen von der Treppe aus nach, um welche Uhrzeit sie zu Hause sein müßten. »Hast schon zehnmal gesagt«, maulte eine zurück. Vorne kam den Mädchen der nächste Nachbar entgegen. Sie grüßten den alten Herrn mit fröhlichem »Hallo«, und er sagte »Guten Abend«. Die Mutter schaute den jüngeren Töchtern zu. Diese konnten nicht damit aufhören, aus buntem Transparentpapier Sterne zu falten. Sie machten es pünktlich und schön, alle Fenster des Hauses waren bereits damit vollgeklebt. »Wo sollen denn die noch hin?« fragte die Mutter. An der Glastür zum Balkon hänge noch kein Stern, bekam sie zu hören und lachte darüber. Der Vater schaute aus der Zeitung auf. »Wir fahren am zweiten Feiertag nicht nach Vorarlberg. Wie ich lese, liegt auch dort kein bißchen Schnee, sei vorerst keiner zu erwarten.« »Schade«, sagte seine Frau, »ich hätte gerne bei den Leuten hineingeschaut, von denen wir das Haus gekauft haben.« Auf einmal drang aus der Küche brenzliger Geruch. Die Hausfrau rannte, denn sie hatte den Braten rein vergessen. Von ihm sollten Scheiben an Heiligabend auf der kalten Platte liegen.

Im dritten Haus wartete die Frau. Sie war es nicht gewohnt, daß ihr Mann ein paar Minuten später kam als üblich. »Der See hat mich nicht losgelassen«, war seine Entschuldigung. Nach dem Abendessen schilderte er die seltsame Stimmung, die dort herrsche: Die zerrissenen jagenden Wolken, die Berge drohend schwarz, die heftigen Wellen sähen aus, als koche das Wasser, die Lichter in der Schweiz so nah, als könnte man sie greifen. »Die Weihnachtsbeleuchtung unserem Ufer entlang sieht direkt lächerlich aus.« Die beiden waren am Fest gern allein, und das war gut, denn ihre Angehörigen lebten in der Ferne. Früher hatte die Frau in alle Richtungen Päckchen verschickt, weil sie herzlose Geldgeschenke haßte. Aber nun machte ihr dies zu viel Mühe. Zudem wußte sie nicht mehr, was die groß gewordenen Enkel erfreute, und die Postgebühren waren enorm. Im Stapel Weihnachtspost, den die Frau holte, bedankten sich die Enkel für das Geldgeschenk. »Von der aus England ist noch nichts gekommen«, sagte der Großvater unwirsch. »Von deiner wichtigsten Enkelin«, meinte seine Frau lachend. »Morgen kann noch Post kommen, der Weg übers Wasser ist weit.« »Als ob's keine Luftpost gäbe!« Dann schlug sie vor, da die Straßen schneefrei seien, an einem Feiertag droben im geliebten Wald zu wandern. »Vielleicht sind bei diesem lauen Wetter dort ein paar Buntspechte zu sehen.« Ihr Mann begann: »Erstens sind zu dieser Zeit die Spechthöhlen leer – das sind Zugvögel. Zweitens müssen wir Rentner nicht dann Auto fahren, wenn alles unterwegs ist. Drittens wird an beiden Feiertagen Biathlon übertragen, vor allem die Staffeln muß ich sehen.« »Viertens«, zählte seine Frau weiter, »sehe ich Sven Fischer auch gerne gewinnen. Und fünftens sind Spechte höchstens Strichvögel. Jeden Winter sehe ich welche am Futterhaus.« So tat sie, wie immer, nach des Mannes Willen. Nur in dem einen, von den Nachbarn nichts zu erzählen, konnte sie ihm nicht gehorchen. Dies war jedoch ihr Geheimnis. Zur Weihnacht darf man solche haben, dachte sie.

Der junge Mann im vierten Haus schmückte, während das Kind schlief, draußen auf der Terrasse den Christbaum. Er mußte ihn von zwei Seiten anbinden, damit der Wind ihn nicht umblies. Im Wohnzimmer wollte seine Frau ihn der Tannennadeln wegen nicht haben. Das Zimmer war nämlich sehr schön und modern eingerichtet mit wulstigen weißen Polstermöbeln und feinen Glastischen. Diese Stube machte mehrere Einrichtungen mit. Es waren die hellen Möbel darin, die der ersten Hausfrau, zwischen denen sich deren Hausgäste wohlfühlten. Später ließ ihr Sportsmann das Zimmer zeitweise bös vergammeln. Eine resolute Person räumte ein paar Jahre lang, bis sie davon genug hatte, darin auf. Bei den tirolerischen Mietern glich es den Gemächern bayrischer Königsschlösser. Nun stand der junge Vater mit dem Söhnchen auf dem Arm am Fenster. Es zappelte und jubelte wegen der Lichter und bunten Kugeln draußen. Die Frau rief zum Essen in die Küche. »Ei«, sagte er, »was wirst du erst an Heiligabend auftischen, wenn's heute schon so großartig ist?« Die Frau wollte ihrem Mann, dem Koch, stets beweisen, daß auch sie es könne. Jetzt sagte sie: »Wir haben ja nur die beiden Abende. Dann kommst du bis Dreikönig nur noch schnell zum Schlafen heim.« »Ja, im Gasthaus haben sie Hochbetrieb. Nur gut, die Oma Frida ist für die Kinder da.«

Die Gattin im fünften Haus saß beim stark nadelnden Adventskranz und zündete die noch halbwegs hohe vierte Kerze an. »Ich hole ein Fläschlein Rotwein«, sagte ihr Mann und begann langsam die Kellertreppe hinunterzusteigen. »Bring den Christstollen mit, den dein Bub geschickt hat!« rief sie ihm nach. So mußte er den Kellergang zweimal machen. Eine Hand brauchte er dringend, um sich am Lauf festzuhalten beziehungsweise hochzuziehen. Seine Hände zitterten heftig, als er vom harten Gebäck schnitt, und noch heftiger, als er mit dem komplizierten Flaschenöffner hantierte. »Ich bin froh«, sagte die Gemahlin, »daß deine hochelegante Tochter den Besuch abgesagt hat. So genügt der Adventskranz als Schmuck.« Als sie drei Scheiben vom Stollen gegessen und zwei Gläschen Wein getrunken hatte, wollte sie ins Bett, obwohl kein später Abend war. »Geh nur voraus! Ich mache die Flasche leer«, sagte der Gatte. Zum letzten Schluck murmelte er: »Prosit Isolde«.

Im nächsten, dem mittleren Haus der Reihe, herrschte schöne friedliche Weihnachtsstimmung. Das Mädchen band Geschenkpäckchen. Der größere Sohn war mit der Krippe beschäftigt. Er besserte mit Baumrinde und Moos aus. Einem Kamel mußte er ein Bein, einem Engel den Flügel ankleben. Der Jüngste half der Mutter in der Küche. Der Hefezopf war gut gegangen, ihn strich er zum Backen dick mit Eigelb an. Endlich kam der Vater nach Hause. Gleich nach Geschäftsschluß, es war schon dämmrig, war er zum Friedhof geradelt, seiner kürzlich verstorbenen Mutter ein Lichtlein auf das Grab zu stellen. Danach wollte er, wie jedes Jahr, an das Grab der Frau gehen, die ihm das Häuschen so günstig verkauft hatte. Wegen der beginnenden Dunkelheit irrte er sich in der Reihe, und er suchte eine gehörige Weile, bis er es fand. Als er zum Tor kam, war es verschlossen. Also mußte er bei der Friedhofverwaltung um Auslaß bitten, darum kam er so spät zu Hause an. Davon sprach er nicht, erzählte nur: »Auf Agnes' Grab brennen zwei wunderbare Grableuchten.«

Im siebenten Haus ging's lebhaft zu. Auch hier waren Kinder, freilich schon größere, die sich auf das Fest freuten. Die beiden Söhne machten oben in der Dachkammer mit Musik Höllenlärm. Zwei Töchter lümmelten sich in Sesseln herum. Die eine las in einem Buch, die andere schaute Illustrierte an. Ihr Vater spitzte auf der Terrasse den Christbaum in den Ständer. Er bohrte Löcher in den Stamm, um fehlende Zweige einzusetzen. Dann schleppte er ihn ins Wohnzimmer, wo der Baum vom Fußboden bis zur Decke reichte. Den Buben rief er nach oben, sie sollten gefälligst helfen, die elektrische Beleuchtung anzubringen. Das Telefon klingelte. Die Mutter rief aus der Küche: »Ich habe beide Hände voller Teig.« Das eine Mädchen, das hoffte, es sei ihr Freund, der anrufe, nahm ab. Es war Stefan, der Opa. »Alles hat sich geändert!« begann er. Sie könnten am ersten Feiertag nicht wie üblich zum Kaffee und zur Bescherung kommen. »Alexander ist da!« »Bebe«, gluckste das Mädchen. »Er will uns Eltern mit in den Taunus nehmen – da liege Schnee. Es ist ein weiter Weg, so kommt er morgen früh zu euch mit seinen und unseren Geschenken.« Der veränderte Umstand erschütterte die Familie keineswegs. Die Bescherung bei den Großeltern war eh langweilig. Die einzige Spannung war, ob im Briefumschlag zwei oder drei Hunderter lagen. Die Große rief jetzt den Freund an, ab Heiligabend sei sie frei. Die Hausfrau, Stefans Tochter, freute sich, das Weihnachtssingen anhören zu können. Zu ihrem Nachwuchs sagte sie: »Ihr wißt, wie ordnungsliebend Onkel Alexander ist! Ich rate euch, heute abend schon euren Saustall in den Zimmern aufzuräumen.«

Im ehemaligen Pinkhaus daneben saß die Frau bedrückt. Sie hatte Kopfweh. Am späten Nachmittag war sie zum Rathaus gegangen, auf dessen Treppe die Opasänger sangen. Es gefiel ihr nicht, nur fromme katholische Gesänge, die sie nicht kannte. An einem Stand aß sie ein heißes Würstchen, das ihr nun schwer im Magen lag. Als sie der Uferstraße entlang heimwärts ging, war der See so, wie sie ihn noch nie gesehen hatte. Eine eigenartige Helle lag auf ihm, wohl von den weißen Schaumkronen der heftigen Wellen verursacht. Die Berge standen groß und ganz nah. Der Sturm fuhr durch die Parkbäume. All das hat sie mutlos gestimmt. Felix hat ihr zudem nicht, wie jedes Jahr zum Fest, sein Kommen angekündigt. Plötzlich hörte sie draußen Stimmen, dann Geräusche an ihrem Türschloß. Er stand da, ein feiner gutgekleideter Herr mit Köfferchen. »Ich bin mit dem Zug gekommen«, sagte er. Sie hätten bis heute auf den Schnee gewartet zu einer mehrtägigen Skitour, darum habe er keine Nachricht gegeben. »Weil der Schnee nicht kam, bin ich kurzerhand zu dir gefahren.« Die Frau sagte dazu nichts. »Erst nach den Feiertagen soll's schneien, so bleibe ich ein paar Tage hier.« »Ich habe nichts vorbereitet«, sagte sie. »In deiner großartigen Stadt wird es Gasthäuser geben!« »Zum Glück kann ich morgen vormittag noch einkaufen. Für Sulzen ist es zwar zu spät, Marmorkuchen habe ich im Gefrierfach.« Da lachte Felix wie schon einmal wegen solchem Kuchen. Wie er so lachte, sah sie, welch hübscher Mann er war, und sie konnte sich ein bißchen auf die Feiertage freuen.

Das Geschwisterpaar, das im neunten Haus lebte, kam heimgefahren, als es bereits dunkel war. Sie hatten in ihrem Lieblingsgasthaus, ziemlich entfernt der Stadt, gevespert und für beide Feiertage einen Mittagstisch bestellt. Nun saß die Schwester vor dem Fernseher und wählte in Geschwindigkeit alle Programme durch. Dabei schimpfte sie, daß gerade zur Weihnachtszeit nichts Rechtes gesendet werde. »Nur sentimentales Zeug!«

»Laß das an!« rief der Bruder. Er sah in eine Stube, in der zwei wunderschöne Töchter bei ihren Eltern saßen. Seine Schwester schaltete geschwind um. Danach schubste sie die Lebkuchen weg, die sie im Großmarkt gekauft hatte. »Als ob man Stroh fresse!« Der Bruder murmelte: »Lore konnte feines Weihnachtsgebäck machen.« Damit erntete er einen verächtlichen Blick seiner Schwester. Bald sagte er, heut sei er des komischen Wetters wegen besonders müde. »Droben steht dein Bett«, und dazu lachte sie. Gottlob fand die Schwester im Fernseher etwas, das ihr gefiel: Eine tolle amerikanische Kriminalkomödie, die mit dem Christfest wirklich nichts zu tun hatte. Es war spät geworden, als sie hinaufging. Bevor sie zu Bett ging, trat sie auf den Balkon. Der Sturm war heftig geworden. »Das soll ein Weihnachtswetter sein!« rief sie ins Kinderzimmer, in dem der Bruder, wie sie annehmen mußte, schlief. Sie rief darum so laut und fröhlich, weil sie etwas gesehen hatte, was sie freute. Der starke Wind trieb das viele Laub, das auf ihrer Terrasse lag, in die vorderen Gärten.

Der Herr des zehnten Hauses kam ebenfalls erst bei Dunkelheit heim. Seine Frau schickte ihn kurz vor Geschäftsschluß in die Metzgerei, denn sie wisse nicht, ob es das, was sie dringend brauche, anderntags noch gebe. »Damit du nicht rätseln mußt – ich habe ein paar Worte mit Felix gesprochen, der gerade in sein Haus gegangen ist.« Darauf ging seine Frau nicht ein. Den ganzen Tag hatte sie gearbeitet und vorbereitet. Wie jedes Jahr würde der Sohn von »droben« mit seiner großen Familie am Festtag zum Mittagsmahl kommen, diesmal auch ein Enkel mit der Braut aus gutem Haus. Die Beize zum Rehbraten mußte sie aufkochen und mit Rotwein verbessern, Speck- und Brotwürfel für Knödel im voraus schneiden, Rotkraut hobeln, den Mürbteig für den Pfirsichkuchen hatte sie vorzubacken, und eine Schwarzwälder Kirschtorte war zu fabrizieren. Sie sah also erschöpft aus. Der Mann der gestreßten Frau meinte: »Morgen ist auch noch ein Tag.« Unwirsch erklärte sie, wenn sie am Weihnachtstag nicht zum Gottesdienst komme, wolle sie's am Vortag. Außerdem habe sie zwei kranke Frauen zu besuchen. Und dann kam also am späten Nachmittag des Enkels Anruf aus Hannover. Er müsse kurzfristig einen erkrankten Kollegen beim großen Konzert in Feldkirch vertreten. Wenn er schon in den Süden fahre, komme er Heiligabend zu ihnen. Er machte einen schönen Vorschlag: »Fahrt anderntags mit mir in die Berge! Ich kann für euch ein Zimmer besorgen, das Konzert könnt ihr anhören.« Die Großmutter bedauerte, wie unmöglich das sei, beteuerte aber, daß sie sich freue, ihn Heiligabend bei sich zu haben. Neue Hektik! Das Ehepaar aß in Anbetracht des großartigen Festessens am Abend davor nur Bratwürste. Das konnten sie dem Lieblingsenkel, dem berühmten Musiker, nicht vorsetzen. »Ich mache Schwalbennester«, rief die Hausfrau, »die sehen etwas gleich!« (Das sind gekochte Eier, in feine Kalbfleischscheiben gewickelt, in Butter gebraten und quer durchgeschnitten serviert.) Also hetzte sie ihren Mann zu später Stunde in den Metzgerladen.

Im letzten Haus der Reihe rüsteten sich die beiden Bewohner bereits am Vormittag zur Abfahrt in die Schweiz. Eigentlich wollten sie dableiben, doch die Frau sah, wie unwohl sich ihr Mann bei dieser Witterung fühlte. »Du kannst im verschneiten Land in der frischen Luft spazieren gehen.« So ging sie mit einer Flasche Wein zur Nachbarin nebenan. Sie bat, bis nach Dreikönig ein Auge auf ihr leeres Haus zu haben. Dabei spürte sie nicht, wie sehr sie diese bei der Arbeit hinderte. Für die Gesundheit ihres Mannes sei sie verantwortlich. Zudem müsse sie dafür sorgen, daß er im Leben noch Freude habe, da er mit seiner ersten Frau ganz und gar darauf habe verzichten müssen. Ausführlich schilderte sie, wie ihr beides gelinge. Sie selber fahre gerne Ski, und sie wußte von gewagten Abfahrten zu erzählen. Und erst die herrlichen Abende beim Après-Ski! Bis dann alle guten Wünsche ausgetauscht waren, hatte sie der Nachbarin eine halbe Stunde gestohlen. Die Frau saß am Steuer, als sie kurz darauf wegfuhren. Huberta sagte zu ihrem Mann: »So viel ich weiß, hat dieser Helmut stets verstanden, sich von Frauen verwöhnen zu lassen.« »Denk an seine kranke Eva!«

Das letzte Haus der Reihe stand an diesem Abend dunkel, leer und sah gottverlassen aus. Anton hörte von drüben ein Klopfen. Als er nachschaute, war's der Türkranz, der zu lang angebunden war und im Sturm an die Scheibe schlug. Er nahm das Gebinde ab, um es in die Mülltonne der Nachbarn zu werfen. Dazu mußte er die hintere Giebelwand entlanggehen. Da standen die Kübel in der Reihenfolge wie die Häuser, von eins bis elf, aufgestellt. Der alte Mann verspürte dabei in seinem Herzen eine kleine Genugtuung, für die Ordnung in der Reihe beigetragen zu haben.

Die Deutsche Bibliothek – CIP-Einheitsaufnahme
Beig, Maria:
Buntspechte: Roman / Maria Beig. – Stuttgart: Thorbecke, 2002
ISBN 3-7995-1698-0

http://www.thorbecke.de · e-mail: info@thorbecke.de

Dieses Buch ist aus alterungsbeständigem Papier nach DIN-ISO 9706 hergestellt.

Lektorat: Armin Ayren
Gestaltung: Finken & Bumiller, Stuttgart
Druck: Ebner & Spiegel, Ulm
Printed in Germany · ISBN 3-7995-1698-0

